微尘大地

WEICHEN DADI

凌仕江 著

GUANGXI NORMAL UNIVERSITY PRESS
广西师范大学出版社
·桂林·

图书在版编目（CIP）数据

微尘大地 / 凌仕江著. -- 桂林 : 广西师范大学出版社，2025. 4. -- ISBN 978-7-5598-7965-3

Ⅰ. I267

中国国家版本馆 CIP 数据核字第 20251F9L12 号

广西师范大学出版社出版发行

（广西桂林市五里店路 9 号　邮政编码：541004
网址：http://www.bbtpress.com）

出版人：黄轩庄

全国新华书店经销

广西广大印务有限责任公司印刷

（桂林市临桂区秧塘工业园西城大道北侧广西师范大学出版社集团有限公司创意产业园内　邮政编码：541199）

开本：880 mm × 1 240 mm　1/32

印张：11.75　　字数：240 千

2025 年 4 月第 1 版　　2025 年 4 月第 1 次印刷

定价：49.00 元

自序

在大地上找寻自己的影子

我不知一个人在大地上走了多远，回头眼里尽是苍茫，唯有命运转折处的喜马拉雅，屹立在世界高处，看着我渐行渐远。

走出喜马拉雅，我并没有回到田园将芜的故乡，也没有去往远方的福祉，而是像一朵雪花落在喜马拉雅的后花园——西南平原。一朵雪花要经受怎样的炼狱，才能不被多元化的信息覆盖和融化？一个人要抱守零下几摄氏度的西岭雪山，才能清醒背对一场雪崩的轰鸣巨响而独善其身？

西南平原，大地葱郁，生态繁荣，浸润人心。

面对世界之大，我常常问自己身在何处。因为楼群跨越式的疯长与道路网状式的延伸，这里已看不见故乡的金色麦田。但这里离故乡只有两个多小时的车程，不堵车的情况下，大半天就可以完成一次往返。

遗憾的是，故乡一路的叮咛越来越大隐于市。

在这里，我试图找寻那些失散的蛙鸣与蝉声，以及笋子尖上的竹象；我邂逅喜马拉雅后花园绽放的晚樱、木芙蓉、凌霄花、风信子、曼陀罗、七里香、百合、蜡梅等花草，它们给了失散者的找寻以莫大的喜悦与安慰，原来童年那些朴素的生态伙伴并没有消失，我听见花鸟虫兽与自然的神秘对话，与人共情的大地芬芳，有的甚至如同乡愁，跟随我的笔尖，寄居于城市隔壁的昭觉寺或三圣花乡。

西南平原，离喜马拉雅并不遥远。青藏铁路从这里出发，不久的将来，川藏铁路也将从这里出发，为更多返回喜马拉雅的人提速再提速。来自喜马拉雅的人，都愿意把这里当成自己的后花园。

这里既有身心平衡的闲适，也有精神层面的构筑，更有自然美学生活的文化营养。

我常常从这里返回故乡，也从这里出发，去往别人的故乡。我在这里停下来思考中年的困境，书写一个个离我而去的人间词语。在向内开掘的文本叙事里，所有词语如同披上一件件衣裳般的往事，在时间的生命年轮里，反哺一个人在大地上寻觅自然、亲近自然、见识自然的冷暖。有时，它们就像街道上消失的杂志铺，承载着光阴投射大地的思想与记忆。而许多时候，人，不过是杂志里翻过的某一页时光，随着大地上杂志铺的消失，我们的生活随之改变，更多人成了杂志里的空白格。这世界太多的人和事，面对滚滚红尘，都容易成为记忆里的空白，有时拾起一个标点符号，也是对时代的纪念与缅怀。

大地，意味着叙事的开放，不为散文边界所束缚；而微尘则是自然浸润生命的卑微，是一种气质的养成。

这些文字，诞生于喜马拉雅身后的西南平原，它们源自丰富的自然写作资源，往前一步依稀可见故乡胎记所残留并蜕变的隐谷秘史；它们像老树上的蜂包或虫眼，容易在丘陵地带的梅雨天滋生与腐烂，让人窥见人性深处鲜亮的雀斑与腐朽的豹纹；它们跟随我出发与归来，如大地上抖落的一粒尘埃，成为我人生路上不可或缺的养分。

在万物更替、自然轮回的大地之上，人的过往经历渺小如尘，好在忠于观察与叙述的个人，从没忘记大地上自己的影子，以内省和明亮的写作姿态，记下这些或长或短的卑微事物，致敬大地唤醒的悲凉与温暖！

2024 年 10 月 15 日于藏朵舍

目　录

辑一　隐谷秘史

辑二　锦瑟笔记

辑三　花树箴言

辑四　纸上流云

辑一　隐谷秘史

花隐谷

很多人问我：花隐谷在哪里？

久居都市的人，因忙于应对生活的程式化节奏，常忽略季节的变换，迫不得已错过春天，有的人只能在朋友圈里过一回花瘾，为那些美若星辰的花惊叹，替那些拍摄花朵的人点赞，这是热爱春天的人难以拒绝的事。

在任何春天，我都渴望成为第一个听见花开的声音的人。

遇不见花开的春天，犹如看不见雪的冬天，只是花朵一直都在春天深处，而人易被困于红尘俗事，这或多或少会让人产生对春天的抱愧心理。

其实，我的抱愧，皆因错过那些芬芳生命匆匆即逝的花期。这种心理，除了悲悯与疼惜，总也不能过分探究解析。

可我深知自己是深爱一切花朵之人。

此刻，我完全理解那位看见油菜花便泪光闪闪的诗人，尽管他是一个大男人，但谁也阻止不了他对此物的“通情达意”。无论遇到什么节日，我都抗拒去花店买花。尤其是那些被人任意修剪捆绑、囚禁于花店的花，看上去和塑料的差不多，这就好比一个脱离了大地的人，在雨中假装千百种笑。我从花农手上买过一些盆景，放置于阳台，它们虽形单影只，难有万紫千红的阵容，却能恰到好处地点染季节与心情。

在春天，因为花的到来，屋子里的气氛常常可以得到改善。比起自由的花，我更爱故乡那些随着季节变换而悄然绽放的野花。它们保有纯天然的性情，要多野有多野，甚至野得让我呆望好几眼，仍叫不出它们的名字。在旷野，在林间，在水边，那些花儿热情，但不奔放，好比羞涩的女孩牵挂着一个多年前去了战场的故人。

终于在一个春风沉醉的夜晚，我从城市逃回那在纸上无数次描摹的故乡。遗憾的是，这里的人们越来越不把元宵节当回事。在几近无人理睬的孤独中，烟花的确比夜空易冷。村子里的人气一日不如一日，我常常遇见的两个老光棍成天脸红脖子粗地指桑骂槐，他们在地上相对而坐，彼此愤怒地举着酒瓶子大喊“我打你”，却从不见动手。剩下的三五户人家，正月十五未过，已全部关门闭户，外出打工。

只有年迈的父母安静地守着原地重建的老屋，他们不再为经济拮据发愁。我回乡陪伴他们的时间少之又少，但去年总算参与了改建，改变了老屋的容颜与表情——外墙贴有两种颜色的石头，它们布满了岁月的痕迹，楼下的是大青岩石，楼上的是鸡蛋壳石。在结实的屋子里，父亲母亲早已把那一截叫愁的肠子，晒干，切断，炖好，下酒了。如今，侵袭他们的不是贫穷，而是无处不在的孤独。没错，我看见故乡到处都是疯长的孤独——好比夜空中绽放的烟花，以及漫山随风摇曳的野花。

这种孤独，亲历过乡村成长的返乡者无法回避。

过去，回故乡，我总试图走出村子几步，期望能遇上几个熟悉的人，更希望他们不要把我当作异乡人。我想象自己就是一个在乡间收集民谣和故事的人，坐在铺满阳光的田坎，傻傻地望着飞鸟划过天空，看卷起裤管拉着牛和犁铧的人，在风中使唤牛，听他在夕阳下慢慢叙述岁月的日常与世事的无常。

可这一切，都不再回来。这样的画面，如同尘埃定格在20世纪90年代一个人的记忆里。

太多人背弃故乡，去了他人的城市。似乎天下有故乡的人，最终的奋斗都回不到最初的故乡。在心里，他们只能被迫接收故乡的消息——喜悦的、忧伤的，年轻的、苍老的，清晰的、浑浊的，以及下落不明的，甚至死亡的，这都是接踵而至、防不胜防的故乡的消息。如今，回到故乡总是寸步难行，我知道无论我把脚延伸到哪儿，多的是花，最难看见人的踪迹。

太多太多的花，开在来来往往的春天。

父亲母亲从不瞥一眼那些花儿。但花儿眼里一直默默地装着父亲母亲的沉默。那只猫形影不离地跟在母亲身后，它身上的毛由白、褐、灰三种颜色构成。猫最享受躺在母亲怀里，眯着眼看电视。而父亲每天除了观察荷塘里长大的鱼，有时也给挂在窗前的那只鸟喂几粒玉米——那只鸟是父亲花十二块钱从山顶人家买的。听说那个在山坡上套鸟的人也姓凌，一年四季，那人的头比一个节能灯泡还亮。

夜已深，花睡去。

此刻，睡去的还有父亲母亲和那只猫。我躲在楼上的卧室，做一件不厌其烦的事：给故乡的每一座山坡坡、每一条水沟沟、每一朵花取一个好听的名字。

我给老屋取名——花隐谷。

我的城与乡

时光为什么逃跑？像背井离乡的人潮水般地涌进城市。

河川在断流，马路太拥堵，星星被狐狸摘走，文明和理想如流云般游走，我在异乡插不上手。

我在西藏的雪线上停滞不前，总看见那些背靠背坐在大青石上的时光，如同佛一样微闭双眼渐渐地静静地老去。我知道，有一天我也会随时光老去。我一生的迁徙全都在追赶那些逃跑的时光和那个离我遥遥无期的地方。

原以为出门不久自然就可以回去，想一想，谁愿意把自己长时间丢在外头？孤独的异乡生活，常使贫穷的我在军营里虚弱地想起摇摇晃晃的故乡，以及曾与我建立信任又失去信任的人们。

当时光之手又一次将我与怀抱中的树分开之后，我的日子开始流离失所。时光都到哪里去了？我怎样才能顺利回到来时的地方？那株刻着我名字的树还在村头盼我归来吗？习惯阅读城市的人不可能读到我离乡之后的乡下了。

我看到越来越多的村人躲在城市的屋檐下望着村子的背影展开一场关于秋风的回忆。可我的乡下没有星星密集的村庄，只有零星的房子。越来越多的村子在我眼里其实只是一个村子。我说的村子与村庄是有区别的，村庄更适用于北方，而我的出生地中国蜀南虎榜山下的老村子，和我一起从那些低矮的土房子里走出来的年轻人也不会喊乡下作村子。乡下就是乡下，即使注定一生回不去，故乡的游子嘴里衔着的永远都是乡下的草垛——一些注定要被时光静静遗忘的空房子，还有一扇村庄的门。村庄本身是朴素的，但每个人的村庄是不同的，村庄本身没有错，是太多的笔失去了辨识故乡的方向，千篇一律的忧伤、山之阿水之湄，看上去是在讲究中国村庄的美学。这个危险信号出现在世纪之交的节点——他们正在背弃父亲们传承了一代又一代的乡谣，他们最熟悉的那个地方的方言被他们口中蹩脚的普通话代替。当一个人远行的歌唱并没有任何聆听者和应和者，他们似乎在操作一种怪异的语言或文本，明明可以直截了当说出来的句子，非要绕过崇山峻岭，这成了所谓的文本创新的比拼。我悲哀地发现，这些走调的话语并没有与家乡的读者产生共鸣。他们最终的结局是被故乡遗忘。有时，一群人遗忘一个人就像时光遗忘一个地方那样从容，且不留余地。

这是村庄一词的美丽过错吗？人们一开始就追随美丽，后来又被美丽追随，人啊人，人为什么总是自欺欺人？我在一纸村庄的背面想象过村庄的美丽：是在北方乡村的一株大树下。什么树我想象不出来。树下有几排老得掉土的房子。房子是被粗糙的木头栅栏围起来的，里面有许多牲畜。比如黑驴、黄狗、枣红色的大骡子和银灰色的小马驹，还有一些围着白羊肚毛巾的农民蹲在地上摘棉花，或坐在马车上唱着乡谣回家。剩下的便是阳光和路了——一条从村口通向远方的路在阳光的照晒下，历史遗留下来的深深车辙上散落着点点粪便……可我没有如此丰富的村庄生活，我有的只是中国蜀南虎榜山下的一个很多人都没听说过的叫潮水屋基的小村子，它规范的行政单位有阵子叫荣县金台乡红星十二队。十岁之前，我从未走出过这个地方。虽然这里有一座山，山上长满了像虎毛一样粗茂的山草，但山中却不容一虎，甚至连马也没有一匹。我只见过牛，很多很多的牛——小时候帮母亲在山上割草完成队里的任务，我从山石上无意中读到了“西川虎榜现慈云，南海龙宫施法雨”的句子，不禁触类旁通。后来，村子由“红星”改成“虎榜”，那些犁田的牛就像是被虎吞掉了。没有牛的乡下，人们不愿顶替牛的工作，庄稼收成一年不如一年。富裕的那几家人以囤积的余粮撑起了“吝啬”的脸面，粮食多在我的乡下就是一切财富的度量和有价值的标志。

这时候有个部队退伍回来的年轻人扒上火车南下了。走时，他穿一件白衬衣、一条黄军裤。要知道他是乡亲们眼里第一个穿白衬衣的人。他的白衬衣是不肯借人穿的，当然还有他的黄军裤。到处惹事的小青年见他这一身穿着就躲一边去。因此，他的白衬衣和黄军裤常被伙子们想来想去地借，但也只有那个缠了几天的平娃他妈说是要带平娃去看人（相亲）才借到了。但平娃穿上这一身“时髦装”的效果并不好，不过他倒是穿出了点新花样：白衬衣不系扣子，而是将两衣襟直截了当挽一个疙瘩，很随便的样子。女方的父母见了他，脸一下子就垮下来，转身跑到介绍人耳边嘀咕：你跟我三妞子介绍的啥子人？她是看不起这个二流子的，走——走、走……算了。

这个穿白衬衣的年轻人出走后，长年累月见不到一袭白衣的伙子们，脾气是大打折扣了。上街碰见三五个走在一起的长头发“愣头青”，也要钻进茶馆避一避……

几年后的一天，“一袭白衣”提着大口袋，突然出现在乡下的土路上。他边走边弯下腰去擦拭皮革鞋。伙子们闻风而动，一窝蜂围了上去，可听他讲完一通鸟语（广东话）后，伙子们又一脸挂不住地散开了。有的还牢骚满腹，说，出去一趟就大变样，老子也要出去闯一闯。

他望着闹山麻雀般散开的伙子们，迅速从口袋里掏出几件颜色各异的长衣服。热爱往脸上搽粉的姐妹们眼睛一亮。其中三姐是他出走前要的女朋友：这有点像老外的衣装哟。

香港货——太空服，这是广州刚流行的。

姐妹们目瞪口呆。三姐虽然算得上左邻右舍里打眼的“花朵”，但三姐看上“一袭白衣”不是因为他当过兵，而是他父亲当时有修马路的铁饭碗。太空服，别说没出过多少远门的三姐没听说过，当时一些县城也少见有卖。三姐手里摸着那细滑的布料，心就软得像布匹裹着的丝绒般柔嫩。三姐穿上太空服之后与往日相比增添了不少妩媚，她一高兴，根本就没有脱下的意思了。

我结婚那天就穿太空服过门。他听着，哈哈两声笑，那笑声牵强极了。

三姐说完就跑去找介绍人要与他完婚。介绍人的家挨着他的家。介绍人在生产队当队长，三十出头，黑乎乎的八字胡像破土而出的小麦。他回来之前，三姐的肚子就在铤而走险。父母很恼火，介绍人比三姐的父母更恼火。介绍人听怕了从墙缝里像蜘蛛一样爬出来的闲言碎语。介绍人巴不得三姐早点过男方的门，堵住闲人们的嘴，于是一拍屁股立马找到男方家，三句话就把三姐的婚期搞定。三姐的婚期就在三天之内，三姐回家开始打扮自己。

再隔两天，三姐就正式成为张家的一员了。三姐在镜子里一会儿脸红得像初次下蛋的小母鸡，一会儿脸青得像正在扬花的稻谷；一会儿春风满面，一会儿愁绪满怀。三姐没有梳出自己满意的发式，哭着一把砸碎了镜子。

这时，山坡上有一阵凉风吹过，土地里的麦子长势喜人。有庄稼人背着藤草从巷子里步履蹒跚地经过。

三姐走出房子，拐了个小弯，心想过礼（男方带着礼物来娶她）的人该到了吧。小路沉沉稳稳的，没有什么动静。被雾遮住的太阳在路上时而抛头露面，几只小鸡咯咯咯地在地上围着一朵盛开的豌豆花打成一团。突然，小路的尽头传来了不一般的动静，火炮响了，步子的声音越来越明显。三姐的心跳也越来越有节奏感，来了，可能是来了！

三姐急着回家点火炮迎接。

三姐喊：拿洋火来。有个人就抢先用手中的烟锅巴点燃火炮。顿时，炮声轰烈，响彻天地。烟雾扩散中，三姐一看，点火炮的原来是介绍人——队长。

完了，完了。这下可全完了。队长的嘴还没合起来，眼皮眨了眨，像是要笑又没笑的意思。

三姐说，完了就完了嘛。火炮买的是三千响的，当然比五百响的爆得快哟。

不是火炮爆完了，是你要去的张家完了。队长像从胆中取出了好几块令人阵痛的石子，然后才恍恍惚惚地道：还没一个钟头，张家就好事变坏事了。刚吃中午饭，客伙（亲戚）就准备收拾东西过礼，小五突然从屋后急火火冲来：快去看啦，老爸子在井下自捅刀子了。大家急着下井救人，人还没抬出井，竹林里就钻出一列穿制服的人，像潜伏已久一样，他们什么也不说，把手铐戴在他（三姐男朋友）手上，拉的拉，扯的扯，人被他们带走了。那伙人差不多走到堰塘埂，井下的人才被抬上来，有浓血从肚皮上冒出来，人还是活的，便赶紧送医院。谁知，忙里忙外，有个人躺在屋檐下许久了也没人发现，那是他六兄弟，左眼珠被火炮上吊着的大雷管炸跑了。这市里头买回的火炮多凶呀。至少是八千响的！

他妈当时哭得在地上不停打滚。

这真是五雷轰顶般的消息。三姐听了，说不出话。三姐只是转来又转去，三姐把自己转成了一个圆，用脚狠狠地将地踩了又踩。三姐真想把地踩出一个洞，然后把自己的全部放到洞里去。

第二天，三姐低着头被队长送进了张家的门。没有新郎的婚礼但依然让三姐踏入了洞房。三姐算是结婚了，一个人的洞房不是三姐梦想二十四年后的归宿。父母说：龟婆，活该！这是三姐的命运，这是三姐锅里的米煮成熟饭之后改也改不过来的要命之错。谁叫她当初那么了不起地挑这挑那呢？

张家大院的衰败由此开始。

一块小地盘的衰败可以大概标志我整个乡下的衰败。而庄稼的衰败不是因为瞬息万变的天崩地裂，往往因恒久不变的人类。我几次回乡，触目惊心地发现种粮人渐渐稀少，那些曾经抽叶子烟，骄傲地立在稻田中间的壮汉都不见了，昔日有名的养猪专业户家早已人去楼空，成批的劳动主力四处游走，多少人家几年未归，颗粒无收。

昔日山雨欲来，忽闻抢收之声，今日来了山雨，听来听去是麻将声声。这样的声音，我不敢相信它能传递文明！

拥有铁饭碗的张老爸子出院后，就不再修马路了。医院替他出具了疾病证明。以后我见他就像是见了另一个不认识的人，他见到谁都是一副皮笑肉不笑的样子，一声不吭。不知是飞逝的时光忘了他，还是他忘掉了过去的时光。

三姐的那个涉嫌盗窃被公安机关逮捕的丈夫，最后被关了五年。关了五年的秘密，村子里那么多爱说话的闲人也没说出一个道道来。人们不小心谈及此人就只知道他犯了法，像鱼一样被搂进了笆笼，很不光彩。于是，大人在教育孩子的时候，就多出一个例子：整不好，你狗日的命和他的一样，记住，你千万要记住，不要拿你不该拿的，也不要拿本不属于你的东西，拿了是脱不了爪爪的！我的乡下就是这样，他们偶尔讲出几句鲜明的话来，都是压马路的人早就传旧了的新闻。

他脱掉爪爪回来那天，正好是儿子龙头五岁半的日子。龙头问三姐：妈妈，那个躺在我们床上的光光头是哪个哟？

三姐说，是哪个？你去问问他嘛！你老爸子，刚打完仗回来。我龙头真鸡乖，快喊爸爸去！

龙头眼睛睁得大大的，他可能在想那个人的头为什么会那么亮，是不是假的？龙头把问题想深了点就忘记了喊一声“爸爸”。他举起手板心一掌就落在龙头的脸上：下次再敢这样看着我不喊，老子就抖（打）死你娃。龙头没有哭，龙头真鸡乖。龙头仍把眼睛睁得大大地盯着他看个究竟。

三姐在一旁流泪。他禁不住背过身去抹脸。

龙头看着妈妈，又看他。龙头的眼睛，真是可爱至极！雪一样透的纯真。

他在家待着，过去想借他白衬衣穿的伙子们对他视而不见。他半年没待稳，感觉不好耍，又跑广州去了。时光总是分年；年，分为上半年和下半年。上半年过去的时候，他回来接走了三姐和龙头。下半年抵达年关时，他去广州的时间加起来就整整一年了。一年又一年的春天，小小的龙头居然可以一个人蹦蹦跳跳从广州“闯”回乡下来了。

一年年过去，外出找工作的亲戚都找他帮忙上广州。常有抱着钱从广州回来的人，站在田埂上赞扬他的好，感谢他的恩。响亮的声音，生怕有人听不见！不想上学的女娃娃听得一清二楚的，回家就催父母找他去。他发财了。时代经济，他不想发财也不行，他介绍一个工作收取五百介绍费。他成了老板，开了长城运输公司，一边帮别人介绍工作，一边负责接送，两头赚的收入乐坏了他。

他一笑就引来无数情人。三姐打肿了他小情人的嘴巴，原因是三姐不让他的情人生下他的种。可那小女子偏不听，不仅生下了他的种，还让他为娘俩在县城买了房子。小女子为此得意了好久。她想，当老板的情人就是安逸，可以不上班。情人嘛，一般都是在房子里奶奶孩子的货色。这是一个老情人告诉小情人的话。小情人一夜之间就把乡下女子的身世忘得一干二净，情人也有一夜醒来发现自己连乡下女子都不如的时候，情人永远在“情”中找寻自己的位置，情人永远找不到情的位置，因为情人的生活总是很短暂，即使有长一点的，也长不过老板剃了又长出来的胡子。

我在没有情人的情人节里给自己的心情放了一天假。

我对自己说：凌仕江，你真够浪漫的，这么大一把年纪了，居然还相信童话。

我仍在时光中行军，举棋不定，举足轻重，举步维艰……谁也不知道这些，除了我的文字。

母亲常从那个被时光遗忘的地方给我打来电话，她第一句话说的是：和你一起长大的黑五生了个胖娃，眼睛鼓鼓的。小六，你是不是也该把终身大事落实了？

我说，妈，我在上班，上班是不允许说这些的。工作现在吃紧得很，我和战友们一直都处于警戒状态，你们在乡下一年好过一年，我们更要好好上班，好好持枪守边防。

母亲说，听你讲这一通，证明你过年是又回不来啦？

我说，我真的好想好想回来，只是我说的算不了数。

母亲补充道，我看你还是想个办法回来劝劝你哥哟，你哥和嫂子俩人说不上三句话就打，硬是合不下去了。

我还在为我走时的地方添了新生命而高兴呢，我心里还在想，要是把我催急了，我马上就随便找个女的，结婚生对双胞胎，任你们在那个我看不见的地方东说西说。可我没敢多想，也来不及想，因为我实在不信我妈说的我哥也变了。怎么会呢？这怎么可能呢？我哥，那么老实的人呵。

放下电话，我一门心思，想我哥。

哥是个真汉子，十七岁能挑二百斤的担子，十八岁远去云南挣钱为父亲争了面子，家庭计划全采用他的点子，我上学读书费了他不少汗珠子。时光一眨眼就消失得无影无踪的多年后，我还能坐在军营里靠文学创作治愈心灵的创伤，首先得感谢我哥。哥识不了多少字，写信也要给人家点一支香烟求助，哥每次看见我裱来挂在墙上的书法，内心都会产生一些悔意。哥说，早知道今天的局面，我上学时就不该撒老师沙子。

哥能找到我嫂完全是通过我的一支笔来完成的。那一年，哥在云南的楚雄干苦力活。我在乡下的中心校读初二。

哥寄回的照片被喜欢他的姑娘拿走时，姑娘说了一句话：这个娃长相有点一般，但干活一定是块好料。然后，我就在夜里把作业放到一边，匆忙给哥写信：回来吧，有个姓刘的，女的，看上你了。哥高高兴兴地回来，一年后，他就彻底把自己交到了刘家。按理说，结婚是人生大事，哥却没有考虑太多以后的生活，别人说什么他就答应什么，结果不是我哥娶了我嫂，而是我嫂娶走了我哥。原因简单得很，我嫂评定我们那个地方有座虎榜山，所以我们永远致不了富。许多女方看上了我们地方的伙子，都不愿来虎榜山下当媳妇。说什么虎榜山太高，容易挡住她们的慧眼和美貌。因为这座山，我们那儿好多条光棍唱了一辈子的单身情歌。伙子们表面像山一样无所谓，其实内心真够委屈。

哎，都是虎榜山惹的祸！

能告别这座山是哥的幸运。伙子们都羡慕他。哥的半个家在离城市不远的地方。哥在夜里常听见城市的心跳。哥和嫂合成了一个完整的家。但我哥总强调他没有娶回我嫂，他只有半个家。起初，我哥和我嫂把整个家搞得很宽裕，城市里的家庭摆设他们家全都拥有。我出走后的七八年间，哥常乘五块钱的车回虎榜山看望父母。那时，我在西藏的军营把家想得很踏实。

可后来父母的电话比以往明显增多。他们除了问候几句我在远方的情况，话头迅即便峰回路转：你哥很少回家了。

你嫂说你哥连他自己的半个家都不怎么回了。这样下去，咋放心！

哥，你到底怎么了？

我想象不出你在城市里“变脸”的模样。

我拨通哥的手机，手机总说“老板不在服务区”。

哥，你成大忙人了，每次接我电话都说忙忙忙。但我还是在你忙的时候不停去电给你“打针”：城市里的人很“滑”，你把步子放稳点；在城市高楼的阴影下，你不要失去了往日的从容与自信。哥在挂断我的电话前，总是让我在西藏安心，说父母和工程他管理得都很好。然后忙忙补上一句：现在很忙，就这样吧，等你回来我们再短话长说！

我从哥的“忙”中想象他在城市里的几分忙乱，几分悠闲。

有一天，我正在午休。突然接到哥的电话，他说工程一月后才结账，几十个工人正等着要饭吃，快寄六千块钱回来救济。我马上起床跑邮局，把刚收到不久的几张稿费单统统取出汇总寄他。哥说一月后还我。我没吱声。心想这些钱，哥就全拿去忙工程开支吧，兄弟我全力支持你的事业。

转眼几年，哥却从不提那笔钱。我也没有提的意思；自从把钱寄给他，我就不指望他把钱返还我。我常常这样想，作为大树底下好乘凉的弟弟，幸而有哥哥为我做奉献。我在遥远的西藏，不能为父母操更多心，这点钱就算兄弟报答哥的一点心意吧。

可父亲并不这么看待我的善用之心。我休假回家，父亲就搬出他们的生活哲学——哥在城市找了钱，哥不可能没有钱，是城市花光了哥的钱。像哥这样没头脑的人，怎玩得过城市？他回来玩庄稼还差不多。就他那点水平，当初还死不读书，如果回来跟猪打交道，就稳当多了。猪很老实，庄稼人信得过猪，人把猪喂肥，猪就还你钱了。

母亲说，让哥回来，和嫂子在一起，老老实实地在自家门口种几畦菜，过点清清白白的生活；把语文得了九十多分的泽明培养成像幺叔一样会写文章的人，以后才有出息。

嫂子说，哥出去几年了，点点钱没拿回来，倒拿家中的不少钱出去。那么多钱不知用到哪里去了。

我说，我哥简直不像话，看来是该好好说说他了。

姐夫说，光说说是没用的了，该说的我们已说得够多的了，谁让你当初把那么多钱寄给他？不是你给他寄钱，他敢到歌舞厅去挥霍？哎，当初你把钱寄我买榨油房，屁事都没得。

我说，谁让你们不早说。我人在天远地远的西藏，哪里知道这么多？

我等哥回来，哥还没回来。

接过父亲的火，我点燃一支烟。抱着母亲的茶杯，我决定停下来等哥，好好劝劝他，这些年你都在城里搞了些啥名堂？

这一劝就是二十多年。哥没有回头。

城市宁肯送他一身病，也不成全他融入其中。尽管他为城市建设付出太多的血与汗，但城市不懂他，他也并不懂城市。

哥还在城市里陷，一年又一年，而且越来越深，直到不能自拔。

……

我不知多年前的这些文字能否还原一个地方的真实性情与灵魂体格。

如今，被时光遗忘的地方，一头牛也难寻了。我怎么写也没能让我的村子与我的城市握手言和。城市在嬗变，乡下怎能安宁？虽然我的乡亲们越来越有钱，可我仍预言：不长庄稼的土地会成为遗迹。我为什么把一个地方的人和事说得如此平庸和乏味？是我意识退化啦，还是我爱一个地方爱得太深？

我不是城市里的持枪者，我的卑微与脆弱捞不起这支沉重的老枪，乡下的枪伤无法在城市的金创药下愈合。

想还原一个地方的真实，真难。

空白的纸

喜鹊从苦楝树顶飞走后，枯枝上挂着的粗衣，像是谁在招手。

那些青的、蓝的、红的、灰的，外衣和内衣在离地三尺的空中，如故人的胎记，随风打望，不经意看见沉没的人烟，在大地上摇摇晃晃。那是暮色中的工厂，失去了主人的房屋前，一株年老的黄桷树，矗立在苍天下的影姿，恰若三人行。无人问津的柚子，在晚霜中自由落地，遍地疯长的纤纤斑竹，漫过爷爷的坟茔，淹没了清明通行的路径。

唯有一只孤独的斑鸠在风中喊魂。

这年头，蜀南丘陵中的村庄里能被斑鸠喊到名字的老者，已所剩无几。能被称为老者的人，年岁必过八十。

过几道田埂就能与父亲会面的矮个子老者，几分钟就可走完的路程，他来时竟用了整整两小时。小时候我们将此人与《射雕英雄传》里“铁掌水上漂”的裘千仞对标。像，真是太像了，笑声和眉毛都是一个模子刻出来般。怎奈“武功”不俗的他，如今也抵不过衰老。刚收拾完田野里的杂草，来不及翻土播种，老者的身体就被医院贴上了“癌”的标签。老者不一定惧怕癌，这个字像天上的雨水，早已把村庄泼得一脸麻木。毕竟走在他前面的人,很多都是带着“癌”字上路的。

老者特别害怕斑鸠喊到他的名字。

他颤巍巍地握紧我父亲的手，唯恐余生的时间不多。他珍视与我父亲的会面，因为我父亲与他同岁。但父亲身体里没有癌，衰老的心脏和其他零部件还在艰难地抵御衰老。年轻的时候，父亲就是他忠实的聆听者。每每他劳动出工经过我家大门外，父亲都会招呼他停下来，裹一根叶子烟点燃再走。自从父亲在村庄里过早抛下土地的责任，他找父亲聊天的时间就明显减少了。偶尔经过，他斜着眼扫视正在家门口垂钓的父亲的背影，什么也不说，然后一脸复杂，扭头就走。

我不想知道两个暮年人究竟还能谈些什么。

“包产到户”时，他们的话题无非是粮食的种植或拖儿带女，家家有本难念的经。这本经，他念了一辈子也没念出如意来。膝下儿女多数迈进中年门槛，可一个不娶，一个不嫁，仍是挂在村庄头条的笑话。年复一年，他用衰老的沉默对抗周遭的冷嘲热讽。

一年四季那些经过他手的庄稼，除了独自倔强生长，懒得抬头看一眼他的表情和内心郁结的疤痕。他试图用所有的劳动成果，去化解一个羞耻的笑话。他出工晚了点，或遇手脚不够麻利时，女儿对他就是一阵劈头盖脸的抱怨，像是家长抱怨孩子所有的不对。

他不知何时遗失了家长的身份，也记不清女儿哪一天成了他的家长。他感觉自己一生都很失败。他羡慕父亲的洒脱，但他无处申诉。他家的单身汉儿子以打工的名义，远走他乡几十年，回来依然是单身汉；不愿出嫁的女儿倒是捯饬庄稼的好手，翻过五十岁的门槛了，居然还有“拼命三郎”的架势，可青丝变白发的痕迹，终究未能让她逃脱岁月催人老的铁律。

骨瘦如柴的田埂两边是水田，他踩过田埂的速度为何比蚂蚁缓慢？短短里程，他似乎用尽一生的时光去跋涉。这注定是个耐人寻味的秘密。不在现场的人，很难弄明白这个问题。我想了又想，路上除了他自己，唯有站立在桑树上的斑鸠。但斑鸠不会告诉我，他在路上究竟经历了什么。如果他与斑鸠有过一番理论，场面如何设计是好？

“老斑，老斑，你叫叫，叫个鸡儿哟。”

斑鸠一路尾随，叫个不停，并不罢休。

“格老子的，你再叫我名字，老子把你往死里打，让你先飞去见阎王。”老者缓慢弯下腰，拾起一坨泥巴，扬手掷向斑鸠。

斑鸠扑哧一声，掠过他的头顶，更加耀武扬威。

老者浑身颤抖，困在原地，神色大变。

……

在村庄，我遭遇了一场小感冒，吃药不管用，回城后接着吊瓶。从春节前，直到春节后，随着天气日渐升温，终于告别咳嗽。漫长的冬天，算是被春天彻底剪掉长袖。海棠红了，牡丹开了，绣球披绿挂紫，再熟悉的路，也有陌生的恍惚。尤其是夜色中的地铁站，有时稍不留神在顺路的A口，错误地拐入B口，出得地面顿时辨不清方向，这注定要一个人不计时间成本地走，茫然来得有点突然，而原点却在不变的位置，嘲笑你的不良反应，其实这只不过是你所在的方位，发生了你一时无法捕捉到的视角变化。

于是想起曾经赶着千只鸭子走天涯的舅舅，他被十里八村的人亲切地称为“鸭司令”。有一回，舅舅肩担“鸭篷子”，翻过山丘，越过油菜花田，走到我们村恰遇天黑，只好在此栖息。他捡了一篮子鸭蛋给我，让我在他的鸭篷子里欢喜了好久。两三天之后，他又开始了迁徙。

三年五载过去，谁也不知舅舅与他的鸭子走过多少人的村庄，经过多少省市乡镇。在通信工具并不发达的时代，得不到舅舅只言片语的亲人，在漫长的等待里，任由谣传欺骗宰割，甚至以为他早已遭遇不测。

可是有一天，舅舅毫发无损地从村口走了回来。走着走着，便将自己走成了大地上的风景。周围的人仰视他的传奇，镇上赶集的人从他手中捧回一群群鸭苗子，靠它们发家致富，有些养殖专业户，甚至活在他的传说里。

舅舅一生走过的路，我完全不在现场。母亲姊妹多，像我这样叫舅舅“鸭司令”的晚辈，男男女女几十个，我们虽有血缘，但几乎没有单独相处的拔节时光。对于仿佛和母亲以及姨妈们有相同的一张脸的舅舅，我无法拿出更多情感，叙说他的野史和传说。

不同的是，与父亲会面的矮个子老者，他走过的田埂，我非常熟悉，年少上学时走过多少回，我已记不太清。其实，那算不上人生最难的路。有些路，肉眼可能看不见，它不朝外生长，只向内延伸。路的不同，决定了灵魂的差异，你最后的倾诉可能寸步难行，但你只能保持孤独，并且注定特立独行，直到暮年，所有芬芳的花朵绽放在一个人的村庄。

舅舅多年前也离我而去。因为相处的记忆多是空白，所以找不到悲从何来。而老者是两个月前离开村庄的。人与人走的路看似不尽相同，其实归路说得直白一点都是同样的“死路”。据说，老者之殁，斑鸠在风中吵着嚷着，有一万个不同意。阴阳先生把老者下葬的时间改了又改，天气阴晴不定，有时刮风有时下雨，直到斑鸠无言，尘埃落定。

岑寂的村庄，破天荒地为一只咬住人名字不放的斑鸠，将一个死去的人，活活挽留了二十九天。这使我在华灯初上的城市中，获悉这个来自故乡消息的刹那间，想起诗人奥登。他在诗歌《悼念叶芝》中写道：“一个死者的文字 / 要在活人的腑肺间被润色。”

从此，没有鸟叫的大地，如一张空白的纸。

阳光穿过蜘蛛网

谁还能记得我呢?

村子里的人越来越少。这些年，和我差不多大的人几乎都奔进城找钱去了，寂寞得有些发凉的村子，在一个起风的下午一下子让我的心田荒起来。褪色的墙，被一场接一场的雨水打得变了模样，红色砖，青色瓦，渐渐落掉了往昔的鲜明色块，几个躲在树下捕蝉的孩子把书包丢在了上学的路上……

一个老人坐在阳光聚散的门槛上，坐暗了一个又一个金闪闪的黄昏。据说她一生走得最远的地方是村人挑着担子上街做买卖的小镇——那是她年轻的时候，看望一户远房亲戚，在路上听见汽车远远的鸣笛声，驻足一望，原来那就是城市呵！她连拐个弯进去逛一逛的勇气也没有，当时她手里提着的贵重物品是一包一角五分钱的白砂糖。

从此她把小镇当作记忆里的城市。但她活了一辈子就连

“城市”的一棵草也未能见到，小镇在她眼前只是模糊地晃动了一下便销声匿迹。她听到远处传来的车笛声时，心里究竟想到了什么？笑容可掬的脸上是否有过期待的欣喜？

如今，听着她苍老的声音，我替她望“城”兴叹，她真的愿意一生如此度过吗？城市的姿态为何永远向上，在一个老人的观念里丝毫没有低头的意思，城市里不也住着许许多多与她同龄的女子吗？我甚至不明白城市在一个人心里为何会成为一抹浓重的阴影，像一堵蜘蛛网贴身的老墙挡在她挥不去的影子里。

她真的老了，她走不出一面墙的影子，就像我走了许多年也没有走出一个村子的背影一样，但我还年轻。曾经的感触，过去的场景，始终不能尘封为历史，一切编织爱与恨的过程都像一条围巾围在村子的脖子上，物质与文化如一件单薄的衣裳挂在村子失调的身子上，人类文明轨迹由一个端点生出两个支点：城市与乡村。

村子在静止，城市在骚动。

一个人终于走出来，从一个村子的田埂走进一座城市的内部，人群稠密的高楼大厦多如村子周边的树木，我思想里的村舍不见了，我自始至终寻找的那些低矮古旧的农舍不见了，我胡萝卜一般质朴的乡亲不见了……

数不胜数的白发藏在黑发里，有一天我突然老了。

那么多白发像一个个沉重的感叹号笔直地插在我思想的

头颅上，那个老人的一句话曾经可以管理一个家庭的全部事务，但她在权力简单而集中的地方已不能动荡了，村子的灵魂在叛逃，一个人对城市的憧憬还有谁管得着？

一个村子的消失与一个家庭成员的离散息息相关。

老人的大儿子是1995年奔走云南的。临行之前，还有力气挑抬的她卖了一担大米给儿子凑路费。儿子接过母亲手中的钱，安慰她说："只要我在外面找到了钱，你老人家以后的啥子事都包在我身上。"她不无担忧地说："城市里那么多人，不好混就早点回来。"半年过去了，儿子来了一封信，说想妈，但没找到钱，不好意思回来。作为母亲，她急忙向邻居借了钱寄过去。儿子回信说，又辗转到了别的城市，一年半载回不来。

两年之后，他背着空空的行囊回来了，不仅分文未找到，还在城市里丢掉了一口袋方言。弟弟妹妹听他嘴巴里闯出些随随便便的怪腔怪调，还讲究穿着打扮的所谓的"城市流行"，都叫他滚，这屋里不欢迎城市里头回来的二流子。

于是他在一群人的眼里滚出了一个家庭，唱着"人的一生要走过多少地方才算流浪"，过着东一阵子西一阵子的生活。没有多少人能天天看见他的影子，他偶尔现身看见家人也只是一甩头就无言地走。

接着三儿子奔向了江苏。他说人倒霉，三个月喂肥的羊也会吊死，不如走远吸点好空气，人也开心些。于是，在母亲的挽留中，他狠狠心，一下跳上了火车。家中只剩一个幺妹了。

逢年过节，幺妹就陪着母亲去山咀上盼三哥归来。但去去来来的人走了一拨又一拨，地上留下的只是别人吃完糖后的一堆玻璃糖纸。幺妹和母亲两眼一望，眼眶里装满了糖一样的水，久久不能融化。

三哥走了三年，连一封信也没有。当幺妹也准备和一大拨人走出去的当天，有个从外面回来的中年人捎了个口信，说，幺妹的三哥“嫁”到外省去了！不过他说了他会回来的。为此，老人哭了个天昏地暗，一夜之间白了头。

后来，站在山咀上盼归的就只有她一个人了。

回乡路上，起初我常碰见她。她问我有没有看见她的几个孩子，我说，外面天大地大，哪像一个村子那么容易碰头哟！她请我如果遇见了就一定转告他们一个做母亲的女人的心愿，她盼望孩子们无论如何也要回来一趟，早一天回来早点把她送上山，好了却人生大事一桩，好让他们永远离开村子去找钱。

听了她的话，我背过脸去，想努力强装笑颜。此时，我很想从电脑里搜几句有说服力的话来安慰她，但在她面前我更愿意扮演一个懵懂无知的孩子，我只想让她看见一个很简单很健康很快乐的孩子。但事实上，我简单吗？我健康吗？我快乐吗？有关村前村后的一地鸡毛为何会让我心境复杂？

我一直不明白自己为何要忧伤，是为自己，还是为别人？人的心一旦落在了城市，数不清的梦想便会像豌豆一样滚到哪里就在哪里发芽。

在宽敞平坦的街道上，要容下一只沾着泥浆的脚是多么不容易，在摩肩接踵的商场里，在某些看不清水深的屋檐和管道下，你是不是早已忘记了当初的保证？其实，作为第一个从村子里出走的七十年代生的孩子，我最能体会出门在外的心情，我一直是你们当中的一员，只是我们很少在回乡的路上相遇，久而久之你们就不记得我的样子了，甚至想起我的机会也很难出现。但我一直记得你们，我常常在天色破晓的窗前想着你们是否都结婚成家，想着你们的孩子是否记得我们的村子。

最重要的是，此时此刻，我看见你们的母亲——她的身体一日不如一日，但还站在山咀上盼你。

她的白发在昏黄的屋檐下停止了飘舞。

一天到晚奔波在外面的孩子，你们都听到了吗？这是母亲的心在呼唤呵！虽然你们有可能在为城市做贡献，有可能在别人的城市混得并不满意，虽然你们有可能把钱折叠进了腰带，有可能当了权力机关的掌门人，但你还记得离开村子的早晨，母亲一边挥泪一边为你煮鸡蛋的情景吗？母亲说的，吃鸡蛋是图个圆。然而，鸡蛋下肚之后，家就像鸡蛋裂成两半，一半在城市泛白，一半在乡下泛黄。

城市在丰满，村子已荒凉。

你每天遇到的人和事一定很多，我懂。你说你整天累得筋疲力尽，我也有过。你没有倾诉的欲望，你害怕写信，你在欺骗自己。就这么简单，你学会了遗忘——遗忘在村子之外，你把脚步的重心都落在了城市的缝隙里，你以为一张汇款单可以粉刷一堵墙壁，但你错了，母亲的眼睛早已看不见你刷得雪白的墙，趁她现在还看得见你的心——

孩子，你快马加鞭回来吧，哪怕一天，哪怕一个小时。孝心是从来不计较时间的，孝敬母亲可是无价的品行！

行走在外面的世界，我常能握住母亲的心跳。母亲一定很想我了，我立马抽时间跑回家。可母亲见了我，问，怎么又回来了？别人家那些出门在外的人只顾找钱，几年不曾回来过，你在外面一定是找不到钱才常回家吧？我说，有钱无钱日子照样得过，你们跟我进城要一趟吧。可父亲听了拂拂袖，说，要走也只能走一个，两个都走了，剩下空空的房子，谁来管呢？我说把门锁上就完事了。母亲无奈地望着我说，东西被偷光了回来咋办？村子里的人越来越少，万一有个啥子事，一个照应的也找不到，如果我们都去了你的城里头，这房子里的大彩电让人抱走了多可惜。

我想，这看上去真是个简单的问题，办起来却成了一桩难事。文化、交通、生活各方面都与城市不同的乡下，还有强盗在黑天里横行霸道，专偷只有老人在家的家庭。父母至今未能跟我进一趟城市，看一看街道的灯火和蓝色的河流，他们始终为我守候着那栋在竹林下日渐陈旧的楼房，还有那株刻着我名字的树。每当他们想我了，就会站在那株树下面向山口念我的名字。他们热爱村子和热爱自家的房子同等用心，他们呵护村子里的一草一木就像坐在电脑前的我日夜贪恋一字一句。

父母常把长势喜人的菜园比作我在外获得的荣誉。

我把将父母接进城里头当作自己随地随想的光荣。

眼看时光一天天抛掷出辉煌，我的荣誉能像星光大道上的明星们的一样辉煌吗？我想，没事的时候我决不允许自己的脚步在城市的大街小巷放任自流，在念想与徘徊之间，我总想握住些什么，对此时无常的心跳有个解释，可一分一秒的时光就这样过去了，面对回不去的故乡，我究竟握住了什么？

于是乎我又回乡了，不是奢望回乡去看一回风吹稻花香的浪漫，这次回去主要是想做通父母进城的思想工作。走过虎榜山山咀的时候，我没有见到那个老人，心里不禁有种空荡荡的感觉，我甚至在那个地方突然停了下来，但很快就迈开步，走了回去。

在阳光集中力量的门槛上，她一定看到我回来了。当阳光和风把雨水打败后，她精神焕发地看到的人真的是我吗？望着那垅空旷的林荫和那几间空洞的房屋，我听见她皱纹里挤出的声音，犹如百年一叹："孩子！你看见了吗？村子里的人越来越少，现在认得你的人是少之又少了。"

是呵，村子里的人越来越少，但我还得回去，只是我回去的次数也越来越少。我把出走者的乡愁寄放在城市，而城市里每天滋生的各种思想让思想者不断沦陷，它们让天下村子里的人认不得出走者当初的模样，谁认得或认不得我早已不再重要。路在荒芜，人在模糊，重要的是我已无力像一个健康的人一样关心粮食、关心每一位亲人。所有出走者都因为村子的沦陷而无法看清膨胀的城市，我的脸被隐蔽，没有谁真正看见我回来过。一年一年的梦幻，依旧花开花落，剩下的果实是我期待的荣誉吗？每当独立城市街头，深情地回望那个只剩残棋一盘的家园，我就会想起那阳光温暖的门槛，她的白发依旧在眼帘前飘来飘去，只是她手中断裂的念珠，如同几粒在大地上东奔西跑的棋子。

如果父母跟随我进城去了，村子里的人就更少了。白花花的阳光落在蜘蛛网打结的门槛上，斑驳的树影在摇曳，母亲和孩子追不上的棋子，散落在天涯的空白格。

我不知该把目光投向何处。

是去动物园看动物，还是去看动物园里的人？当城市被一个人的身体消化吸收，村子便成了精神排泄的遥远疆域。

纸上想家

一

小时候，去山坡坡上的学堂里念书，坐在教室里，望着黑板，脑筋不由自主地从先生的教鞭下拐过一道弯，不想解题，只想回家。拼命地想。只要听见放学铃声响起，迈开步子就快马加鞭地朝山脚下那缕炊烟升起的地方冲去。

长大后，到远离家乡的西藏当兵，在风沙弥漫的雪地里操枪弄炮，在举目遥望望不到家的雪山下，星星和眼泪在月夜里不期而遇。站岗下哨，回到摇曳的烛光下，撕几页红格格的信纸，忍不住写下：妈妈，我在挨着星星的地方想家。

再后来，穿越过很多别人的城市，走过繁华与破败的街道，看到那么多唱《流浪歌》的人，他们都把自己打扮成一副流浪在外居无定所的样子。想不明白，这个满世界都在想家的人，为何不早一点回家？回去了还用再想吗？

二

多年以后的今天，终于准备在一个地方长久驻扎，可现实偏偏真真切切、一字一句地告诉我：你没有家了！

很突然，为什么我就没有家了呢？谁把我的家掠夺了？难道是我自己把家弄丢了吗？不，这一切想来都很正常！脱下军装后，我把家安在了城市。没有炊烟的城市意味着什么？好比天空彻底失去了云朵。而我思想中的云还悬在高空，不想坠落。钢筋与水泥的较量，呈现的是高楼与大厦的不同仰角，大地上的灯比橘子红，护城河的水比酒更绿，街道纵横盘旋有飞天之势，地铁像洪水猛兽从童年的梦中呼啸而过，所有自然的生机被快速运行的高科技替代。

没有星星，更难见到的是太阳，站在十五楼的飘窗前，偶尔可以看见几条蠕行的灰鱼，地面上如浪随行的人群从不抬头看天，他们习惯于以低头匍匐的姿势生存。在这里体味不到乡村风情，有的只是那些等着客人去消费的打着乡村招牌的馆子，我们的乡村被城市粘贴的味道出卖，原有的乡村风景也被画家虚情假意地捉上画布，让被囚禁在鸟笼里的人参观、仰望、惊叹，或是低头不语地怀念，过去太多太浓的仿若桃花和油菜花般灿烂饱满的乡村情感被满眼的商业广告污染或吞噬。我们的乡村生活正在被城市文明一朵一朵地嫁接或覆盖。

其实，当成批的农民父亲涌向广阔的城市，真正的家便剩下一具空壳，两眼苍凉。少了壮劳力的乡村，苞谷秆也立不正了，玉米东倒西歪的地里，只有一群野鸟和几条毛毛虫填补大地的空白，像正在衰老的人大把大把脱落的头发。杂草脱离锄头的威胁疯长，一直长到遮住留守女人望不见男人归来的眼睛。从此，家与南方连着的那颗心开始荒芜、断裂，乡村与城市爱恨交加，千里猜忌两茫茫。于是，年轻一点的女人，按捺不住独守的寂寞，也向着南方的城市进军。面对外面的世界里看不见的诱惑，她们组成了一支又一支“远征军”，挺进南方。后来，她们像螺丝钉一样被成批安放在五金厂或没有注册许可的鞋子、袜子、毛衣生产厂，而她们的男人多数在相隔数十公里的工地下苦力。天各一方时，他们相会难，如今同在一片天空下，他们相会也难，自然难免弄出些暗度陈仓、偷鸡摸狗的事儿来。有的从此改变了自己的人生和命运，有的因此把家搞成了两半。

男的重新“摸”了一个江西女子回来，他的动作就像摸麻将一样充满胜算的自信；女的蒙蔽了个不好不坏的湖南伢子，声称自己是从没有结过婚的人。

几年后，他们各自带了自己的孩子从南方之城远距离地折回村子，接走村子里剩下的孩子，一家子就这样进入迁移的阵容，一代又一代的牵挂就这样续写漂泊。直到野草把归家的路一条条淹没，家的前世与今生便消失于一个又一个的空壳子里，这些空壳子里面装的不是灵魂，而是残墙断壁的空居倒塌之后的一缕尘烟。

三

我的中学同学洪平、常斌死于南方之南的一个秋天。记不清那是他们离开家的第几个年头，这些自从学生时代便杳无音信的同学，多年以后相互之间得到的第一个音信竟是死讯。这样的情况时有发生，让人措手不及，唯有叹息。因为各自漂泊的生活，没有更好的举措抵御突然遭遇的伤悲袭击，只能任随日子在叹息中疗养疲惫。

听家里的人讲他们死得很惨。事发后，用人单位的老板将责任推卸得一干二净，他们把抢救生命的最佳时间一拖再拖，当血肉模糊的伤者被推进医院时，从耳朵上取下听诊器的医生宣告伤者已经断气。之后死者的亲属才从老家几番周折赶到，语言不太通，弱势且孤立无援，加之看到死不瞑目的儿子已经摆在面前，终是无力抗拒现实，时间没有给他们找到任何有利的供词，只有毒辣的太阳毫不留情地灼烧得他们焦头烂额。

据说，他们一个死于两车相撞的车祸，下半身被肇事者严重超载的大卡车碾得粉碎，车上撒落的泥包石土将他的上半身掩盖。另一个死于疼痛难忍的腹中急病，且是在黄昏加班的工地。那时，满山芳香的荔枝正向他扑来，而他饥渴地闭上双眼，再也不愿醒来。他太累了，荔枝也无力摘得一颗，但他一定是向着那些荔枝招过手的，因为他一直惦念着领了工资给婆娘和娃儿买一箱荔枝！

他们死时只有三十来岁。他们的女人随之接过男人丢下的一大摊子成为打工大军中的一员，她们的方向和目的地依然是南方，她们不为她们的男人送行，她们是去为一个破碎的家前行……

几年之后，我的光棍表哥也死在南方之南。灵魂回不去的南方，年近六十的表哥最终带不走小镇的一个女人或一条短信。他在南方打了二十多年工，甚至连他自己的死讯，也无力传送给同行的工友。他是几月几日几点几分死的？无人在意，无人欲知。即使苍天看见了，也无人替他问苍天。有三个打麻将的同乡凑不够一桌很需要他，可他们找到他住的地方时，发现他在床上不知何时已变成一根硬冰棍。他们搜遍他周身只搜出十九块钱，还有一张被撕角的广州至荣县的票根。

那是一个冷得人打抖抖的冬天。一时之间，满世界的花草都缩紧了脖子，山坡上的树木被霜打得抬不起头。

得知如此悲凉的信息时，我正在华灯初上的下班路上挤公交车，上上下下的乘客左手提糖果，右手拿春联与灯笼，喜颜悦色地急着往家赶，年关的气氛正在街边孩子手持的爆竹与礼花中逼近。忽然，路边一个声音雷鸣般在头上炸响，只见路面上的井盖掀了个空中飞，车子里一阵骚动，前面的街道不时有礼花飞舞。我不知与表哥一同打工的南方工友得知他的死讯会不会停下手上的活路，面对工厂那些轰鸣的机械声和飘荡的烟尘，发几秒钟呆，想一想家。

这个光棍表哥就这样潦草结束了生命，这离他实现进家乡的敬老院的理想还差一年，因为明年他才满六十。我猜想他没有任何需要交代的后事，因为他无处交代，也无人聆听他的交代，前面的哥和后面的妹都先于他离开这个世界，没有人为他守灵送魂，几个无音无讯的晚辈也在南方下落不明。即便得知消息，他们也懒得为此回来，因为他们最怕的就是花钱。如此看来也只有那几个打麻将凑不够一桌的乡人送他上路了，谁让他们的麻将打到生离死别也永远打不完呢！

在我的家乡，一个人的离场缺席，会引来更多的替补者，他们用麻将为人生送别。

然而，仅仅相隔几天，有个年近八十的张氏老人，也去了。他的儿子儿媳孙儿长年在南方打工。他死去之前，常同村子里的老光棍背喂猪的苞谷去镇上卖，然后捏着一把钱隔三岔五往县城跑。从县城回来，他逢人脸上的笑就会情不自禁地洋溢出来。那几个跟在他屁股后面的老光棍见人也偷偷地笑，并且笑得耸肩驼背，上气不接下气。他什么话也不说，只是笑，比吃了荔枝还甜的笑，不知道的人还以为儿子买大鱼大肉回来慰劳了他。谁也想不到，他的儿子儿媳打南方回来却是坐在麻将桌旁一边点烟，一边摸牌，看都懒得看他一眼。他闭上眼，躺在茂盛的草地上，因摔伤过重而死。儿子打完麻将，便将他抬上山，高高兴兴地很快回了南方。随着这个满身都是故事的老者弃世，村子注定归于寂寂。世界从来没有如此安静。老者从村子消失后，剩下的三两个老光棍也没那么嚣张了，他们有的被送进镇上的敬老院，有的因为生活作风不正，村人拒绝签字，最后连敬老院也进不去，只好等死神来收留。

四

懂得想家的人，一定会以泪洗面。当土地经验在我的文字中渐趋消失的时候，我深切地体味到家的依附对一个写作者是多么的重要。从更深一层意义上讲，家的概念就是写作者孕育生命的场，场的秩序被破坏后，习惯就成了不习惯。由此，我想到巴金的作品《家·春·秋》。十年前，我曾在成都正通顺街的李家大院工作，那是巴金曾经的寓所。那时，我常在工作之余，在巴金的家中一边重读巴金著作，一边拿着书去向当地年老的住民打听消失在时光中的巴金之家，然而除了那口巴金眼中能寻访到童年印迹的“双眼井”，我再没看见他笔下的一点儿家影。

去年夏天，我得知巴金故园将在此原貌重现的好消息，但时光匆匆飞逝，春去秋来，最终不了了之。为什么飞速扩张的城市，竟容不下这样一个家呢？在我看来，原貌重现的历史文化背景，尤其是名人故居理应成为一座城市的经典坐标，巴金的家甚至可以成为世人了解中国文坛的文化窗口之一，任何借口与形式的换位复制，都将失去家的真正意义。有时，移家如同移心，风险太大。不多久我看到了一条更令人震惊的新闻——梁思成、林徽因故居被拆。当时颇为惊讶的我以为自己看错了此新闻，两个为保护北京古城做出过重大贡献的人物，他们的故居却被莫名其妙地拆掉。真是太可惜，太荒唐！

一个没有家的人，还能讲出多少家长里短的中国经典故事？他失去了家的庇护，怎样才能找到家的方向？我们的乡村正处在革新之中，这必将导致乡村书写者视野的转移，谁来替当代乡村美学接受这一场洗礼？成批乡人迁移城市的变革已经摆在眼前。一直以来，我以为我一定还有机会深入我的乡村细节，梳理那些流落他乡的美丽羽毛，整合家的完整体系，可我发现武装过我头脑的哲学、政治、道德经都无法让我深入或返回，我再也回不去了，我的笔尖已找不到叙述对象，仿佛我的根已被历史与现实扯断，我停在城市的入口处，还能看见一个破败的背影屹立在家的遗址上，但我的乡村世界早已失去它的完整性，关于乡村经验的书写，便只残留最后的记忆，破碎与消亡。

五

由于我多年的努力，留守在家的父母这个春节终于离开那个空空的村子，迁徙到我所在的城市。这是自我年少离家后数十年来和父亲母亲在城市里的首次“团圆”，可城市里没有他们的其他亲人，唯有我，唯有每天守住一个电梯上下的狭小世界，哪里也不去，哪里也不敢去，因为年岁渐高的他们害怕迷路。在他们眼里，城市里的商场与街道都是同一个窑子烧出来的复制品，所以他们容易产生错觉，离家近的路也总会被他们越走越远。在距离那个村子只有三百多公里的城市，他们的观念面临着被陌生的环境整改、打碎、培育、适应，稍稍一想就多了一种悲喜纠结的鼻酸。过往的几十个春节，他们一直停留在同一个地方，不曾移动半步，那是他们生儿育女的地方，也是他们身份证上从未更改的地址，更是他们一出门就开始挂念的家。此时，若他们在家就可以自由地走亲戚，从正月初一走到十五，有炊烟升起的地方，他们不用担心迷路。

现在，元宵已过的深夜，闭上眼还能听见窗外爆竹声声送走悠悠岁月。于是，起身扭亮落地灯，抱一杯咖啡，平静地坐下来，我想，这年头恐怕也只能在纸上想家了。

沉默的人

风知道的事，故乡不一定插言。有时，迷失方向的风，一不小心就把回忆摇落一地，如同漫天知己，找不到家的方向，独自零落街头。风中的承诺太多，风却守口如瓶。被风吹过的故乡，风比人沉默。

离乡后越来越孤单，回乡的欲望越来越稀薄。有些人，有些事，久而久之，不闻不问，离乡者的身份便自动出局。放眼天下，每一个灵魂的故乡都被风吹散，有的注定成为亡灵的遗址，躯壳隐退抑或消失，这是不争的现实。

没有折返故乡，身体里并不缺失故乡的纹理。相反，这种时候对故乡的念想，最见时光的刻度，好似电流触及额前的抬头纹，越想念，越深陷。如果故乡是一个静止的靶子，游子则是一颗移动的子弹。山河，故人，地名，卑微的草木，卑微的鸟群，都是随意进出记忆的零件，之于时空伴随的故土，经年以后，它们依然一成不变。

钟情故乡的人藏在年轮的缝隙中呆若木鸡。

比如，观音菩萨摩崖上的黄桷树根，温家岩洞周边延伸的竹林，虎榜山下田坳边停得乱七八糟的车，这些载体在背对一颗子弹的呼啸中，静如处子。它们是小提琴《思乡曲》的背景，子弹轻而易举击穿的背景，仿若画布上涂抹的风景。它们不是故乡的灵魂，形象与观感上不会触及灵魂反应；它们顶多算得上灵魂故乡的外衣，待在故乡的人受够了熟视无睹，实际生命的本质里一刻不停地激活着各自的密码，就像离乡者如影随行的思念。

母亲说，十天半月听不见山坡上练孃孃的声音，她有些担忧。过去整个山野层层金黄翠绿的庄稼都能听见练孃孃这个女子豁亮的声气。曾经村子与村子之间，谁家的红白喜事，第一个站出来帮忙的人准是练孃孃，我年少时吃过不少她做的饭菜。

练孃孃的儿子，是我少年时的伙伴。这家伙在乡亲们嘴里，可是出了名的懂礼貌的好儿郎，方圆十里的人都夸这家伙挺能招呼人。如此表现十分给练孃孃长脸。遇到熟人，这家伙远远地就把人给招呼得春风满面，连身边飞过的蝴蝶也朝他点头。因为自己没这本事，我心生妒忌，却不愿向如此优秀的人学习。其实我乐意招呼别人，只是我不喜欢故乡墨守成规的语言体系。我心里有一个热情的声音替我招呼，如同蜜蜂招呼花朵；我眼里有一汪明净的海峡替我招呼，恍如镜中的梦境；我想我的微笑已掉进吹满风的山谷。我有意去掉称谓，万物常被我混为一谈。在我的生命里，故乡的田野与山色，不宜大声喧嚣，低语是一种契合的表情，沉默是一种自然的意会。习惯了把风当最好的朋友，却怕热情的招呼用力过猛，犹豫自己言辞不当，伤害春风十里的欢喜与爱，飞过油菜花田的蜻蜓也不愿意搭理我。

大路朝天，各人走半边。那些生活中一笑而过的人，他们不是我们生产队熟知底细的人，但与父辈年纪相当，不排除他们和父母认识，我若直呼其名显然不合适，何况有些名字我也叫不上，我可不会像伙伴那样将他们亲昵招呼。我找不到与他们半根羽毛的牵连。但这容易成为父母嘴里“没有礼貌”的后生。伙伴对他们的招呼，总能冠以名字之外的辈分称谓，因为他们是另一个生产队的，听上去满世界都是他们的亲人。

我们生产队的人，如果与父母同代，一般会在招呼其姓氏后加一个“大”字，比如：方大爷、谢大爷、梁大爷。我们这样称呼人家，父母往往也会降一辈分，跟着孩子这样叫，好比家中直系亲属的父母，跟着孩子一样叫家公、家婆、舅舅那样亲昵。如果遇到他们的另一半，就叫方大娘、谢大娘、梁大娘。我知道她们原本并不姓方，也不姓谢，更不姓梁，不过是跟着她们丈夫的姓氏罢了。但这无疑让听者心里的温度，多添了一丝季节的优柔！

还有一种招呼，依据的是对方在家的排行，比如：李二爷、王三爷、张幺爷。虽然我勉强能够叫出口，但心里一直有些排斥，声音像是萎缩着，像是忽然一口气跑过了一座丘陵，我不管对方是否听清我的招呼。比起伙伴嘴上抹了蜜似的对人招呼，我的表现多少有些生硬和不坦然。但这种情绪绝不是我有意为之。

同代人之间的招呼，更让人难以接招，他们拒绝叫对方学名，认为学名是课堂上的书本，他们只叫人的姓，外加在家中的排行。张六、吕五、谢二娃……如此称呼，他们觉得接地气。在我看来，不论是同代人之间，还是长辈对小辈，这都是语言学的粗暴表现。小时候困在村子里，无知又无力改良故乡老气横秋的语序定义，可人到中年突然重逢，忽又听到别人对你极为不雅的称呼，顿时被古老的梦打回原形。

感觉有那么一刻，我发现我不是他们口中的那个我，可我除了沉默，无力挣脱。

越靠近故乡，心里越没底。遇到久违的熟人面孔，如何称呼对方成了心里的犹疑。只要踏上回乡路，便觉语言是多余的素材，风替我叫醒了每一朵花，雨帮我淋湿了每一个乡亲的乳名，阳光给我照亮每一座山坡。我的无声，我的含蓄，我的木讷，天空看在眼里，众生也不多言。

从我年少登台声情并茂朗诵《周总理你在哪里》时，就已发现故乡称呼语模式的严重固化与滞后，我在语言的屏障中闪躲，舌苔与思想的较量，不够尊重的冷贴面，常常让我失语。尤其是那些摇头晃脑的孩子，远远见到我就甜蜜蜜地叫“凌六爷回来了”。

于是，我尽可能用发自内心的微笑，来代替称呼，我以为一路上鸟雀已经提前代我招呼了所有人的名字，我以为潮湿的空气已经替我传递了无须打草惊蛇的表白。有时，乡亲正在进行农事，我就停下来——钓了多少鱼呀？或者，今年的收成不错吧？你家的豌豆尖长得好漂亮，胖嘟嘟的，一定可以卖个好价钱。乡亲缓慢抬起头，仿佛感觉到了我的自言自语，但脸上已明显露出微笑——噢，回来看你父母呀！

没有称谓的招呼，并不是不懂礼貌，只为减去虚设的俗称，彼此握着真诚的话语，回到内心的园地。我们粉碎了拘谨，大地上所有草儿，替我们搬来粮仓装不完的语言——它们赤裸裸地挨在一起，摇头摆尾，不分你我，也不分大小。我们的握手言和，天空中的飞鸟，看得热泪盈眶。

无论是出门在外，还是在返乡途中，我如此放松地与重逢之人照面。没有任何思想包袱，不带任何功利色彩，像风吹过的甘蔗叶一样轻舞飞扬，像藏了一冬的雪在阳光下彻底放松身心。人与人之间，需要放松，而不是放肆，哪怕长辈或领导，我只想让气氛归于自然的平静，让人和人重建平等和谐本真的对话。我们之间从没有陌生，但必须去掉伪装者的客套。

伙伴的表现，乡亲们当然会将之视为一个人的优点。这家伙带着他的“优点”上路，从县城到攀枝花，从锁厂到煤矿，从小城到沿海，中国不少地方他都一路“走运”，后来在广东番禺打拼至今，从未听说碰壁。他行走江湖的法宝，让我看清了世界不会拒绝一个懂礼貌的人；或者说，一个懂礼貌的人无论身处什么社会阶层，都不会被嫌弃。从小到大，我听到或见证的总是他如何受欢迎。只是多年来我们不曾参与彼此的生活。即便有微信，一年难得对话两三句，有时三百六十五日全是空白。那两三句对话是否抵过千言万语？我们用沉默抵御年少的寒冷与别离故乡的悲欢。

快嘴的练孃孃怎么会得哑症伤寒？母亲纠正父亲，啥子哑症嘛，就是阿尔茨海默病。说话能力减退了，熟人招呼就当不认识。故乡的气场，从有声到失声，不是练孃孃一个人的失语所致，母亲悄悄拉拽我的衣角轻轻耳语，让我明白了父亲渐渐的迟钝与偶尔的失忆，也在加急故乡的沉默。想起小时候，伙伴与同桌闹着要分清界限，彼此的白衣胳膊肘画得满是蓝墨水，老师请家长来解决问题。练孃孃挽起袖子，吐了一口唾沫，牙缝中突然蹦出一句话，像一把内敛的飞刀，将老师久久定格在台上——我文化不高，只求老师把我的娃，教得分得清男厕所和女厕所。操场上的杨柳与雪白的墙壁顿时哑口无言。练孃孃这番话，像热风融化不了的冷麻糖，储存在故乡折皱的衣袖里，让我出走半生仍挥之不去。

如今，我站在讲台背后，审视我的父辈与一代代出走者的故乡启蒙教育，脑海里闪出练嬢嬢的“经典”之言，这何尝不是故乡泥土里生长出来的生存哲学呢？尽管她的表达可能缺少美学滋养，但它已经冲破一个家长内心郁结的底线！好比某一回，我在讲台上字正腔圆地讲述故乡的一切，突然冒出一句怪味胡豆般的乡音，原本是为了还原故乡的准确语言，可台下众人愣在原地，一时半会找不着北。有的猜了半天，也判断不出这语言的产地。

母亲动员父亲一起去看望练嬢嬢，无奈二人年事已高，爬坡难，上坎更难，迟迟未能成行。

心里纠结此事，思忖半天，我给伙伴发了微信，问他是否回来过年。不料伙伴的回复只是一张图片，上面有人被搀扶，有人上下电梯，还有空空的轮椅，一看就是医院的环境。接着，伙伴发来三个字：高血压。原来伙伴之前有回家的打算，但在南方工厂的社保还没交齐。我知道这意味着什么。对于一板一眼寄生他乡的生存者，明天的早餐是仁慈的，也是具体的，他当然不会像理想者那样随心所欲。他问我，家里有啥生意可做？我脑海即刻一片空白，这的确有些为难我。对于故乡的经济形态我一无所知，更无实地的考察经验。面对如此务实的话题，我诅咒故乡活该淘汰像我这样的人，本来我也只能算个局外人。但这并不妨碍我对伙伴能力的把握和信任，据说他在南方城市混迹几十年，生存法宝唯有“礼貌”二字。在他身上，一以贯之的礼貌其实就是人品的保障，老板信任他的人品，一次次劝他莫要走。

“回来调查一下吧，凭你的勤快，一定可以振兴乡村。”我迟疑着回复，不敢在文字上有半点闪失，对待他人生存大事的法则是，必须一个萝卜一个坑，严谨再严谨。

生存与生活有时真有天壤之别。

我个人主张的生活，除了解决基本的生存问题，可以保有一点诗情画意的闲逸，但抗拒我行我素、自以为是的浮夸，必要的想象或幻术都是笨重生活的一种助长，这当然与某些装睡的“白日梦”是两回事。我在语言的长河里漂泊多年，与汉字共生共存，努力想为读者构建虚实并轨的精神世界，让人的灵性从这片沉重的土地上获得愉悦的飞翔，这可能与我半生的职业操守密不可分。繁华的物质堆积，于我不过是灾难的临近，适可而止地出离凡尘，则是人间清欢的必备。毕竟我们生生不息的故土，有着太坚实太厚重的艰难史，若人的灵魂不能够在生活中翩翩起舞，布谷鸟怎能停在一株树上安分守己。

之于故乡人，他们无须像我一样拥有一半务虚、一半务实的灵魂。他们只要进一步再进一步地务实——

瓦片与泥浆不能分开。

稀饭绝对不能原谅干饭。

堡坎上的野花生不逢时地灭亡。

玉米成熟了不收就要发霉。

香樟树状如一把可以乘凉的太阳伞，他们偏偏嫌落叶多如牛毛，只好将其头剃光。他们不会将外来物种与本土物种进行联想，他们更不会把月熊和棕熊区分开来，他们把青山绿水分得清清楚楚，他们曾经把责任田的分界线画得明明白白，你的是你的，我的是我的，就像少年的胳膊肘与课桌的距离，任何跨界的藤条都将自毁前程。他们的生存不仅需要脚踏实地，还要眼见为实。

如果他们发现我在文字的世界里，任意组合辞藻与派生意象，他们一定会怀疑我对生活弄虚作假。幸好他们从没兴趣关心纸上的事情。他们不知我在外面的世界到底做了些什么，包括我的父母，我的兄长姐妹，他们从不问我过往的经历。他们有的夸赞我吃了文化饭，有的在我面前后悔，说自己吃了没文化的亏。乡亲们常常道听途说，对我一知半解。写作这件事，我在他们面前绝口不提，生怕他们骂我走了生存的歪门邪道，不务正业。

这年春节，一个几十年没有往来的表姐邀请父母和我参加生日宴，席间有些似熟非熟不敢相认的晚辈。宴席即将结束，有个比我年长一些的邻居，突然站起身，拍拍一个晚辈的肩膀，指着我对晚辈说——你一定要认着点哟，这是省上回来的人，他可以提拔你。但这个邻居实际上从来不理我！

我心中莫名地怒火中烧，如哑巴吃黄连般痛苦难言，这是哪里话？好比一个作者强制投给读者的错别字，但作者根本不知这字究竟错在哪里。我大惊失色地看着他——你真幽默，我哪来的资格提拔人？

这误会闹得可大了！他一脸严肃又认真地盯着我的眼睛——你平时回来从没叫我一声！

我立马反驳，每次都给你打了招呼，怎么非要我喊出你的名字才算招呼吗？我若喊你绰号是我没修养，叫你读书时的名字，又怕你觉得过于书面。难道你忘了，前几天我们在路上碰见，我老远朝你招手又点头——嗨……你驾着三轮车只顾低着头，吭哧吭哧地走了。你没回应我，但我欢喜无比。你身后的风替你回应了我。

不知是不是酒的缘故，他红着脸，眼里突然滚出一团奔跑的火光——我一直低着头，谁让你的眼长在天上！

我拍拍他的肩，所有语言都像即将出膛的子弹被我按回弹夹。故乡以沉默的方式，从我出走那天起已将我慢慢埋葬。故乡的沦陷，从语言的失格开始，留在故乡的人与出走故乡的人切断了语言的河流，因为缺少基本的交流，他们无法走进彼此的内心……我想紧紧地拥抱他，可除了沉默我别无选择。他几近抗议的“从没叫我一声”，让我警觉一个人通往故乡的语言路径，是不是早就障碍重重？与人交往时，前面被去掉的称谓，是不是让人家极不适应？我在外面的世界颠沛流离，在语言的风浪中一次次扬帆起航，我见识到那么多有修养的人，以轻风拂面的舒服方式与我照面，我以为我从他们身上复制了一种舒服的气质。

没想到“舒服”在故乡居然是一种阻力，甚至是猜疑和嫉妒，以及无中生有的信口开河。母亲觉察此事后，小声地对我说，乡亲们多少回反映，你们俩兄弟就是不爱招呼人。

罪过，真是语言的罪过呀！

反复反省中，我已经想好，下次回乡一定请那人到家中喝一杯酒，告诉他，人生的相见与别离都是一场接一场的误会。所有出走与归来的心语，我不知如何转化才能以更接近故乡的形态，抵达他的内心。也许，他的心里一直保存着我们小时候的世界。那时，我们经常睡在同一张床上，两双眼睛透过一片亮瓦，望着子夜里眨眼的星辰大海，用憧憬明天的语言相互取暖。下雨天，我们手牵手，拄着竹棍，走过高高的谷堆旁，翻过那片芭蕉竹林掩盖的沙梁去学堂。

此刻，我想郑重地叫一声：张六，来，我们干了这一杯。

二　莽

在门对门的城郭楼道，遇上同时进出电梯的邻居，我会主动选择点头微笑，但不易产生言语上的交会，因为彼此不知对方姓名，不曾谈起我们来自哪里。对方嚅动嘴唇，想说什么又无从说起，即使勉强地挪动了舌头，最终只能欲言又止。

还能说什么？又能说什么？

城里如此，想必乡下更不敢指望。毕竟我们来时的温暖屋基，已不复存在。孩子们在麦垛上追追打打，饿了随便坐上谁家饭桌吃饭的画面，只存在于回忆。沦陷的人面与花影，太难进入亲切的乡村文本。人，可能是未曾谋面的新人，也可能是熟悉的麻木旧人。而花则是清一色的陌生野花，它们见了归人一言不发，在风烟散尽的大地上，它们习惯无人问津，我行我素，自生自灭。

瘦骨嶙峋的父亲，来不及骄傲便衰老了，已委屈地蜷缩在沙发上，但他还能保留对邻居的不满。他服用了几管我带回的药，刚恢复一点说话的力气，便发出对邻居的指控。父亲吵着输完液要回虎榜山。他说，只要他回去了，邻居胆子就会小一点。能想到的人家多数已下落不明，父亲的邻居到底还有谁？扯了半天，我们才明白，原来邻居不是别人，而是离我家上下几步之遥的二莽。

在村人眼里，二莽算是我们家的半个儿子，父亲有什么事情，都可以依靠身强力壮的二莽。许多时候，我们在心里对二莽充满感激，毕竟他替我们做了照顾父亲这件事。但父亲说，两人除了利害关系，一切都是面子文章。

二莽平时对父亲如何，我们不得而知。但母亲说家里来了客人，或有好吃的，父亲都会主动叫上二莽。在父母的生活哲学里，多一个人吃饭，不过是多双筷子的事情。有时，我带回的礼物，父亲会分一半给二莽。只是二莽的举动，令父亲不好对外人启齿。二莽上街帮父亲购物要收取二十元跑腿费；二莽趁父亲生病，跑到家中，他不是看望父亲，而是四处东张西望，搜索还有没有能拿走的东西。无论谁家的红白喜事，二莽概不随礼，这让见过世面的父亲，脸上很是替二莽挂不住。

作为二莽的舅舅，父亲清楚外甥不差钱。相反，二莽储备的钱，比谁家的都多，只是那家伙一年到头舍不得花一分钱。婆娘死后，五十开外的二莽就扔掉手中的锄头，再也不种庄稼了。除了去乡里的商店无所事事地打望，偶尔上桌搓几把麻将，每天在家就守着一堆旧钱，数过来数过去。不管春暖花开，不顾寒冬腊月，一张接一张反反复复地数，不知不觉就把日子数到六十开外。他还在开开心心地数，哪怕是梅雨天，他照样把钱数得“张灯结彩”。他总想把满世界的钱，都数进他的腰包里。

这不是小说家虚构的情节。

二莽的钱，除了女儿早年打工给他的，其余多来自当陪护。二莽是一个骄傲的陪护。没有活接的日子，二莽在家天天等待呼喊。他在数钱的同时，不忘盯几眼手机。可上午和下午，手机一声不吭。这时，他心里最渴望的就是有人害病的消息。因为二莽力气大，又有照顾病人的经验，还有与医生套近乎的本事，病人家属争着请他照顾病人，他的身价自然水涨船高。

最让父亲想不通的是，家人临时有事挪不开时间，请二莽去医院照看父亲一天，二莽居然嫌工钱太少，若要请他照顾父亲，必须一直由他照顾下去，时间越长越好。父亲出院后，有点恼羞成怒：二莽靠不住，跟他老汉一样。

二莽的老汉，我小时候见过。那个血缘上被我叫作姑爷的人，曾经是生产队的保管员。别人家的粮仓早已弹尽粮绝，二莽家的粮食却堆满山，似乎永远吃不完，这与姑爷暗地里的精打细算有关。我家常常红苕汤当饭吃，饱一顿，饿一顿。二莽家一颗粮食也不肯借给我们，父母只得去几十里外借。二莽说，他老汉讲，要帮他们家收庄稼才能借粮食。于是父母、哥姐在农忙时节，都去帮二莽家收割。我放学后带着空响的肚子找哥姐拿钥匙，干完活的人们正在吃饭。二莽的老汉绷着个脸，指着我说，这个人还没有下田干活哟。于是我扭头便跑回了家。

年少的自卑、自尊都与温饱脱不开关系，这是我的深刻记忆。二莽现在的德行，与他老汉早年对人的压榨不无关系。二莽是家中唯一的儿子，其余几个全是女子。二莽家的女人，比二莽高出一个头。大人们都说，二莽的女人是他老汉用玉米、谷子、布匹换来的。因为家里富得流油，嚣张的二莽，常笑话吃不起饭的人家。二莽手持一根青竹竿来我家乱敲空空的粮仓，我用眼神和牙齿憎恨并警告他——总有一天，我会让你不敢如此无礼。

我对待故乡的任何人，说话尽量克制，但骨子里绝不是妥协，我想我不能在自己生长的土地上丢掉教养。我只能安慰我的父亲，正如俗语所说，“大德不逾，小节不拘”。若我们凡事都能把眼光放远一点，就不会为那些细微的小事而烦恼。我安慰父亲，村子里平时人花花都见不到几个，说实在的，上次二莽能喘着粗气背他到山下等救护车，已经相当不容易。抛开他是我父亲外甥这层关系，我们都应该对他表示感激。父亲紧锁眉头，眼里很是不满，声称自己心里有数。

几天不进食的父亲，状态越来越糟糕。我打了一通通电话，镇上的医生都不肯到乡村出诊。有诊所回答，病人年龄大了，不敢如此操作。二莽乐呵呵地坐在我对面，望着一脸无奈的我。他表面不给我说什么话，但心里一定有强势的台词——不怕你在外面那么吃得开，只要回家你就有求于我。于是我只好背着轻飘飘的父亲，往镇卫生院赶。二莽对着我的背影发出的笑声，犹如葫芦闷进水里，让我感到又怒又闷。

我们赶到镇卫生院，医生说没有床位，六个病人已经满位了。在今天很难想象，一个只能容纳六个病人的镇卫生院，是何等袖珍的卫生院呀。走廊上，一个白发老妇人在苦苦呻吟。她蜷缩在硬邦邦的橙色座椅上，诉苦自己排队两天，还未能入院。我站在不远的地方，仿佛看到死亡的白骨爪，伸向她灰蒙蒙的瞳孔。惆怅之余，我把手机里的号码来来回回翻了一遍，恰好发现有一个在此工作的乡友，满以为他能帮忙让父亲住院，得知我的诉求，他连声回应自己在医院不认识人。

怕父亲的身体在路上发生状况，我们轻易不敢去市医院。在故乡，所有迈入老龄的病者都害怕去相对较远的大医院。他们唯愿在家走得安全，落叶归根。

这一次的遭遇让我开始怀疑身体里住着的故乡。我的亲昵，我的情怀，我的年少，我曾经对故乡自信的书写源于什么？有人在出去，有人在回来。作为回来的人，一件看似并不难的小事，却在故乡上演了“难上加难”。不得不反思一个人与故乡的距离，我的孤独是不是与长期脱离乡亲有关？几十年的出走，每一次回来都很短暂，目及之处有些人我熟悉，但他们未必熟悉我。匆忙的城乡往返，除了二莽，几乎不见他人踪迹。

二莽外表的老实与内心的精明，构成了故乡最后一道坚实又脆弱的防护栏。他对外来者的自私和敌意，让我看清了人性。我警惕对一个人的重复书写，但我不能降低对故乡的缮修尺度。

后来，我们将父亲转移至姐姐家。虽地处不同市县区域，但乡村交通便利，车来人往，网络光纤也已植入当地人的生活。姐姐家在花团锦簇的公路边，那里开设了便民生活服务店，烟火气自然不必说，简单的乡村娱乐设施，也是吸引人的一个去处，卫生员随喊随到，这对父亲身体的康养起到了积极作用。

父亲在姐姐家待不了十天，又开始吵嚷着要回去看他的苞谷，还有他的鱼塘。他说如果没人回去，二莽会对那些苞谷和鱼苗下手。姐姐安慰父亲，身体要紧，安心养病才是大事，鱼和苞谷值不了几个钱。父亲总想着回去的事。每次他的身体好一点，催促母亲陪他回虎榜山的话就多一些。姐姐无奈只好给我反映，我能做的只是打电话，给父亲一些劝慰，这样他能勉强多待几天。

二莽得知父亲康复的消息，逢人便讲，舅舅不会找他照顾了。这在他心里是一件多么遗憾、损失惨重的事情呀。尽管如此，考虑邻里之间多少有个照应，姐姐还是邀请二莽去镇上吃饭，以示我们对他的感谢。可二莽扬起脖子说，主人家并没有请他。意思是，他没有接到我的邀请。但我打电话邀请二莽，他却声称自己感冒了，要去诊所打针。

想想车辆通畅的姐姐家，这让出门在外的我，心里踏实了一半。父亲终究离不开他的村庄，姐姐家条件再好，他依然想着老家，还有二莽。

父亲觉得，只有自己居住一生的村庄，可以让暮年的心感到安全踏实。

助手同我一路奔波，为我病中的父亲忙前忙后，闲茶片刻禁不住感叹，你老家除了交通糟糕、人流稀少，其他风景并不差。这话似乎给了我莫大的安慰。返城路上，助手突然提出要请假回家。我问他回去做什么。他说邻居想他了，他也想邻居了，想回去做一餐南瓜大锅饭，请邻居开心地撮一顿。

窗外的风带着尘埃，从乡村挺进城市。丘陵中的故乡，如掌纹里的沟壑，在渐行渐远中隐秘溃退。目视着一路勾走思绪的万物与建筑，恍如梦境。

醒来，有个声音像是在山坡上嚷——二莽把自己数成了一堆旧纸钱。

乡关人花花

一

瞳瞳的学校放假早一点，他娘俩已提前几天回武胜。

腊月二十八下午，我终于向着老家荣县出发。因驾照还没到手，为我开车的是同在成都工作的一个沾亲带故的女院长。多年没回出生地过年，这回总算如愿以偿。想必八十多岁的老父老母一定在村口盼我，尽管他们在电话里从不过多表达情感，他们懂得我有妻儿，有自己家的事。

孩子都是父母的股份，但父母不是股东，他们只是家的遗址。我知道有一天，他们还将成为故乡的坟墓。

哥哥和姐姐成家较早，但父母从没把我这一股份从原始股里分出来，无论他们做什么大小事，都以我的名义执行。比如亲戚红白事，他们要去走个亲送个礼，打的都是我的招牌，而且往往比别人家送得多，意思是不能给我丢面子。如果有我行礼出面，他们就不再单独行礼，反正我是他们的股，他们代表我的家。

父母跟幺儿一起生活，这是故乡亘古不变的习俗。母亲常因家中有我这一股而宽心。可今年的春节，气氛有点糟，拿母亲的话说，人花花也没得几个。听说在外打工的回来不少，但就是不敢扎堆串门。

在乡下，晚饭后的规定动作便是洗脸洗脚，人再多也只能轮流用那一张洗脸帕和同一盆水。这让久居城市的我很不习惯。天然气与自来水早已安装，父母却只当它们是摆设，依然习惯用柴火煮饭，习惯延长一盆水的使用寿命。之后，父亲示意我打开电视看节目。望着写字台上摆放的二十英寸电视，我不愿伸手拿遥控板，感觉这小玩意与我们的大房子很不匹配。这空大的客厅，除了两个不善言辞的老人，太需要一种声响来作陪。突然想给父母换台大电视，明天就去自贡买。

母亲听此消息，心里顿时乐开了花。

腊月二十九早上，屋檐上滴着水，母亲像个欢天喜地的孩子，踩着枯萎的青草，跟着我出门。竹林边，风儿摇动的两株树之间，是谁布置了一张大网？母亲说是德娃干的事，他天天想让斑鸠上当。我想，再傻的鸟儿，受过一回难也不会再来了。那一刻，我很想找个无人的空当，悄悄扯掉那一张网。遗憾的是，我失去了去帮一只斑鸠的意趣。我知道这一定是心里住的那个鬼在作祟。在伙伴们四散的故土上，归来者的心好比撞进网里的斑鸠，落寞、孤单、无助。我想起小时候，何尝不是这样撵着路跟母亲去走亲戚的呢。

只是脚下这条高低不平的洼道，在我记忆里从没让母亲的脸色好看过。每次母亲的抱怨都让我沉默无力：每家每户的钱，交上去好多年了，可路还是没人来修，车开不到家门口，落雨时下脚都难。我不止一次被我村庄的路扫兴，为何别人的村庄多是村村通的畅快？

过虎榜山摩崖造像时，一辆红色轿车忽然停在我们面前。

原来是小老韦，他让我们上车，顺路搭一程。十多年没见面的小老韦，已经由当年那个爱流口水的孩童，长成闯荡世间的小伙子。他阳光又自信的表情，反而衬托出我的沮丧、颓唐。

小老韦和他父母长年在广州打工，副驾驶位置上坐着他的女朋友，据说是村主任的侄女。小老韦把我们送到成佳后，我和母亲步行几百米来到车站。

长期在贡井做事的哥哥，原本说好到指定地点与我们会面，结果我们到达后多次催他，说是还在与工人谈事。好的是，侄子泽明午饭时候终于与我们在小饭店照面。他坚决拒绝我埋单，证明他已不再是小孩子。

午后，我们快速来到电视专卖店，选好中意的电视，无奈的是，我们被告知，七十英寸没有现货，至少得等上三天才有。错过春晚，再大的电视于我们都不合适了，于是我们只好选了一款五十五英寸的现货。

店员帮我们叫来安装师傅，迅速驱车一同朝家奔去。

二

下午，小老韦家的七大姑八大姨已经在村口忙碌起来。

杀鸡打鱼的，洗衣扫地的，劈棍砍柴的，个个都没闲着，他们的行动为这个寂寞得见不到几个人花花的村子，增添了一丁点乡关年气。因为正月初四，小老韦的女朋友携家人正式登门造访。如此具有仪式感的家庭喜事，小老韦的父母不敢有半点怠慢。

手脚麻利的二花，是小老韦的二婶，她在昨夜已将自家喂的十多只鸡鸭全部杀好，准备送至重庆，到女儿那过年。母亲问二花，怎么还没去重庆？二花心里很不爽，侧着身子弯着腰：有啥办法嘛，小老韦的妈和老汉弄不出来吃的，家里要啥没啥，话也不会说，还想说个好媳妇。我可不想提前去了重庆，把钥匙给他们随便拿我家的碗筷呀。

母亲停下脚步，脸上挤出几道没有水的波澜，一声咳嗽后转身回到屋里。我听见一个小小的声音，像是母亲说给天上飞的斑鸠听的：人家不行，就你行。

站在院子里，我看见二花大大咧咧地指手画脚，指挥人忙前忙后，根本不怕得罪小老韦的父母。坝子里有打麻将的人招呼我，是江苏打工回来的小学同学。我向他点头，并没有走近的意思，因为我对麻将毫无兴趣。

晚上面对新买的大电视，母亲打着喷嚏，开心地说这个电视看得很清楚，那个二十英寸的根本看不清。其实母亲到了这把年纪，看不清楚也属正常，妻子和我早就动员她去做白内障手术。父亲偏说，要等母亲的眼睛看不见东西才能做手术，否则效果不好。

三

明天就是大年三十。

我打电话让哥哥和泽明回来吃团年饭。顺便发了个微信红包给泽明，让他给他奶奶买感冒药，再帮我买一串巨响的鞭炮。我暗下决心，必须用最响亮的爆竹声，在跨年夜的重要时刻，驱散一年的霉运。

夜未央，一个人躺在床上发呆。天边几颗模糊的星星，在打探村子里的消息。其中一颗特别亮的星子，落在高高的山坡上，让我想起一个人。于是我给回忆中的那个人发微信：有空望一眼你窗外山上那颗星，亮得太过分了，若时光倒回三十年，一定想办法将它夺下来。

此人是我年少时的伙伴善玉，他决定从广州回来，已提前告知我行程。算来我们之间，足有二十多年没有碰面。善玉叹息：哎，这几天把我累惨了，天天都搞到十一二点，几乎是全面整修。原来他因长年在外打工，人去楼空的房子，早已千疮百孔。

辗转反侧，想睡却怎么也睡不着，脑子几乎被各类爆炸式的信息占据，耳朵里忽然钻进一个声音，让我有些不安——那是母亲的咳嗽声，很用力，很疼痛。

母亲感冒了。在半梦半醒之间，那尖厉的咳嗽声，让我突然意识到自己的不周到，母亲这么大年纪，大冬天怎么能和我进城奔波。母亲得知我的担心反而安慰我，没事的，就一点小感冒。

第二天午饭后，泽明一个人驾车回贡井去了。哥哥坐在沙发上，一言不发地盯着电视发呆。从大年三十到正月初一，他的活动范围只有饭厅和客厅。母亲为他准备好的房间，他没有涉足一步。除了问我家瞳瞳上几年级，是否能够独自去学校，他再没多余的话。哥哥和他的工人师傅们，长年在工地上与泥巴石头钢筋水泥打交道，而我对此一窍不通。饭桌上，获取的关于他的工作信息，都是泽明说的——

工地上的钱太难收了，最近来找爸爸要钱回家过年的工人，天天都来敲门，弄得他那个愁啊。

无心再看春晚，尽管宽大的电视屏幕上，欢声笑语、歌舞升平，可他们的热闹似乎与我无关。明知疲惫又模糊的眼睛早已无力坚持，依然无法睡去。电，一格一格地少下去，信息一条一条地冒出来，刷来刷去，始终无法刷出一条让我心怀开朗的消息。

初一下午，哥哥给泽明打了几次电话都无人接，只好独自一人返回贡井。

父亲追出门，让他初二回来参加四姐家的拜年饭。

可哥哥说明天他要去医院做定期透析。

四

初四比初三更无聊，餐桌上除了腊肉就是香肠。家门口遍地都是青菜，可父母不喜欢吃素。我去菜地摘一把红油菜，准备拿来清炒。

母亲说，怪难吃！

午饭时，母亲端起碗，对这个春节极其失望——要不是过年，村里人花花也看不到几个。在城里，我尽量要求自己使用标准的普通话，为人师表的人，不能用走调的方言，把台下的学生带偏。可此时，面对出自母亲之口的土语，“人花花”显得尤为亲切和珍贵。在母亲眼里，我的归来，就是一份热闹，仿佛眼前开了一朵花。于是，母亲嘴边便开出一朵又一朵的人花花。母亲说起的另一朵花，我有印象。记忆中，女孩可能至今不到二十五吧。小时候，她的眼睛大得像两颗琥珀色的玻璃珠。女孩父母是近亲结婚的表兄妹。——我能获取故乡的一地鸡毛，重要传播者只能靠母亲——

艳兰那朵花，像个纸飞机一样，家里是管不住了，到处去给人生娃，生了又嫁，嫁了又生，已经嫁了四个男人了，过年又抱了一个娃回来。

我摇摇头，不知该做什么表情。但转念又想，难道生娃是她快乐的选择吗？

初五有阳光，我想去山坡透透气，于是借口找赤脚医生给母亲拿感冒药，顺便在商店里买几把挂面。父亲站在门口，给我指山上的路怎么走。母亲说，你可以去善玉家坐坐。其实，母亲是体谅我在家待太久了。

正如父亲所说，以前的路，好多都没有了，有些长满了芭茅，有的路基痕迹都找不到了。我只好停停走走，这里行不通又走那里，感觉自己像一个寻找灵丹妙药的老中医。眼前，比人更高的荒草遮盖了一切。只好沿着有狗吠的人家，绕道去那个山坡。我发信息给善玉：出来到商店走走。善玉不冷不热地回复了三个字：在干活。见面也就不了了之了。

我终于问到赤脚医生的家，已经记不得那人当年的模样。这个在我面前曾经无比高大英俊的赤脚医生，如今已然成了一个缩头缩尾的老头，满嘴牙也没几颗了。赤脚医生打听我的来历，我报出父亲的名字，他恍然大悟：几十年没见面了，你说我咋不老。

回家路上，我瞄了几眼小时候爬过的山峰，如今已成平地匍匐在我面前。想了又想，人在山河眼里，是否如蚁随行？自然万物会不会与人有同一个蜕变逻辑？

路上，遇见凤仙。

凤仙微笑着说，善玉也回来过年了，你怎么不叫他来玩？我只微笑不作答。凤仙压根不知我刚从赤脚医生那里回来，也不知我与善玉的“不见之约”。

这个寂寞的春节，人与人之间的联系，如蜘蛛的断线，在微冷的冬风中，飘舞冻裂。

大路朝天

“路在雪的贿赂中，幸福地烂掉了。”二十年前，我在拉萨的小木屋写下这个句子，至今想来，仍有身临其境的感觉，那条路凸显的意象，依然遥远，但不过时。

那是山南通往边境小县城的一条路。看不清牧羊人的脸，牦牛的影子在风雪中困顿，只闻“呀拉索”的长调，像断线的风筝，被强劲的风雪玷污。我不知前方等着我们的，到底意味着什么。

一路上，雪都在开花。没有被车碾过的路，雪像完美无缺的睡美人，躺在湿润的雪泥上，让人看不清路的深浅纹路。雪化之后，我才清醒地意识到，雪掩盖了大地太多的真相。被车轮反复挤压的雪，面目狰狞，混浊不堪，这是事后不敢轻易想象的细节。雪为我们的某种安全，伪装了铜墙铁壁，而路的形销骨立与残骸不全，随时让人面临车毁人亡的悲剧。

大约2000年冬季，此路已被乌黑发亮的沥青铺得平平整整，如同一条黑色又不失重量的飘带，车辆行进的速度与激情，雪山与湖水在不远的前方，都能够听见每个人的心跳。路边那些曾经遥不可及的野生湖泊，现在随时撩开神秘面纱与我们亲近，彩色水面上身姿摇曳的生灵，听见司机鸣笛便引颈高歌，这很容易让人进入仿若电影《阿凡达》里的奇幻画景中。

若干年后的今天，关于路的认知，让我很不情愿写下这样的句子：横亘在我面前的伤心路，其实不在高原纵深的沟壑里，而在故乡瘦小的心坎上。谁曾料到，原来它也有披上新装的一天。

这的确有些匪夷所思，一条路在天际，一条路在山野，两者完全没有可比性。毕竟在千里之外的高原上修筑一条路的难度系数，远远大于在盆地与丘陵中的。父辈见证的川藏线，据说每公里都有战士倒下，相当于是用人的生命铺成的一条路。藏在天堑险境之外的高原绝景被四通八达的路网连通，就连全国唯一不通公路的墨脱也被时间彻底改写。而故乡的路却像一条纤细的小蟒蛇，不动声色地卧在浅丘里，迟迟得不到命运的篡改。比起高原上宏大又漫长的天路叙事，它顶多算得上被风干的一粒土坷垃，连一枝被时间压伤的芦苇都算不上。一条路由内到外的成长，大致可以判断出一个地方人们的深浅笑容。

论路的级别，它只称得上村道。

那是一条村人祖辈出行的必由之路，也是我维系故乡记忆的必经之路。一眼望去，路边的水稻、玉米、油菜、红苕，层层金黄翠绿，路被收获的希望隐藏。路上哪个地方长了石包，哪个地方多了个坑，坑里有没有青蛙或蛇，哪个地方又被牛蹄踩缺了个角，之于村人闭着眼睛都能说出来，而且还能闭着眼走过去。我在这条路上走过少年时光，无聊时曾把路人细嚼后扔在地上的甜蔗渣子，踢得不知所终。当路边一排排金色玉米秆堆积的“蒙古包”，渐渐从视野消失的时候，乡间的土路已大大缩短，它距离正常乡村公路不足一千米。但村人望穿的秋水何止千米，仿佛企盼了千年。

从前，乡亲们肩上担着公粮，沉重的喘息便渴望这条长满野草的土路，能够改成马路，至少可以让“洋马儿”自由奔驰，让收割与买卖不再那么艰辛。眼看年关的脚步逼近，远走他乡的朋友从四面八方忙着还乡，各自脚下的路早已畅通无阻，看得出他们一脚油门踩到家的便捷、快乐以及几分自在。几十年了，我出走后归来，路上遇到的人都说长变了，差点认不出来了。其实我心里很矛盾，人都变了，为何路一点没变？我们的车只能停在露天的坡坳，然后踩着路边稀巴烂的泥巴走到家里，有时走得裤脚边满是泥水。那些发小，回来一次就不愿再回了。

关于这条路的动议，大约可以追溯到20世纪90年代中期。当时村民须自行集资并进行人力基础投入，按劳抵费，但始终没能让一条路获得应有的功用。路像一根气得发青的肠子，无处言说。但比路更委屈的是人，是那些曾经挥镐抡锄挥汗如雨用力碾过路面，却没有看到弯路变坦途就闭上了眼的村人。村路要让村人自由通行，更要让车辆进出方便，“要想富，先修路”的锃亮标语在这里被风雨锈蚀得太久太久。大片杂草丛生的柚子林，只能任其果实腐烂，无人采摘。后来，村里再次集资，但响应者寥寥无几。有的人家拿不出钱，只好答应多出力，有的干脆举家迁徙到他乡打工，外面的世界畅通无阻，总能够找到出路。

晃晃悠悠数十年，这条路在村人们修房造屋的过程中，勉强有了一点马路的雏形，其中的过往说来十分悲凉。我不知别人的乡间，是不是有同样的故事发生。谁家要修房，谁就提前在这条路上，花几天时间拔草铲土填补坑洼处。起初是为了能够方便运送建材的马儿通过，可使用马儿来运输需一笔不小的开支，后来村人费尽全力让货车挤进了村里的坡坳。若遇下雨天，道路泥泞，不光是车马寸步难行，人走在上面，也得时刻抓住那些比胡子更粗的坡草，小心翼翼通过陡立的滑坡。难过的是，其他人想要使用前人修过的路，定会遭到重重阻拦，因为前面的人埋头修路时，你并不在现场，更没有投入人力物力财力。不仅运送物资不得通过，即使死人了，也必须绕道而行。似乎这已成了邻里之间一条不成文的规则，一粒灰没有落到自己头发上，别人都不好评说它的对错，有时遇到双方打得头破血流，生产队解决不了，只好上报村上，而村上又指望镇上，派出所的警报声偶尔雷公火闪般在这里响起。

路之恩怨，久久堵在村人心里，横跨三代人。

有个周末，我忽然接到镇上老刘的电话，这让我有些纳闷，我与老刘平素并无任何交际。当时，两个外省来的朋友与我正在成都的茶馆里闲聊文学，但我依然义不容辞火速赶回县城与之会晤。原来，老刘身边的几个同事，都是我少年时候认识的有点文化的人，饭桌上，他们个个都礼节式地沉默，但村路的现状还是不由自主地冲进了饭桌话题，我就交通对地域经济、文化和乡村建设的影响，表达了自己的看法：路不通，资源就进不来，经济与文化都得不到发展。可现场没有人愿意把我的看法延伸下去。我还讲了路边的虎榜山的岩石上铭刻着晚清第一词人赵熙的真迹以及古人类生活于此的遗迹。

第二天，风雨大作，竹梢飘摇。老刘率一行人，穿着高高的长筒靴，行进在村里进行考察的画面，通过父亲的电话，传到我面前。父亲乐呵呵地说，镇上来了领导关心路的事情，破天荒的好事，就要来到咱村了，大家拍巴掌把手都拍痛了。我在心里乐观得把心脏都笑疼了。

半年后，听说老刘被调走，修路的消息全部中断。盼望路能早一天修到家门口的二莽，逢人便嚷：没搞了，我们的手都拍肿了，结果好处全拍到别的村了。二莽说这话，脸上的笑像一块挂不住的抹布，直往地上掉。

一年后的夏天，家乡文艺界的朋友得知我返乡，热情召集了一伙人在乡上公路边的农家乐晚聚。几瓶吊脚楼罐子酒下肚后，又有人提起了村路的事。浓眉大眼的老朱说，这条路是他的心路，他现在最大的心愿就是完成这条路的修建，并且市政相关报告也把这条路当作年度必须完成的任务。如此氛围，我该代表为路所困的村民，举杯致谢老朱这样心上长着一条路的人。

“你要多敬老朱几杯，他为你们这条路的事，不知跑了多少回市里了。”饭桌上有人笑对着我说。

但如此喝酒，总有些变味。路不是谁家的路，此路与个人心路历程是两码事。群众的路再小都将通向社会服务的大路，怎是小我的名义能概括的？我礼节性地倒满酒致谢：你们是在为群众办事，作为家乡人，我代表群众敬你们。

“来来来，喝了这一杯，保证你过年回来，就可以把车开到家门口了！”大家端起杯，要与我共饮。

这酒喝得很没章法，一杯酒怎么能影响一条路的推进速度？尽管心里有些不明就里，但气氛不能破坏，于是大家吃饱喝足后，在欢声笑语中散去。

不久，村路上来了拉皮尺丈量村路的人，二莽的奔走相告让村庄像一瓶空空的二锅头装满了盼头。每次丈量村路的人出现，二莽就开心地给我打电话，说，这次应该是真的能修路了。可每次都是雷声大，雨点小，没有动静的时候，二莽又会急火火地找我打探消息。

路啊路，我能找到靠谱的人吗？有一回，返乡途中遇到一个满头白发的老妇人，她听说我是谁谁谁的儿子后，立马几步折回我面前，双手叉着腰，扬起脖子高傲地来一句：我们村的路，到底好久能开工？弄得我成了一个失职的管路者。我想了半天，从她的相貌慢慢洗出了她的身份——

她儿子早年是个石匠，在她家的屋后，开辟有人工采石场，因为交通受限，他一年到头凿出的石头，摆得像阵容强大的兵马俑，但无人问津，乡村修房造屋的人越来越少，去别的城市落脚的人越来越多，于是他也只好外出打工。妇人的老伴，十多年前死于急性病，因为路不通车，救护车无计可施，病人只能靠滑竿抬，可时间不等人，刚走几步，人已葬命途中。我恍然想起了什么，赶紧实话实说：老人家，你应该去村上镇上找领导反映你们的诉求，我真不是管路的人呀！

话音刚落，一个清瘦的老者，从竹林间闪身出来。他头戴皮帽，两脚跨立，双手抱胸，要我必须答复他，虎榜山下的路多久能开工。我摇摇头，直愣愣地看了他半天，表示这个问题我真的无力解答。老者家有个较早离开村子的貌美女子，她美得像国际明星。小时候，村子里的人争着去老者家看“明星”从外面的世界寄回来的照片，当时除了她，没有一个村人走出这条路，村人们不知路的尽头有着怎样的世界。可这个女子走出去了，她从这条村路，走到了世界尽头。她寄回的一沓沓照片，有“到此一游”的单人照，也有和男人搂搂抱抱的双人照。那些男人多是身强力壮胡子拉碴的外国人，简直让村里的男女老少大开眼界。

头缠白毛巾的老妇人看了那照片，一下子蒙住自己的眼睛，紧张得话都说不出，直摇头不敢再多看一眼。在老妇人的观念里，“性感”这个词永远不会从庄稼地里生长出来。年轻人不断发出赞叹，哟，这就传说中的荣县大佛、自贡灯会、乐山大佛、宜宾竹海、泸州报恩塔……太漂亮了。如果交通发达，这些景区之于村子的距离，不过“一步之遥”，可闭塞带来的局限怎好意思用“目光短浅”解释，这就是无知的灾难，它切断了我们的地理认知与联想力，近在身边的地方也容易导致不可想象的无限遥远，照片上那些著名的川南景点成了村人们世界的尽头。听说这个“明星”就要回村了，消息已从市里传到县里传到镇里再传到乡里，四个高大的汉子准备好滑竿，来到乡上的公路边迎候。其中笑得最开怀的是二莽，他分到了人生中不小的几张票子。乡上通往村子的那条不足五公里的泥巴路，四个大汉平分八十元，这在连个自行车都没有的年代，确实是一笔不菲的收入。

如此过去，就让它成为一个笑话吧。

年关一天天逼近，路在雨水与野草的侵袭中，越来越模糊。丈量路的人，已经很久没有出现。之前，他们每去丈量一次路，二莽传播喜讯的劲儿就要多消耗几瓶二锅头，村人们的盼头就跟随二莽的二锅头一次次上头。当他们由盼望沦落到绝望，就一窝蜂找到母亲：叫你外面那个儿子去找找领导吧。

母亲经不住村人的催促，我知道她一定是要帮村人催促的，因为村人最需要的是定心丸，可二莽传播的喜讯顶多算得上“水落石出”，常常只是“捕风捉影”，村人们为何总不主动去找相关部门呢？这很是让人费解。见我迟迟没有消息传回，二莽的电话再次打过来，他先是乐呵呵地笑，我在电话这头感受到了他脸上挂不住的抹布在往地上刷刷地掉。他问我好久回老家来，我说，你不要再拿二锅头诱惑我了。他又是呵呵笑，我也只能笑笑，像是已经说了什么，又像是什么也没说。挂断二莽的电话，我斗胆给带着心路使命的老朱打了一个电话。我们没有寒暄，他直截了当给我一个回复：此事县交通局正在招标中。如此消息，不知是好是坏，这看似无须再去解释，仿佛来得自然而然，盼星盼月的村人从二莽处得知消息，左邻右舍全敞开院门邀请他喝二锅头。据说，外出打工的人闻讯纷纷相继回来，他们抢着打整门前雪，渴望村路不再沾泥带水，要像风一样带他们干净又体面地回家。

转眼又一年。

路还是原来的路，杂草与竹林掩映的路。落空的村人，渐渐不再过问路的消息。甚至电话里的二莽，也少了对我的热情。他把所有二锅头一饮而尽，将空瓶子全部砸碎在地，一个人坐在路边，任何人劝他回家他都不听。他说他为村人的路把掌声都拍遍了，手都拍肿了，生产队召开的路会却无人邀请他参加。他很对不起路，路更对不起他。如病魔缠身的路越来越阴冷，像一条失去生命的蛇躺在原地，没有人愿意为一条死蛇翻身。走过村路的一茬茬人，不闻不问，他们之于路的情绪，如一片风中飘逝的黄菜叶，自由落体，沉浮一世，腐烂一生。

时间倏忽来到癸卯兔年二月。

一天，正是会务间隙，老朱的电话如一只报喜鸟降临春天枝头：那条路的名额下来了，总共三公里，除了政策拨款，村民每里路还需集资十万元，若在规定时间内凑不齐费用，名额将退还交通局。

好消息疯传，村里很快就炸开了锅。老谢召集村民开会，传达商量筑路事宜。参会与没参会的村民彼此传达领会，每家每户按人头与土地上交筑路款额。老谢在群里吆喝，声称筑路费用除了国家拨款和村民集资外，还差一个不小的缺口，倡议大家自愿捐款。我当即表示了一个出门在外者的随喜，不仅我一人，还有我的父亲与我的儿子，三代人对同一条路进行随喜。遗憾的是，和二莽居住在一起的几户人家，得知路不可能修到他们家门口后万分失落。他们想不明白，其他人口稀少的村子，反而能把路修到家家户户屋檐下。

二莽一眼认出了那个多次丈量村路的人，直问为何丈量了那么多次，却不把路给修到家门口，此人说，我做不了主，你们找老朱老李去“使火”（做主）。

老谢被领导问责后，心里十分窝火。

村里最终给二莽的答复意见：叫你们组的某某某回来一趟，带上镇里的领导来此走一走，这路哪里有修不成的事呀。

二莽给我来电，求我回去，村民们也纷纷表达，只要路能修通，造福子孙后代，他们什么钱都愿意出。这真叫人哭笑不得，这是何等可耻又误导村人的笑话！有一天二莽突然把镇上的领导带到了村里。领导走访几户人家后，手掌一挥：路确实难行，必须修，早该修，每家都要能通车，老百姓不用再补一分钱。二莽现在给任何人讲起这领导都来劲，两个巴掌像孩童吃到了糖，自然地拍个不停。他居然用了一个我写作上不太善用的成语，他说真正的领导对老百姓都是大公无私的。二莽的笑像柔软的春风，一丝丝紧密地贴在他并不松弛的脸庞上。

我很想从网络上找到村子的原始信息，抄在这里。可古老的旧村名早被其他村的名字合并替代。但无论如何，从村路上走过的我，都不会忘记来时的路。有时，周末驾着车穿过城市的天桥或环岛，回到故乡直通家门口的路，看见路边树有公德碑，上面布满了蚊子样的名字，我想问一问《别荣州》后的陆游：你路过的路会不会发怒？

宽窄人生

常常坐下来，端详一个地域的手掌，那宽宽窄窄的掌纹，如命定的图景，宽的仿若天府生长起来的世界名城，一眼望不尽楼阁亭廊，还有竹笋般拔节的万千广厦。而那一条条窄的掌纹，不过是灯火阑珊处，一片叶子便能盖住视野的小村庄。

九月的成都平原，恰似一条漫无边际的河床，耳畔秋蝉声声，满城银杏披黄缀绿，硕果与花朵辉映的巷子，飘香不止二十里，任由念想者倚靠驰骋徜徉。那些青山绿水掩映的来时路，恰似我头顶黑白混淆漂泊多年的发丝，里面住着蜀南丘陵中的村庄——潮水屋基。

这里的人们六月收玉米，七月打谷子，八月扯花生，九月捶大豆，十月挖红苕……

我伴随着潮水屋基成长。

喜欢给每一片山坡和每一条河沟取好听的名字，喜欢把手能指到的万物说成“我的”，喜欢用炭柳枝在泥巴墙上画睡觉的猫和狗……有时，山雨欲来，我们就摘一片阔大的芋子叶戴在头顶，蹲在香樟树下，用青草、沙粒、白瓦片和青瓦片办酒席。我们捉来红蜻蜓和花蝴蝶，让过路的蚂蚁打牙祭，我们喊“蚂蚁搬家要落雨”。雨过天晴，我们就把头上的芋子叶取下，盖住那些背着重壳奔走的蜗牛，像是盖住了一件天下大事。

我们唱着喊着乐着，谁也无法猜详，窄时光里的人能够干出宽天地的人干不了的事。

上中学后，我开始质疑村庄里的一切，草木不懂我，猫狗虽亲昵我，但它们怎懂我的心？我渴望离开，渴望出发，渴望有人能理解我心中的故事。在漫天星光下，有一次听到电波里某个歌手的故事，我在心里暗自发誓，我将来一定唱得不比他差。无奈，潮水屋基的人对我的言语，除了无可救药的叹息，只有摇头嘲笑。他们不懂我，父母对我的处境愁眉担忧。

窄时光与现实增生的理想冲突，让我提前看见了土地宽广的忧伤。直到十七岁，我走出村庄，走出几代人从未走出的潮水屋基，忽然走到了西藏。

风中的经幡独自空旷。桑烟之上，苍鹰狂飞迷乱。太阳从雪山升起，又从雅鲁藏布江支流尼洋河落下，乌鸦和秃鹫叫醒数不清的黄昏和黎明，传递出太多出门在外的不安和惆怅。背对牧人手中抛出的乌尔朵，背对连队齐整的队伍穿过枯流，碾碎停停走走的斜阳，看不清想不明的时候，我会猛然转过身握紧拳头，像一个突然获得神力的英雄，站在蓝色的地平线凝望喜马拉雅。

事实证明，从潮水屋基到西藏，我并没有找到那种个人摆脱土地进入开阔天地的狂喜感受。我看见彩虹，也看见狼烟，看见哨所，但不见哨兵。据说，雪山上的哨兵巡逻一次边防线来回得三天。我看见绝大多数从窄时光里走出来的人，都在这里不停地抓、抓、抓，抓得人生伤痕累累仍要不断地狂奔，生怕静下来思考就会错过机会。我也在抓，却始终抓不到自己想要的，摊开手掌，两手苍茫。

在西藏，我开始怀念潮水屋基，但我不想再过那样的生活。这是宽与窄的哲学命题，也是人生必做的选择。每个人的初心都有过从窄到宽的向往，甚至挣扎。好比，人再怎么被爱，都渴望那些没有得到的爱。尽管我在西藏待的时间不算短，许多年后，从雪域辗转都市，我仍把西藏的过往看作一个人的窄时光。

相比之下，从高原折返平原，山少了，人多了，居住的城郭因人多而拥挤，空寂的心好像回到了一个人的窄时光。我试图远距离解构西藏的天空，那种蓝永远停在十七度，它的意义在于青春难以更改的色温标配，它任你在未知中求知，它可以给你无限的答案。

世事苍茫，白驹过隙。所有概念中的“宽”都如云烟消逝，西藏之宽与此刻踏步的城市之阔，都在现实的烟火中湮灭，所谓高山景行不过是窄时光的累积修行，精神高地之上耸立的不是宽的外延，而是窄时光中潮水屋基那一条小巷子。

巷子外有芭蕉和竹林，因为通风效果极佳，村人们常常把手上干不完的事，搬到巷子里完成。比如纳鞋底，剥玉米，总之，只要一个人的活没完，全村的人都愿意来帮忙干……大姨常小心谨慎地把我放进她巷子里的家，像是放进一只在桌上扫荡的动物。我只要听到她的咳嗽声，就立即跑出来，跑得远远的，躲起来。大姨的咳嗽声暗示有人从巷子外面回来了，那一定是大姨的儿子。只要表哥发现我吃他家的饭，那便有扯不清的“官司”。

这就是人性，而不是人生。

在西藏，我见识过人性，只是那时我对人性的辨识能力太弱，以为自己是潮水屋基走出的人何必计较太多。

试想，一个人若没有在宽窄之间磨砺人生，注定分不清人生与人性。如今，在宽天地的生活里，我常怀念人生的窄时光。宽与窄，原本都是人生不足为奇的风景。如果人的身体也是风景，宽和窄不过是零件与配件。

在我客居的成都，宽窄巷这一处风景常作为话题成为热搜。每次带远方来的朋友漫步这风景中，我都不做任何介绍，只跟着外来客在此走走停停，感觉我是客人，他们是主人。

其实不然，我认识这处风景里的蒙古族。作为曾经的游牧民族，他们是这里的主人，在与他们的交往中，有一种表情让我看清了人的格局所在——

原路返回是人生的窄，窄德必得。

返璞归真是人性的宽，宽中有信。

记忆中的潮水屋基已经所剩无几，但我仍渴望有一天能够回到那里，在那条小巷子的遗址上，多停留一些时间，直到我理解父辈的生活，觉得自己又是那个村庄的人了，才可以冲破孤独，重新向着更宽广的天地远行。

辑二　锦瑟笔记

杂志铺

生生灯火，明暗无辄。

——题记

一

有人说，没有无名的纳博科夫就不会有出名的洛丽塔。纳博科夫曾用《名利场》所称的20世纪“唯一的爱情故事”《洛丽塔》，挑起许多与文学相关或无关的激烈争论。我想说，当我们选择看一本杂志的时候，一定程度上是为了满足自己。而遇上一本书则不同，阅读一本书意味着上了一趟前路未知、终点亦无法预料的绿皮火车。

除了读书，我是否还有看杂志的习惯？没有了，早没有了。尽管自己也是办杂志的人，甚至手上常有天南地北的杂志样刊飞来，却顶多扫几眼自己的作品便搁置一边。如果时光倒退十年或二十年，那可就大不相同了。那时，我常把一本杂志当粮食捧在手心里细嚼慢咽。即便去了别人的城市，也要想方设法寻到杂志最多的地方晃一晃，这趟旅程终究才算有了饱满的精神意义。

人在拉萨的时候，常常把城关区北京中路33号布达拉宫右侧的邮政书局，当作日常的文艺打卡地。在我看来，拉萨文化的活水是从这儿流淌开去的。此地背后，就是唐柳掩映、古树盘根的龙王潭公园。绿汪汪的湖水中，常有几只长相怪异的生灵，在枯枝败叶中兜兜转转，引颈仰望布达拉宫的背影。有时，它们忽然扇动空气中的翅膀，仿佛接收到上天秘密传递的旨意，那婉转低迷的歌声与粼粼起伏的波光共鸣起舞，着实动情缠绵。

好几次早上九点，我徘徊等候在布达拉宫的东南街口，邮政书局还没开门，灿若金丝的阳光游过对面农业银行的屋顶，打在街边卖酸奶的老阿妈的额头上。她竹筒里秘制的酸奶，五元钱一筒，皮亮软嫩的面子上，覆盖着一层细软的白砂糖。一只枯藤般的手，递过来一把锃亮的银勺，一双大大的眼睛，藏满了比雪更白的心事。她一手比画五个指头，另一手又加了一个指头。我起先无法预知她不断朝我点头的蕴意，接着才明白，跟随我流浪此地的自行车，她要收取一元看管费。

比起位于城关区宇拓路2号的阴冷、高深、陈旧、寂静的新华书店，邮政书局的敞亮、热闹、新鲜、时尚，与花花绿绿的杂志更新不无关系。我不愿多去新华书店，那儿的图书种类偏少，加之本地作家存放多年的旧作，或一些自费代销的产品，除了岁月经年的腐朽味道，很难遇见“新面孔”，只有一本布满尘埃的《萨迦格言》在此廉价获得，我十分欢喜并保存至今。那是在20世纪90年代即将画上句号的一个苍茫冬日，我将它请回小木屋，这本封面上绘有青云图案的老书，定价不足一元。

而杂志铺里摆放的杂志价格多在三元以上。

仿若文学路上难兄难弟的面孔，尽管因为地理原因，很多杂志抵达世界屋脊时，早已衣衫褴褛，明日黄花，散了骨架，但我依然用一颗热切之心亲近它们。久之，一个人移动在邮政书局的时光，总抹不去青春渴求知识的记忆。杂志里闪透着一些裂缝中的微光，像麦芒一样刺痛我缺氧的心脏。它们既有纯文学的《十月》《诗刊》《当代》等，也有通俗的《人之初》《做人与处世》《辽宁青年》……有时，能在如此山高路远的地方，遇上过期多日的一沓《南方周末》，于我而言也是一种幸运，好像远方大海漂着一根救命的稻草，若即若离关照着雪域一个文学青年思想的长成。

我从不吝惜口袋里少得可怜的津贴，果断从柜台结账，洒脱地抱着一堆杂志回到小木屋。一路摇响自行车的铃声，过于兴奋、过于满足，至少它们可以抵达我的心，抵消红尘的哀愁。不曾料到，一次次买杂志的场景，居然被一位书写拉萨文学史的前辈洋滔先生写进了西藏的文学观察报告。洋滔先生当时是《拉萨河》的主编，称得上拉萨文学建设的重要参与者、见证者。有一回，我结过账回头发现洋滔先生也抱着一摞杂志，笑盈盈地排在结账队伍后面。

不久后，他邀我和战友去位于江苏东路5号的拉萨市文联下棋，八一建军节我请他到军营里喝茶，指导我们的文学创作。

有一天午休时，突然接到洋滔先生的电话："我在杂志铺买《美文》杂志,刚好发现这期有你的《一个人的哨所》！什么时候也给《拉萨河》来一篇新作吧！"现在想来，无论从何种角度考察一个人的文学成长史，那些背离故乡的痴迷与孤独，以及追梦路上恰好遇见的人，皆是人生可遇不可求的美事。

喜欢到邮政书局的另一个原因，是口袋里常有一沓来自全国多地的稿费单子，几千元或几百元是常有的储备。这样的底气，提高了我去邮政书局看杂志的频率。说得理想和高尚一点，这是我对文学的坚守与信任。在我聚精会神埋头翻动杂志的瞬间，偶尔会遇上一个找我搭讪的"不速之客"——他当然不是邮政书局杂志铺的常客洋滔先生。他一有机会赶赴拉萨必到杂志铺，与我兴趣一致，他喜欢用文字的排列与重组，写就异乡情感与心绪在雪山下荡起的涟漪。他甚至期待能够在邮政书局提供的这间杂志铺，遇见一个可与之互换灵魂的人。

不知他后来是否换到别人的灵魂。

多年以后，面对宽大的电脑显示屏，我静坐于书房“藏朵舍”，重新审视拉萨的杂志铺里与我相遇的人：目光与灵魂早已面目全非，太多过客成为记忆的空白格。其中不乏身披绿色军衣的人，他们偶尔出现在杂志铺，可能只想让人觉得他们仍是捏着文化信条的人，其中一些人曾希望用手中的文字，改变周遭的空气，可直到卸去军衣，也未能完成诗人的使命，反而对经常提起的还在写诗的军人嗤之以鼻。命运多舛，人的环境即文学，不少军中诗人的理想半路夭折，甚至丢失了原路返回的机会。更让人唏嘘的是，他们从军中“撤退”后，天天过着只有输赢、没有诗意的麻将生活。

唯有那个曾经找我搭讪的人，信仰之光在时间背后闪烁出力量。他当时身着蓝色制服，腋下夹着一个皮革公文包，头戴橘红色安全帽。他微胖的身体，从建设中的青藏铁路所在地格尔木赶赴拉萨。他对星光下的拉萨没有更多欲望和诉求，只想赶在杂志铺关门前多选择几本文学杂志，填充高原之夜的荒凉与内心的孤寂。他从杂志里哗啦撕下一张扉页，给我留下他的联系方式，只是我没有正视它，一次也没有正视它，这是二十啷当岁的小伙子对一个五十开外的大叔的漠视。我不知在这个地方，同他谈些什么，面对无限寂静的西藏，真要开口说一句话，还是太难。天之宽蓝之深，更富有的时间，不知把话说给谁听，白天的太阳和晚上的月迹，都不再逼我多说一句话，雪域万物早习惯了我的孤独和木讷，为了保护脆弱的灵感，我自私的灵魂注定无法与他人的重叠。

拉萨河上的冰两个星期前才彻底融化。在石头与雪筑起屏障的天边，霞光穿过星辰的指缝，孤单而遥远，无法言说的旷寂与几只雪候鸟，维系着我的迷宫。

沉默是个怪兽，埋伏在世界屋脊中的每个人的迷宫里，而我必须和它相处，我制服不了这个怪兽，更不愿主动越雷池半步，直到拉萨开始在我生命的痕迹里鹤发鸡皮、面容模糊，我在八百公里直线另一端的平原之上，想起一个不知姓名、抱走一摞杂志的中年男子。

二

每一篇作品变成铅字，都是一个人灵魂对远方的投射，熨帖着所有不眠的寒夜，潜伏在那些未曾到过的第一次被文字之手敲开的城门里。而到杂志铺里寻找那些来自异地的，并且印有自己的文字的杂志，往往比写作更令人感到激越。

截至2021年仲夏夜，已整整六年没有回过拉萨，我不知那里的杂志铺是否还在，仿佛一场秋风一树凋零。物流业和新媒体的火速崛起，将传统的邮政功能无情地推向边缘，成都的大街小巷，曾犹如满树花开的杂志铺，已恍然淡出人们的视野。

无可救药的孤独，如同突然袭来的寒流，真不知失去了根的树，在风中还能站多久。

294收报箱是从建设路邮政支局租的，旁边有一家杂志铺。尽管我很早便在这里购置了房子，但从不肯让那么多邮件，寄至社区单元门牌的报箱里。很多时候，我怀疑邮局人员对住宅区的邮件投递很不上心。

每周三番五次去建设路，打开邮政报箱收取邮件，如同去避难所或急救站，或是投奔亲戚，更像是去拜访陌生的友人。彼此的等待，充满了未知的惊喜。

收报箱里的世界，从没让我失望。有时出差几天没来，报箱里便会塞满疯长的收获。除了发表作品的样刊，还有一些主编定期赠送的刊物，密集的稿费单子如厨房里的柴米油盐，偶有读者来信，问我何时去他们所在的城市做一场签售会。

每次取走邮件锁上报箱，我会顺便到拐角的杂志铺逗留一会。说不清究竟什么原因，面对那么多新鲜出炉的杂志，我只顾乱翻却不愿意买一本。曾经我很厌恶这类只看不买的人，但不觉之间自己也成了这样的人，我怎么能够原谅自己的浮躁？杂志铺老板是个戴眼镜的大叔，每次热情的招呼与表情像我是他熟知的故人。其实，我没有在乎老板的感受，他正在呵斥一个刘海快要遮住眼睛的女学生："买不买嘛，那本杂志已快被你翻烂了！"我站在原地认真问他一句："这些文学杂志还有人买吗？"

"有是有，但少之又少，买的人中中年女性多一点。"老板盯着电脑上的账目，头也懒得抬，压低嗓门答道。我对他说："不错呀，看来你对文学杂志，还蛮知情的。"

"当然呀，毕竟是做了十多年的老本行嘛。像你手上拿的这本杂志，至今一本也没卖掉。"我怔了一下，心想这本杂志可是中国文学界的殿堂，现下缘何命运如此不堪？但我没能对他说出口，因为旁边一个手上捧着《读者》看的男子，一直在偷偷观察我。我瞄他几眼，似乎每次到杂志铺，都能遇见这个男子。他看我几眼，我也不吃亏地看他几眼，彼此无言。我悄然将杂志放回原处，然后问老板："卖不掉怎么办？"

"还能怎么办？退货呀，反正是代销。"老板一脸无所谓的态度，忽然站起身，换了一个角度对我说："也不都是这么回事，读书大概也得分文化地域，比如，我们这里的文学杂志不好卖，并不代表所有地方都这样，如果放在天津或上海，相信是另一种情况。文化需求与地域差异密切相关，只读杂志却不买杂志的人，你不好判断他的真实身份，比如那个每次偷偷看你的人，他是厂北路的哑巴。但有一点毋庸置疑，读书多的人，谈吐自然不一样！"

脑海里条件反射地弹出拉萨杂志铺永远的熙来攘往。“我想知道你这里最好卖的，是哪类杂志。”

“当然是哑巴喜欢看的《读者》了，每期我至少卖掉八十本，有时还不够，还得想法到其他摊子上周转一些来救急，可以说，这么多年还没有发现哪一本杂志卖得过《读者》。其次是《知音》，不过这杂志的内容不敢太恭维。”老板说到此，脸上挤出了不好意思的笑容。

话音刚落，店里突然进来一个顾客：“老板，我订的《读书》呢，给我留好了吧？”

老板谦笑着从案下递给他连续几期的《读书》，并向我小声介绍道：这是一个老板，合伙人，投资商，每期《读书》他必买。我对那个子不高的顾客直言不讳：“能读这本杂志的人，头脑很不简单呀。”顾客满面笑容地打量我：“不不不，我只是在坚持读书而已。”话还未讲完，老板便急着把我介绍给了这顾客。他递给对方一本目录上印有我名字的杂志：“看看吧，这里有他写的文章。”

“真是难得，如此浮躁的生活中还能遇到坚持纯文学写作的人，太不容易了，我认识一些网络作家，他们几乎不读书，只喜欢胡编乱造！”顾客从书页间抬头看我，目光中有惊诧，又隐着一丝无奈。

“确实有同感。这时代坚持纯文学写作的少，读纯文学的更少，买文学杂志看的人则少之又少。”话毕，我顺手取下一本《书屋》递给他，告诉他上面介绍有不少好书。他信了我的推荐，当即买下。他讲他大学时，最喜欢看《收获》《人民文学》《北京文学》。如今，一个搞软件开发的人，长期买《读书》杂志看。他的读书心得——科技发展离不开人文支撑——的确让我有些意外。

这句话让我兴奋了好久。仿若眼里突然闪过夜明珠之光，即刻点亮太多疲倦的风景与蒙尘太久的岁月。他选择的读物看似与其从事的专业格格不入，但补益、丰富、提升了工作与生活的色彩与厚度。正是这个来自陌生人的特别的读书经验，校正了我长期以来单调的阅读习惯。

离别时，我们没有握手，心里的声音却不约而同：希望下次还能遇见你！

之后，我常自作多情地想，杂志铺相遇的那个顾客算得上我的朋友吗？我还想，或许他也乐意将我当朋友吧！杂志铺的老板，因为总是可以在他的杂志铺见面，我们彼此连电话和微信都不曾留下，每次见面有老朋友的亲切感，只要说到书，只要翻开那些散发着墨香的杂志，书里书外，我们瞬间就能沉浸于心灵最畅达的沟通中。

有一回，他不无遗憾地告诉我："哎呀，昨天我一直以为你会来。"我满脸纳闷。他说："有个写书的人，很想认识你，我让人家在这里等了很久。""谁呀？"他递给我一本厚厚的长篇小说："你看吧，这是她让我代销的书。"我随意翻了几页，那字迹模糊的纸张和版权页的空缺，顿时让我哭笑不得。但为了感激杂志铺老板的热情，我顺手将刚从收报箱里取出的几本崭新杂志，赠给他。我想，这是我对赠我杂志的主编朋友的尊重，我希望更多读者感受到杂志编辑部同人为读者付出的良苦用心。

这样的光景，已然过去多年。掐指算来，至少有五年时间，我再没有去建设路邮政支局，294收报箱已在六年前一个沸腾的夏日宣告拆除。从此，记忆之城便多了一个老地方，它一直在等一个老朋友，只是挥不去的思念里，似乎我永远在别处，没有根，也没有乡愁。

文学的出口在历史的进程中悄然进化，这六年几乎是新媒体迅速扩张的六年，也是杂志铺消失最为神速的六年，更是稿费单变成打卡记录的六年。

从此，记忆中风雨街头、残存的294收报箱，如同一位扯掉了招牌的朋友，好比我常以异乡人的身份回到故乡，其过程充满了抵达的怀念和怀念的抵达。拥有光荣“毛体”书法定格的建设路，已成为我从别处下榻这城市时不可遗失的历史遗址。

有时，打车经过，很想看看杂志铺在否，但始终停不下脚步。除了历史中的建设路邮政支局，同城另一处更具历史面孔的暑袜街邮政支局，也残存着一抹经年难忘的记忆，那青砖汉瓦白灰的邮亭建筑，至今想来也是一处文物级别的风景，那次我不仅在此买到发表我两首短诗的1998年第8期《青年文学》，还在这里看到了种类繁多的文学杂志，这里是我初到成都见到杂志最多的地方，同样印证了当时繁荣的文学气氛。

三

有一点突然。

也有一点作秀。

杂志铺的新闻是2020年冬天出现在作家朋友圈的。我没有点赞，也没有急着去打卡。

一年之后的春天，终于，一个人两手空空从杂志铺出来，内心有一种说不出的孤独和苍茫，仿佛我就是一本无人赏读的杂志。在这座城市的文化风景里，消失于杂志之前的不是记忆地标的暑袜街，也不是建设路，恰恰是那些走几步或拐个弯就能看见的花花绿绿的杂志铺。如今它的重生，并没有唤起我的兴奋记忆，反倒像一滴隐没于身体里的泪水，流不出太多的悲伤与喜悦。尽管依然喜欢翻阅杂志，总试图找回些什么，可心不在焉的思绪，却不再落于一本或一篇印象深的杂志作品之上，愧对文学之心如灌铅般沉重，那一刻有失文化尊严的感觉越想越伤怀。

这家杂志铺是个不足二十平方米的小铺子，是一座城市的唯一范本。当它以不可复制的文艺地标，悄然摆设在诞生过多位茅盾文学奖获奖作家的红星路，新老媒体为此燃烧了一地热风，毕竟曾经满大街密集的报刊亭已淡出公众视线，忽闻一夜清风徐来的杂志铺，被文艺弄潮人争先恐后刷爆朋友圈。

只是我的情绪不再为此存在。2021 年 6 月中旬的一天，香港友人让我去报刊亭买几份登载我“消息”的《参考消息》，跑过几条街不见报刊亭便已心灰意冷。与东野圭吾神秘的《解忧杂货店》不同，杂志铺是“承字库”，也是办刊人智慧凝聚的重要精神领地。三两张白色的小圆桌，一个有用于结账的电脑的吧台，剩下的空间尽是琳琅满目、层层叠叠的杂志。它们来自不同的城市和不同的街道，出自不同编辑与设计师之手，生产自抚摸过不同纸张的印刷间师傅。

要不是遇上高温天气去办事，我绝不会到此吹冷风。

这里浓缩着辽阔的文学中国，富饶着几代人的共同追求，这些杂志有四大名刊，也有张扬的四小花旦，有的来自穷乡僻壤，有的出自繁华京城，看上去几乎各省市有名的文学期刊都在此集合，其中以诗歌散文小说等纯文学的刊物居多。尽管时风让尴尬的文学之旗摇晃不定，但它们始终以文学的名义存续至今。

好比去菜市场，萝卜青菜各有所爱，可摆在我面前的这些杂志，随意拿起一本毫无目的地翻翻，又无所谓地放回原地；才拿起一册《诗刊》放眼目录，却无耐心继续欣赏。有那么一刻，我眼里只剩下一个被杂志围困的自己，没发现一个多余的看杂志的人。曾经热爱翻阅杂志的人都到哪里去了？就我个人而言，不是这些杂志穿的衣服不好看，而是觉得它们让人无力选择。当下许多痴刷抖音的年轻人，三秒就能刷过别人的喜悦和悲伤，看杂志的热情与耐心，已被快节奏生活元素慢慢淹没。

作为写作者，报刊无疑是文学作品亮相最直接的舞台。究竟是什么原因导致自己失去读一本文学期刊的兴趣？答案是，随着个人的成长与写作的自律需求，阅读选择发生了蜕变，翻阅报刊的兴趣少了许多，研读中外经典作家书系的欲望与日俱增。

一个电话，让我从杂志铺撤了出来。街边的阳光强烈地投射到杂志铺的玻璃墙上，隐约可见反光的人面。我想，该往哪里去呢？约好来此接我的司机，此时还远远地堵在路上，我无处可去，于是返回杂志铺：两个宛如夜场精灵的女郎，坐在杂志铺里嗑瓜子、拉家常。这对身上弥漫着百合香水的闺蜜，是不是约好来此享受文字盛宴的？坐在吧台的女服务生，偶尔从电脑面前伸出头来瞅她们一眼。她们卷起旗袍，露出的大腿目中无人地翘在白色的圆桌边。她们的对话有争论、有叹息，然后是沉默。一时之间，所有杂志里的怪兽，都在窥视她们的沉默，同时在窥视她们的红色高跟鞋，以及手上捏着的一支玫瑰色口红。她俩只顾打扮手中小镜子里的自己，不多看一眼那么多的杂志，似乎所有杂志里构建的文学世界都与她们无关——但她们的行为举止却可以成为文学表达的对象。我渴望看见她们安静的神色，伸手摸一本杂志，全神贯注地读给彼此听，说不定她们还真能读到和自己命运相似的人呢，说不定凭借她们涂脂抹粉的力气，也能修改书中人的命运。可这不过是我，一个袖手旁观者的一厢情愿。

我的魂儿，似乎全然不在杂志上。

她俩的对话如枯萎的花瓣，无香无味，只是一种苍白的复调：你要是觉得和他搞不好关系，就趁早了断……

那我得回去给男人说说，要听他的意见……

三个星期前的一个午后，银杏树的白果落地的声音，充满了自然与城市对话的诗意。第一次同一个写小说的年轻人相约杂志铺，感觉如同出席一场宴席。她俩此时的座位，正是当时我们坐过的地盘。其实，那次我依然无心看杂志，只为冷清的杂志铺和寂寥的女服务生，要了两杯咖啡。那写小说的年轻人则不一样，他来一趟杂志铺，须从地铁二号线的尽头辗转四号线和三号线，如此周折一个多小时才能拜读他心爱的文学杂志，因而更加爱不释手。

他在郊区上班，工资如这座城市底层的大多数人的一样，交完各种保险只够填饱肚子，但他时刻想着文学的事，想着到杂志铺享受文字盛宴。有时，他下班后赶到杂志铺，这里已经关门了。于是他按照门贴上的电话打过去，对方说今天有事提前下班了，明天再来吧。他满脸遗憾地望着杂志铺沉思好久。此时，他拿起一册海派文学杂志不愿放下，接着又从高格上取下一本先锋向度的文学期刊，他准备将自己的作品投向这些内心喜欢的杂志。他腼腆地介绍那些发表过他作品的杂志栏目，眼睛泛光地看着某位作家的新作，他忆起他熟悉与陌生的编辑，像极了曾经那个讲真话、抒真情，又有点“自闭”的我。

忽然，一个“小鲜肉”的闪现打断我的察看与想象。我把注意力投放到他身上。他说不定是个语言学博士，他手里拿着一本结了账的年度诗歌选本，纯白色的封皮，血红色的书名，还有一本雅致的诗歌杂志。他蹲下身继续投入地在书页中翻找喜爱的某首诗，他清澈的眼神，让人看到他不一样的心灵世界。我不知哪来的勇气，克服了怪兽们沉默的指责，看着他手中的诗歌选本，像老朋友一样拍着他的肩问：上面有你的作品吧？

他抹了一把微笑的嘴角，羞怯地回了一句：没有。

那张面孔和那个写小说的年轻人的真有几分相似。他们都烫着微卷的小懒发，脚穿小白鞋，身穿素净的外套。只不过眼前这个“小鲜肉”比那写小说的年轻人瘦削一些，深陷的眼珠与书页中的诗行靠得很近。他夹着书的手臂看上去十分纤弱，上面布满了黑黝黝的毛。

他们都很年轻，至少比我年轻。我想，他们有一天到了我这个年纪，是否还能够保持阅读杂志的习惯？忽然想起了拉萨的洋滔先生，他退休回到重庆后，不仅每天去图书馆阅读，补充新鲜“血液”，还积极创作投稿，与杂志的来往不减当年。

于是，我迫不及待地将眼前看到的人和事告诉了那个写小说的年轻人，微信很快叮咚跳出一条信息，他惊喜地回复道：哇，快拍点现场的照片给我看。

可惜，我已在离开杂志铺的路上。

蝉自故乡来

背着故乡上路的人，身上总脱不掉一枚“蝉”的胎记。

蝉是年少无知的玩伴，是我进入青春期之前，喉结喑哑的妙音伴随。喑哑是同频共振的忐忑和狂喜，是渴望理想长大，幻想独自远走高飞的呐喊和隐喻。这时，山坡上顶着天空的玉米，正在阳光下以秒的速度撒金扬花结穗，大豆、高粱也在争先恐后地比谁最快滚进农家晒坝，而多声部的蝉已集结着绕过炊烟的痕迹，攀缘到高高的槐树和苦楝树之上。它们一个个“这树望着那树高”地唱个没完没了。我可以毫不吝惜地将“唱诗班”的美名，赋予蝉的抒情与咏叹；它们唱完了被风吹过的初夏，接着唱传说老虎要被晒死的伏天，再声声悲秋，却不肯罢休。

这让路边无人问津的桉树情何以堪?

桉树抖落一身风尘，最终还是沉住气，决定对蝉一言不发。桉树有的是温柔的耐心，面对一只白蚁钻进自己的皮肤，桉树依然保持一脸慈悲的微笑。桉树知道所有树木都是生灵的依靠，蝉不要命地吹响冲锋的号角，是为了早一天带着成熟的灵魂，抵达风调雨顺的家园。在一株露水草的认知里，不是每种树都招惹蝉，蝉愿意到哪株树上歌唱是蝉的选择，与树无关。

记忆中的蝉，总是在晌午成堆地扎在村人赶场经过的那株苦楝树上。有时，一个人经过紫花朵朵的苦楝树，蝉会突然关闭高音喇叭，顿挫地将频道扭到低音部的位置，试探人的危险系数；若是一伙人嘻嘻哈哈经过树下，蝉就加大音频震慑人间，这时它们对人的反击是不顾一切的，玩了命地火力全开，齐声高唱，让声势浩大的喧嚣盖过人声鼎沸。

午后，晒坝里的粮食烫脚板心，打瞌睡的大人们停下手中翻转粮食的推耙，窝在屋檐下的竹躺椅里，将蒲扇摇个不停，而我的兴趣早被嘒嘒蝉鸣带走。于是，轻手轻脚地避开大人们半睁半眯的眼睛，悄悄地从丝瓜藤栅栏里抽一根长竹竿，再抓一根父亲的竹篾条，弯成“一个球拍”，插入竿尖里，兴高采烈跑到柴房的亮瓦下网蜘蛛网。若发现拍上的网还有漏洞，就从竹林遮盖的后屋檐再网一些蜘蛛网，直到一张缜密的网完美无缺，我便卷起裤管，戴上草帽，光着脚丫，踩过铺满金黄稻谷的田埂，用仰望的方式抵达那株蝉歌声声的苦楝树下。

蝉们似乎已远远闻到我身体的气息，歌唱戛然而止。我只好蹲在蝉身后几米远的红苕堆里，待它们重又忘乎所以歌唱的时候，才探出头，缓慢地移动身子，瞅准蝉密集的树枝，伸出拍猛地一戳——蝉必定挣扎，它越是挣扎，翼越是容易被蛛丝缠紧。蝉在胡乱翻身，蝉丧失平衡地扑颤着，蝉甚至已失去理智，蝉在惊天动地地哀叫，蝉向世间万物发出求救的信号，蝉用尽全力从肛门喷射出一股水雾，却依然脱不开身。

我喜出望外地收回颤抖的竿，心花怒放地从拍上取下一只只蝉，像是从树上摘得一粒粒饱满的苦楝子，它们被两个裤袋满满收容。

此时，蝉们的高音喇叭像是关不住的破音响，一声高过一声，一浪盖过一浪，如同一部绝唱的史诗，从少年身体的某个器官发出，响彻大人惊恐万状的眼窝。大人们将我团团围住，要我把蝉交出来，他们将蝉抛在火堆里烧得吱吱作响，发出甘美异常的香味，然后唤来自家尿床的孩子吃香喷喷的蝉，说这是治病的良方。我把剩下的蝉，默默地装进透明的玻璃瓶中，偶尔捉一只出来，用母亲缝补衣服的毛兰线，牵着蝉的手，在土木窗前看袅袅炊烟和云卷云舒。

……

离开故乡几十年之后，蝉与我似乎都成了故乡遗忘的“胎记”。我不知虎榜山下是否还有像我一样恋蝉的孩子。出门在外的世界，瘦小的记忆早已被旧人闯过的大江大河马不停蹄地覆盖。生命的流程如同一往无前的流水，挡不住，收不回。雪线，带来了塔黄圣洁的气息；雪山，奔袭着鹰的诡异与张狂；雪地，冬虫把安全的梦托给追逐夏草的斑羚，于是心领神会的斑羚便将挖虫草的人，引到山的那一边；河流，送走了一滴水的梦想，却覆盖不了一块石头原地不动的惦记；而城池里车水马龙的日常风景，周而复始地覆盖着暂居者的过往，边地百年老树上的乌鸦，撕碎了黄昏唱给斜阳的虚情假意。

停在岁月枝头的蝉，不经意被一个回不去故乡的人，淡忘得一干二净。

然而，辛丑年立秋后的一个黄昏，我在藏朵舍被一只蝉深深吸引了。玻璃窗前的华灯初上，在开放式的厨房里，我慢悠悠地张罗着一个人的晚餐，忽然大阳台上传来几声亲昵的蝉声，像是谁猛然扭开了那台滞留在博古架上的半导体收音机。我转头一看，纱窗严丝合缝地关着，这十五层的高楼，蝉怎有力气和勇气飞得上来？可想到大阳台上花草植物弥漫的清香，也就不难理解蝉的奋起直追了。又想蝉是否像某些人一样惧热，是不是藏朵舍的中央空调引得蝉来乘凉？但这个愚蠢的想法，很快被故乡正午阳光下巨响的蝉鸣，打了一记响亮的耳光。当眼睛直视着阳台角落那株快要伸到屋顶的鹅掌柴和那一株伞形的平安树，以及电脑旁天天泛绿的琴叶榕，我想若有一只蝉附在树身上，不正是相得益彰的美吗？于是我便从厨房，走到了大阳台。

蝉正死心塌地趴在纱窗上。

从蝉时不时发出的“嗯”声里，不难猜想它的愿望，它一定是想进入藏朵舍，与平安树、鹅掌柴、琴叶榕做伴吧。习惯了独处的我，当然无怨无悔地接纳这诗意的恩赐，接受蝉意的布施和蝉灵隐秘的感召。可转念一想，这只蝉若是进了藏朵舍，不分白天黑夜地鸣叫，吵着邻居们怎么办？于是只好收敛对它的热情。

可它果真是一只通灵的蝉，在我转身朝厨房走去时，它又开始了蝉鸣嘒嘒，似乎是在恳请我为它打开纱窗。它黑色的身子，如一具小小的航母被长长的翅膀笼盖。那透明的翅膀，如森林里风化成翼的树叶，纹理唯美，清晰可辨，仿佛夹在古书里的两枚会飞的书签。背脊凸出的黑壳似一块黑得发亮的煤。除了黑，它的腹部还有几丝血褐色的光泽。它在纱窗上冥思苦想，如何才能突围进入神秘的藏朵舍？

我不假思索地伸出手去推窗，我以为它吃尽苦头飞抵窗前，完全会听从我的摆布。我一心想帮它实现梦想，让它进入一个奇幻的世界，随意选择它钟爱的花树攀缘，可是它没有，在我的指尖快要触及它身体的时候，它忽然扇动翅翼扬长而去，一点商量的余地也没有。

我的心猛烈地颤抖了一下，随着它极速的影子垂直而下，仿佛一颗琥珀，从十五楼高空坠落大地。背后有万箭穿心的疼痛，眼前是山呼海啸的悲壮。我看见一个历经千难万险的攀登者，为了见识高空世界里的三株树，一路翻山越岭却无心看风景，它身子小小的却背负着极端的探险精神。我不知高楼之下迎接它的是风情万种的银杏，还是铁石心肠的水泥地；是绵柔的海水，还是汹涌的火焰。停下手中切割的比萨，我满脑子都是疑问。

原以为它会回来，可是它没有。

一只一去不回的蝉，与一个人久别的故乡，有着怎样的关系？说有关系一定有，说没也可什么关系也没有。可我宁愿相信，这只蝉来自久违的故乡，它带着“莫忘故乡秋光好”的嘱咐探访故人，然后迅即提着易碎的灯笼昼夜不停返回故乡。它停在纱窗上的几次鸣叫，是否可以翻译成这样的句子——

你不能眷恋高处的寒，
你是有故乡的人，
你的尘在大地上。

我不知这只蝉是不是年少时的那些蝉的化身。不管它是与不是，我想作为蝉的叙述者，都有必要在本文里给蝉一个郑重的道歉——其实，这也是我对故乡的歉意，毕竟离乡越久的人，知晓的故乡事，已越来越少。为自然季节和游子思乡传递消息的蝉，本应获得人类至高无上的敬畏，却不幸任人捉来吃喝玩弄。之于旧年蝉事，我试图有一天能将蝉心刻在苦楝树上，作为出走一代供奉精神故乡的图谱，这童年的苦蝉游戏，值得我如此忏悔。

此刻，它的触角与轮廓已被我手中的小毛笔，勾勒在清新的宣纸上，它灵敏的眼睛正对视着我沉默的眼眸，但它背上的黑壳和它发声的机器，始终让愚笨的我难以企及。

我在白石老人的蝉世界里反复琢磨，真是赏蝉容易画蝉难。后来，看过不少画家大同小异的蝉，唯发现蝉音最难捕捉。在单调而贫乏的日子里，常常坐于几案，手握狼毫发呆，想着那一片我尚未描摹出的蝉音，手中就像捡到了一块发亮的煤，它足以照亮归乡者的万水千山！

竹象飞舞

竹象是笋子虫的学名。

蜀南中的故乡人打死也不可能叫它竹象，原因是它太过书面或生僻。假设我没有离开故乡，我依然习惯于一介农夫对笋子虫通俗又单调的指认。可如今，我必须以一个局外人的身份称笋子虫为竹象，这的确容易让故乡人觉得别扭和费解，但有利于一个学者与大地行者交谈神秘昆虫的存在。尤其是生活在北方难见竹林的人，根本没有机会接触竹象。

蜀南人家的品行里最不缺竹的风骨。走出蜀南的人，身上那股求生的钻劲和爆发力里，是否能够找到笋子虫猛力啄笋破竹的影子？

有竹的地方必有熟悉的风景。

竹能被风吹成弯弯月，也能被雨弹回笔直的原形。对于能屈能伸的竹，风和雨都是不可或缺的陪伴。因了竹的存在，蜀南一年四季都被温润和潮湿浸渍。尽管笋子虫是竹的天敌，但竹林人家却不愿说笋子虫的坏话，更不愿替竹拿出解药，铲除虫害。

这是因为竹的泛滥，还是竹林人的静默不争？

少年的夏天，是与破土而出的竹笋一起疯长的。竹笋生怕自己比少年长得慢，少年更是不甘落后，每天都来竹林里与竹笋比高低。可是天天如此，少年眼睁睁看着竹笋从地底下一窝接一窝地蹿出来，没十天工夫就蹿到半人高，少年依然是形单影只的少年，且身高不见明显变化。正当少年提起脚尖踹向那一株即将高过头顶的竹笋时，竹象如一个神奇的外星人进入少年的视野，竹笋从此慢镜头淡出少年的眼睛。

那是一只肥胖的雌竹象。

它像一架张牙舞爪的侦察机，在空中摇摇摆摆，忽高忽低，扫描大地，藐视人间，少年惊恐万状地仰起头，一种近乎让人头晕目眩的声音，让少年不知此物来自何方。少年双手抱着头和耳朵，继而把左手伸向空中，想要将这家伙挽留片刻，无奈它越飞越高，直至消失在竹林深处。一头雾水的少年晃动脑袋——他明显记住了那怪物头部拇指般大的金黄色圆锥体，上面插有一根笔直细长的吸管，如同象鼻。

在梦中，那象鼻仿佛一根遥感天地万物的天线，将少年敏感的神经，吮吸得灼痛。

同样的时辰，少年来到同样的地方。那个脑门上伫立着长长天线的家伙又出现了，它稳妥地趴在那根高过少年头顶的竹笋身上，仿若置身美梦。一滴晶莹的露珠停在它的鼻尖，嘲笑它的憨态。

少年蹲下身子，发现除了昨天看清的那个圆锥体，此物的腹体还有一个椭圆锥体，比拇指长一倍有余，胸部两侧有一对弯刀似的大脚，腿节和胫节的利刺上长着齐整的茸毛，刺得竹笋满身伤痕，腹部上还有两对小脚。少年心里默数着，这长着六条腿的家伙到底来自天空尽头，还是大地深处？少年欲伸手触摸，却被它浑身坚硬的外壳久久吸引，那金色的外壳里，镶嵌着两瓣黑色的硬翅，上面有十八条竖着的斑纹，下面埋伏着一对褐色柔软透明的亮翅。

少年欲动不敢动。

面对这个身披盔甲、怀抱两把锋利的大弯刀的武士，手无寸铁的少年，任何举动都是一种危险……少年侧过身，发现其他竹笋上有虫子将头上的天线像枪一样瞄准他，不止一只，似乎他成了它们围攻的敌人。有的笋子虫注意力不在他身上，将长长的吸管伸入竹笋内部，陶醉在笋汁的香味之中。

少年的手像一根受伤的竹笋，疼痛到颤抖，不知所措。

少年陷入无与伦比的梦境，笋子虫爬满他身体的每个部位，感觉至少有一万只笋子虫在他小小的房间飞舞生风，当他正在享受阵阵凉意时，突感手背被一根吸管钻心地刺入，待他揉揉眼清醒时，母亲用竹签串起的一只烧苞谷已放在他的手边。少年赤裸的身躯在竹席上蜷曲如一条肥胖的笋蛆儿。

没错，就是笋蛆儿。乳白色，纺锤形。少年忽然明白了那些在竹笋内部吸食笋汁的笋蛆儿就是笋子虫的孩子。一枚卵从笋子内部进入泥土，它的蜕变与进化需要多长时间，少年无从考证与算计。幼蛆成虫，雌远多于雄，雌性个头小，雄性个头大。少年从颜色上辨识病笋的眼力超乎寻常，他从笋子里取出的笋蛆儿比蚕蛹体积大两倍，装满了三个喝了雪梨汁剩下的空瓶子。长了笋蛆儿的竹笋，再胖都必死无疑，这是肉眼看不见的竹象的暴力。

挤进木窗的阳光，突然敲开少年微闭的双眼。竹林里传来一群少年的声音。那声音穿过竹林，击落一匹匹苍老的笋壳，像一架架无人机，穿云破雾，挤出竹笋的心脏，直逼少年逼视的眼睛。

少年站在高过他的竹笋面前，望着竹笋身上多出的一个洞眼怔怔发呆。那一群不知出处的野少年，人人手上捧着一只或多只笋子虫朝他傻笑。他握紧拳头，将他们一个个反反复复瞪视几眼，然后凶神恶煞地丢下一句："统统给我放下。"

野少年没有退缩，一个个嘴里咒语般喋喋不休："凭什么？这笋子虫又不是你家的！"

少年左手指着竹子，右手指着野少年："对，笋子虫不是我家的，但这里的竹子全是我家的。”

没想到其中一个怒发冲冠的野少年一声怒吼：“好，你的，你给我看好了！”野少年一气之下，把一只巨大的笋子虫的脚爪扯掉，把它的长细管正反转动一圈，再扯掉它坚硬的背壳以及翅膀，之后猛地将它甩进嘴巴，吹胡子瞪眼，喀嚓作响的声音，像嚼干胡豆。

少年的脸上顿时血色尽褪。

野少年相互递了个眼色，围成一个圈，纷纷把手上的笋子虫，放进一个蛇皮袋子里，然后向少年挥手挑衅——“你过来看，这口袋里的笋子虫是不是你家的？”

少年想走近看个究竟，哪知野少年们像是设计好的，忽然启动脚步，像一节节移动的竹，一个个野少年在竹林里腾飞，迅即一窝蜂逃之夭夭。少年没有追，停在原地，眼睛里直冒火花。

那火花里有一群大小各异的笋子虫在迷雾中穿行。

天天穿梭于竹林的少年，发誓要捉到比野少年的口袋里更多的笋子虫。他不知野少年捉笋子虫只是为城里的少年提供玩物，以此换回几把麻花，或吹一个比乡村世界更大的泡泡糖。少年捉回的笋子虫摆了满满一床，它们不听少年的使唤，很快把少年整队编制的庞大布局搅得支离破碎，有的甚至攀爬到了白色的蚊帐上，它们累了就飞作一团。

少年匍匐在床上看几百只虫子在头顶飞舞，那壮观的气势，远远超过一架风力无比的大风扇。少年不顾家人的反对，扯来一根根母亲绣花的彩丝线，一头拴住笋子虫的大脚，一头套在木窗上，任凭它们怎么飞舞都飞不出一扇窗的世界，逗得木窗下鸡飞狗跳，猫鸭垂涎欲滴、心急如焚。

笋子虫水深火热的境况很快被山上下来的一个少年瓦解。

山上少年是山下少年学堂里的伙伴。山上少年有着高粱穗一样沉甸甸的眉毛，唇边还有一撮麦芽般软嫩的胡子。山上少年吩咐山下少年去灶屋找来洗锅的竹刷把，自己则从屋檐下的柴里找来一捆高粱秆。山上少年用镰刀截取高粱秆最结实的那一节，再从山下少年手中抽出一根竹签，一头插入笋子虫前腿。山上少年每插一根竹签，山下少年就扭过头去喊——痛，痛，痛。山上少年笑不作声，一只接一只，如此反复，山下少年痛并快乐着。接着，山上少年在高粱秆末端下方呈“十”字形对称穿上了两根竹签，每一根竹签的两头各穿一只笋子虫。然后，把高粱秆的另一端插入毛竹筒中。山上少年将刚做好的礼物，急切地递到山下少年手上——

“我们不用城里人费电的风扇，这是我们乡村最节能的风扇。”

山下少年将一架架造型相同的节能风扇，搁放在写字的木桌上，吃饭的餐桌上，还有各个房间的窗户和床头柜上，只要一只笋子虫接收到风的引力率先展翅，其他的也会慢慢效仿起飞，随即它们会像风车那样转山转水，很快一阵阵凉风就吹遍夏天。

山下少年问山上少年哪学来的这节能风扇的手艺。

山上少年说城里那些卖笋子虫的人就是这么干的。

山上少年比山下少年大两岁。山下少年羡慕山上少年心灵手巧，学什么像什么，无所不知，无所不能。山下少年对山上少年产生了依赖，缠着山上少年把这些节能风扇卖到城里去。

山上少年咬牙干瞪眼——“亏你想得出来，卖给城里人，不如送给我们田地里干活的大妈大爷。”山下少年什么也不说，只是凶巴巴地逼视着山上少年。

“怎么了，你不高兴，难道我说得不对吗？城里人上班有风扇，还有空调，我们农村这么多在太阳下干活的人，不比城里人更需要这个？”

山下少年委屈地补充道：“可是，我好想吃麻花，好想吹泡泡糖。”

“你可怜兮兮的。”山上少年白了山下少年一眼。

池塘边的香樟，蝉鸣声声，划破了宁静的田野。午后，山上少年与山下少年扛起他们的节能风扇，胸有成竹地站在高高的山坡上，他们决定哪里的打谷场人多，就先把风扇送到哪里去。

被风吹过的夏天年年都有回忆，被虫害过的竹笋死不复生。谁知多年以后，忽然在网络图片上发现笋子虫的各种吃法，竹象便占据了灵魂飞舞的天空。城市的天线一旦失去信号，天真的数据必将从丢失乡野开始，山上少年早已踪迹全无，追忆茫茫人海的山下少年，在远方可怜得像一只被流浪猫拔掉“天线”的笋子虫。

与蛙共鸣

写作或过日子，嫁祸乡愁，的确是矛盾又痛苦的奢侈品。

阎连科说，拥有乡愁，对于写作者是一笔财富。然而平常日子里，人们宁可要铺盖面填满碗缺口，也不愿接受肥得流油的乡愁泡沫，或瘦得长包的精神肿瘤。

当蛙鸣在夏日住进耳蜗的时候，我已在别人的城市生出乡愁。不只是这一年，而是年复一年的盛大夏日，我都在绕不过的高楼大厦与生长不完的社区林荫潭水角落，向清脆悦耳的蛙鸣致歉。因为我至今也没听懂蛙声一片，尽管稻花香里的丰年住着我的亲人。很难排除多年以前，那个叫辛弃疾的乡愁主义者，他和无所事事的文人墨客聆听蛙鸣，并且把蛙鸣种进宋词，从而影响了后来不少因追梦而流离失所的人，对蛙鸣产生误解。从某种意义上讲，我和蛙都是城市的寄居者。

蛙和我出自同一片田野，我家就在蛙的岸上住。

在浩大的城市里，没有一个我的乡村亲友。蛙鸣的出现，在许多写作者大惊小怪的笔下，都是不合时宜的兴奋剂。在他们发达的想象意识里，蛙鸣同蚊虫一样，只属于稻田、水塘、沼泽、草窠、粪坑、芦苇、菜畦这些与城市格格不入的乡野范畴。

其实，在城市里听蛙鸣，早已不是什么奇闻，也算不上什么诗意的命题，我想我应该尽量回到平常的叙事状态。蛙不过是人类生活不请自来的参与者，它以旁观者的身份，见证了城乡抱团取暖的胴体亲密相拥的事实，它让倦了累了的飞鸟，可以真正让一颗心舒缓下来，接纳一个金贵的“静”字的慢慢抚摸。习惯枕着蛙鸣入梦的人，更能真切体味心静自然凉，退出浮世见天然的自在。毕竟我们理想的城市生活，已从世界现代田园城市，跨越美丽宜居的公园城市，这里面当然少不了青山绿水的滋养，人类栖息美学价值的追求，以及以文育人和绿色低碳的健康体系检测标准。我想，有蛙鸣相伴的城市，实在是生态发达、与人共情的家园的向往所在。

无聊雨天，在有伞不愿打的天空下，一个人总会止不住地产生欲念，要是这城市有我的亲戚，该出现多么恰当又放松的理由——这样我就有温暖的去处。可遗憾的是没有。徘徊十字街头，无论雨下得多大，怎么掰着指头细数，脑海里呈现的大多数，皆是不值得打扰的熟悉的陌生人。

因为蛙鸣“鼓鼓”“呱呱”“踽踽”的牵引，我必须利用失眠的夜晚，扯出大片大片的乡野生活，像遮羞布那样盖住现代文明城市激荡人心之后的空空如也。

茫茫幻幻汹涌的空。

科技闪烁迷离的空。

邻居多年却不知对方姓氏的空。

这满城繁华的“空”，如同空气里大面积的虚，看不见，也抓不住。而地面上出现残局般的坑，与空刚好形成对应。坑比空更为丢人现眼。有的坑，像城市撕裂的一道伤口，不知在原地躺了多少年，也无人去填。它被绿色防护网和一些挡板屏障遮掩着，可它们终究未能遮住城市长满蜘蛛网的瑕疵角落。每次路过，我都会伸长脖子，去看看那坑到底有多深。我以为我可以看见蛙的身影，可我看见的只是坑的贪欲——它的野心远不止生造海市蜃楼。有人说，挖坑老板，卷走城市的钱，早已远渡重洋。还有人说，那人已被秘密捉进另一个坑里，出不来了。每座城，或多或少都能发现一些岁月无法尘封的坑，它们是城市关节容易生锈的缺口，也是经济断裂带的纠纷和物证，它们需要大量人工和无限的物资去填补，最终它们还要成为钢筋水泥的产物，然后成为包罗万象的大厦、商场、住宅、超市。它的高高在上让不知坑的历史的人去仰望。

历史的坑被高楼填满，看不见历史的高楼，如同看不见的城市。没有乡野生活经验的人，不足以体味身处泥泞，仍能遥看满山花开。身居乡野的人，从不拿蛙鸣当谈资，那不过是日不落的农人生活可有可无的轻音乐伴奏。好比暂居城市的人，不知季节变化，也不知眼皮子底下的高楼，早已疯长出翅膀、眼睛、大脚，还有植入长空的天线。即使真正的城里人，也不太理会蛙鸣的造访，但凡是从乡村奋进城市的人，还能被一缕蛙鸣牵扯神经。

十七岁之前，我的乡野生活已成告别的人生段落。从他乡辗转城市，于我来讲，绝不亚于一个人的长征，哒哒的马蹄经过雪山、草地，绕过红尘，好像时光剜了人几眼，便是几十年。直到有一天，月光与蛙鸣在耳边同时升起，循声望去，我这才如梦初醒般地停下来，揉揉眼，开始审视周遭的生活。

究竟我身在何处？每天目及之处，围城的高楼如马赛克斑斓一片，外部看不见的建筑还在不断扩张延伸，内部地下的铁轨一条条像蛇一样潜伏，不时宣告苏醒启程，一条条绿道已连接居民楼下，越来越多的健身运动场，不再让人产生走不出围城的捆绑感，也无须刻意去远远的郊外，听蛙鸣看星空。

忽然之间，这城市能聆听蛙鸣的地方不觉多了起来，除了居住的社区院落，上班的园林式办公区，再远一点的三圣花乡“荷塘月色”，更是聆听蛙鸣的好去处，它们或多或少填补了城市之心的空。因对蛙鸣的敬畏，今年六月的某一天，我专程驾车来到荷塘月色。可眼前的荷塘，早已不是十年前人山人海的赏荷之地，它几近成了一片废弃的荒野和沼泽。有垂钓者带上先进的装备，强制突围进入禁区诱捕鱼儿；几只跛腿的狗，坐在路边的苹果树下，望着路人半天挤不出一滴泪花。许多路径都插上了用石头和木板做的禁止通行的告示牌。如此现状，让人唏嘘，甚至震惊，昔日标榜五朵金花的城市示范休闲地，不知何时已然夭折。

好在，蛙鸣并没有缺席。地面上随处疯长的野花，平添了几分野趣。几只活脱脱的蛙，站在露珠晶莹的荷叶上，与我悄悄对视，它的表情像是有话要说。不虚此行的我，从水边带走几株凤眼莲，种进工作室的水缸里。

我陪着莲盛开，它陪着我怀念一个淡出记忆的地名。

原来，我并未走出故乡多远，原来这乡村的景致，一直都在跟随我。只是城市膨胀得太快，让我们无法停下脚步，静下心来聆听自然的赋予。只不过乡村田埂里的蛙鸣“大合唱”和“交响乐”，已变成穿过城市亭台楼阁的小河流的长吁短叹，有公园的地方就有水和草，大自然里的好声音变了，蛙鸣出场方式也多了自由的选择。只不过我们眼前少了几个提着蛇皮口袋，手拿长杆挑逗青蛙的孩童。那时我们把那翠绿披肩、白色肚皮、鼓起两只眼睛、张着大嘴呱呱乱叫的可爱之物叫青蛙；把那一身泥色、体积略小于青蛙的同类，叫黄鬼。青蛙与黄鬼，它们掩身的方式各有优势，青草植物很容易与青蛙混淆，而黄鬼则借助大地的颜色，让人难以觉察它的存在。青蛙的歌声果敢明亮，很多时候，仔细聆听得到的答案是——胡豆果果。父辈对此的答复言之凿凿，他们说蛙声的大小，牵涉着这年胡豆果果的收成。黄鬼的声音则更加轻微、细嫩、隐秘，像是被水呛了鼻子发出的闷声，在万千夏虫拼命嘶喊的田野草窠中，它很久才发出一声呢喃，生怕暴露了自卑者的身份。

秋收后，田埂上的稻草人是蛙们最爱的栖居之所。因为拮据，久未打牙祭的农人，想出种种办法直击蛙的致命弱点——他们用光线远远地照射蛙们的眼睛，让蛙无处可逃。一只大手，将一只只蛙，死死擒住。一个夜晚的收获，便成了第二天饭桌上满满的一盆美味。

因了乡村中孤独的庄稼汉扑杀生物的蛮横，城市反而成了蛙们寄居的安全之地。城市的文明与丰富，让蛙们避免了高效农药、化肥这些足以致命的东西，蛙们不再害怕找不到肉吃的人打它们的主意，进城的蛙尽可以在城里选择与人共生共鸣，只要蛙们的声音不足以扰民，那何不同城共美呢？

人生至此，世间最最动情处，于我不再是人与人的相遇，而是人与野趣的重逢。

但遗憾的是，不是每个人都能尊重一只蛙的生活习性。

无意中，发现网上一则报道，有个社区街道的年轻人，嫌小区里的蛙鸣太吵，影响了他的睡眠，一纸诉状将物业公司告上法庭，并要求物业公司将小区的一池清潭填平。几经周折，后来，清潭倒是没有被填平，但蛙鸣通过各种整治，确实减去不少。据调查走访，那个小区的多数人还是乐意与蛙共鸣的，抗拒蛙鸣者只是少数。

在这之前，有位居住在城中别墅的兄长，久未联系却突然驾车来接我。原以为对方有急火火的要紧事，结果才知他干了一件“蛙事”——他靠水而居的后窗，夜夜都有蛙鸣高一声、低一声，紧一声、慢一声，抑扬顿挫像是乡下来的亲戚找他唠家常。比起那个状告物业公司的年轻人，他的处理方式确实要稳妥智慧得多。想必他的前世或祖辈，总有人抹不去乡野生活的痕迹。他懂得蛙是人类的益友。在一个黑漆漆的夜晚，他将蛙们统统请进一个口袋，然后开车将它们送至十里之外的公园湖泊。他边说，我边笑，他以为我发现了不妥，我半开玩笑道：“你不怕它们原路返回吗？”我们促膝长谈的笑声，仿佛蛙鸣。

一个风雨飘摇的周末，手上正捧读着莫言的《蛙》，朋友忽然来电，说他陪一个我认识的诗人，在离我住地不远的沙河边等我共进晚餐。到达地点，才发现那是一条骑自行车多次经过的大排档街，只是好久没有路过这地方。有时越熟悉的东西，越不会在意。眼下吃烤鱼的场面，吸引着各色消费人群。其中来来往往的外来务工人群，甚是让人注目。他们三五扎堆，结伴成席，酣畅淋漓地喝歪嘴（小郎酒）和冰酒，十分洒脱。

年届七十的诗人，举杯与我同欢。他气色红润，尤其谈起诗来激情四射，令人咋舌。因为多年不写诗，我“心不在诗”地把脸侧到一边，听那些工友交谈，其中几个居然是故乡人。那个一直没有脱掉安全帽的女子说，家乡一起的有二十多人在这附近打工，一年回不了一两次家，反正田野里早就不种庄稼了；遇到哪家红白喜事，统统通过微信给红包；还有工友已经在大丰买了房子；都是一个地方出来的，大家有事无事就爱吼一声，聚在一起，喝上一杯，说说城里城外的事。说话时，她的眼神突然一亮说：“你发现没得，这个有蛙声陪伴的城市，与我们乡下老家差别不是很大，至少它不会让你产生不习惯的想家感觉吧，这里的人不管你是哪里来的，都一样包容！”

诗人听了，昂起脖子，饮尽一杯豪爽地笑了。各路诗仙在这城里的踪迹，诗人无所不知。随便点一位，他都能唠几句。突然，诗人话锋一转，说自己有个心愿，有待明年实现。我急着问：“啥心愿不能今年实现？”他摆摆手说：“不行，今年的荷花已经开完了。”我说：“应该没完，还有晚荷嘛。”他一直想邀一拨诗人，不分性别，不论年龄，在城里选一个有河流的地方，大家席地而坐，光脚丫放进水里，然后一人摘一朵荷花，把比月光更透亮的酒，倒进花瓣里，听着蛙鸣，念着诗，各自一饮而尽。

我睁大眼睛，几乎喜极而泣。这不正是我二十三岁饱经沧桑写诗时的天真想法吗？为何多年以后，相遇在一个诗人的暮年里，才得以共鸣？这是艳遇，还是重逢？

淅淅沥沥的雨滴，此时落在雨棚上发出笨重的弹跳声，不远处传来一片急速的蛙鸣，在亮光一片的晚景中，我从人间烟火中站起身，像是看见了灯火中走来的亲戚，如蛙一样，愉快地同我生活在这里。

在成都

一

我一直把过去生活的地方当作异乡，包括年少的故乡，甚至包括青春的拉萨。我的回忆就像多少年前布达拉宫周边长满的比人还高的三毛草，它们不仅长在野风浩荡的大地上，还长在藏族居民的屋顶上，它们的形象与气质受了音乐的影响，每每想起它们的样子，我就会想起雪域大地上的劳动者无处不飞歌的火热场景，尤其是那首充满泥浆磁场的《打墙歌》，当然还有油得可以照见自己脸孔的石板巷子，它们与那些窗前环佩飘带的古老民居组合在一起，总有一些神秘莫测的逆光从裂缝中极不规则地延伸出来，将你重重包围。这时，你会发现人生只有突出重围之后才渴望能够继续历经几道裂缝，至少它可以让光照进现实。

而那些被擦亮的石板和裂缝则是历史的基础。

后来，我离开拉萨，去成都定居。我最初进入成都时，这座城市到处都在修路，地面上坑坑洼洼，空中不分昼夜地传出建筑工人的喊叫声与机器轰轰烈烈的操作声，叹息的路人们常常守着尘埃感慨万端。有人说，现在进城难，出城更难。与安静的拉萨相比，成都好比一个巨大的工地，上面到处是坑，一个比一个深的坑，看着脚尖就打闪闪。

我在成都想拉萨的时候，拉萨的那些低矮的房屋会显得更低、更矮，就像小时候故乡的篱笆墙，上面总有一些野花和蝶在诉说岁月的轻与重，有时想念拉萨，一个人就会马不停蹄地想起遥远天边那座让我人生最初见识孤独的哨所，因为哨所与拉萨有一种孤独的颜色——金色。不同的是哨所的墙壁上趴满了随风摇曳的喇叭花。而拉萨的墙壁上画着太阳、月亮、祥云、经幡，它们以静坐的方式在阳光与飘雪里呈现大美与智慧的影子。

而就在此刻，支撑我想象拉萨的成都建筑却在争分夺秒地长高、长大、长得密密麻麻，长得我路过文殊坊那一面长长的红墙只能停下来张望。文殊院外的文殊坊是成都近年出现的新街景，它们之间的关系如同锦里与武侯祠。过去自然淳朴的土街，如今铺上了规范又光滑的石板，这是现代都市商业与旅游并轨的模式。在这条长长的坊道里，各类门市牌匾看上去十分别致与统一，但少了过去大旗与烟火在风雨中飞舞的野趣与旧味。不过“坊”与“院”倒是互不干涉，被现代工艺做旧了的“坊”依然淹没不了那“院”往日的宁静。喧哗的终归喧哗，而宁静的风景独属内心。去文殊院寻找心灵隐地，点燃香火的人始终不受文殊坊骚动的商业之风牵引，他们轻轻地进入一扇木门，不见了踪影，那“嘎——吱”的关门声像是从远古传来，其实是风替他们挡住了迅雷不及掩耳的滚滚尘埃，而那些在人流中举着油纸伞的背影，则成了另一些手持数码相机的人的风景，他们在明处的文殊坊消费彼此的目光，而暗处的文殊院在他们的影子里成了一个可有可无的标点符号。

1997年到1998年之间，我在文殊院两次见到宽霖法师。一次是大雾笼罩天府的冬日，经人引领，我在路边买了一束高高的蜡梅去拜见他。当时披着袈裟的法师与一个少年谈了些什么，记不太清了。他似乎提醒并告诫过我：茫茫人生路，不必与人争，朝着你的灵性走，须持之以恒……记得临走时，法师送了我几尊开过光的小金佛。此后不到一年的1999年6月8日，宽霖法师世缘告尽，在此圆寂，世寿九十五岁。

不懂法师的少年，法师就在他面前。待读懂法师漫长又苦难的岁月时，那个少年却再无缘与法师面对面说话了。至今，依然仰慕那些特立独行的灵魂的少年已步入半生为人的自省年境，我坚信过去走过的路，或多或少有着法师灵魂的关照。每每路过法师圆寂的文殊院，我就会刻意停在木质的院门外驻足片刻，欣喜一个人途经的某些迷惘还可以被另一个世界的他看见或指引。

望着那些伸出红墙的青亭楼阁，思绪如香烟缥缈，想着法师在灾难中为保护唐僧顶骨所付出的种种艰辛，不免心生几分敬意。

成都是唐僧的受戒地，1942年南京发现三块唐僧顶骨，其中一块便送到了成都文殊院。如今宽霖法师已去，唐僧顶骨还完整无损地存放在文殊院里。当年很多与宽霖法师来往的老街坊因为文殊坊的改造而搬到了东郊。

如今的东郊已然成了工厂解体的记忆。随着城郭四面八方的扩张，那一片搁浅多年的旧工厂像是一下子找到了用武之地，被打扮得像是历史的战火中保留下来的博物馆，但里面承载的并不是枪杆与弹药，甚至连一点硝烟味也没有，只残存着几颗螺丝与铁锈般的记忆，这种记忆，之于曾经在这里废寝忘食工作却依然拦不住下岗指令的工人来说，最为疼痛。书吧、动漫馆、影院、音乐厅、酒吧、艺术超市以及各类吃食掩盖不了他们已经装满车间的疼痛。

一个晚冬的下午，我在这里的书吧见了成都本土的一名女作家和一名女诗人，女作家对成都的吃喝玩乐了如指掌，而女诗人则见证过成都诗坛的起起落落、分分合合，还参与了其中一些诗歌流派的组建，她至今仍在愉快地书写着城内的物是人非。在这里，我没有找到前来此地瞻仰那些高烟囱的旧厂人，只遇到几个“动漫人物”，他们身着夸张的服饰，戴上古代人的长发与胡须，手上持有长矛与短盾，在人群中追杀、飞奔，他们的样子像是已做好穿越的准备。

那一刻，我停在原地，望着灰色天空中耸立不倒的褪了色的高烟囱，像一个迷路的小孩。

二

“晓看红湿处，花重锦官城。”年少时，读到这样的句子而刹不住无边无际的想象，我想，被花朵包围的城市有着怎样令人陶醉的芳香呵。那究竟是一座人的城市，还是一座神的花园？它的富丽堂皇与自然闲适一度让我对一个未曾到过的地方念念不忘。那注定是我当时的远方，远方之远，与当时我所在的蜀南偏僻乡村仿佛不在同一个世界。

然而，2011 年因工作，这句子被我激动地写进了成都重大晚会的台词里。锦官城是成都西汉以后的别名，后来又被缩写为锦城，因此当年穿城而过的美丽锦江自然也就成了许多人的忆念。我相信，巴金在上海外滩的晚风中漫步时也曾忆念过汩汩汤汤的锦江水，因为水边系着他的童年和风筝。在成都，不是每代人都有资格忆念锦江，但锦城里派生出的经典诗句，却可以成为共享的文明。

真是无独有偶，如今我工作的地方，恰巧紧挨着为锦官城写诗的杜甫的居所——草堂。在草堂里生之忧愁、活之忧民的杜甫每天吸引着他的粉丝前来造访，当然也有很多不是他的粉丝、更不是诗人的家伙打从迢迢北方赶来找他，只因他们与他有一份共世的愤俗情怀。

换言之，我也可算作杜甫的邻居，但我不是他的粉丝，因此谈不上知根，我既不忧国，也不忧民，我不刻意亲近他，也不十分疏远他，我就坐在他的草堂旁边，朝九晚五感受花香鸟语，聆听那些在多功能厅排练舞蹈时重复传出的流行歌曲，我越来越不把流行歌曲当回事，听着只是听着，丝毫不受它们所谓的中国风与小清新配种的影响，我知道我内心已深深爱上那些结实、深沉且优美的美声唱法，我在歌声里不再产生摇头晃脑的幻觉了，只顾默默地做着一个市民分内的事情。

但我不可抗拒地羡慕杜甫的才华，这是无须争辩的实事，即使一个毫无文学修养的人面对杜甫的诗也有可能顿生羡慕，就像植物在季节的更替中不顾天灾照样发芽，只是像我这样的植物之于杜甫，发芽的过程十分缓慢。尤其是每每走在清华路两旁那些刻有杜诗的石板上，走着走着，便突然停下来，驻足凝视：

清江一曲抱村流，长夏江村事事幽。

自去自来梁上燕，相亲相近水中鸥。

老妻画纸为棋局，稚子敲针作钓钩。

但有故人供禄米，微躯此外更何求。

这首名为《江村》的诗写于唐肃宗上元元年（760年）。杜甫经过四年的流亡生活，来到了还不曾遭到战乱骚扰、暂时可以保持内心宁静的西南富庶之乡成都郊外的浣花溪畔。当时，他依靠亲友故旧的资助而辛苦搭建的草堂如雨后春笋破土而出；饱经离乡背井的苦楚、备尝颠沛流离的艰虞的诗人，终于有了一处安身之所。

时值初夏，浣花溪畔，江流曲折，水木清华，一派恬静幽雅的田园景象。他在江村之上，放笔咏怀，愉悦之情是可以想见的。此诗本是写闲适心境的，同他的许多诗作一样，写着写着，到了尾声，便是落寞与不欢之情，这也是我不想带着怅然继续读他诗篇的重要原因。杜甫很多即兴感怀的诗篇，无不令人生出沉郁，原本有着忧郁气质的人儿，再多读他的诗情何以堪？

于是只好止步，蹲下身来，贴着大地的心，凝思，忽然抬头，仿佛遇见了陌生的老朋友，而我们之间没有多言，只有意会、点头、微笑，轻轻地伸出手去，可我握住的只有芙蓉树上随风落下的粉色花瓣，摆摆头，无法把刚才读到《江村》产生的感想，传递给他。匆匆转身，加快步履，像认错了人一样头也不回地决绝离开。

我的行为就像一场生不逢时的风对一场尚未降临就已告别的雨持了意境上的否定。

虽与杜甫为邻，但一年之中却难得造访诗人的草堂，我更愿意保留一份清寂的氛围让更多的诗人去思考。2003 年 10 月，作曲家谷建芬走进成都采风，两个月后，谱写了一曲《走进草堂》，在音乐意境的广阔天地里，成都被喻化为一座葱葱郁郁的草堂。歌声中，我听见茅屋周边的竹子在秋风中拔节，银杏树上结出的白果在阳光下噼啪作响。与《三国演义》的片尾曲《历史的天空》那首歌一样，依然由歌者毛阿敏演绎，时光纵横，清凉中透着大气磅礴的神秘与质感，悠远的旋律直抵人们的记忆，听者仿佛可以从歌声中看到迎面走来的古人，千年光阴，古人与今人在优美的旋律中完成了一次美妙的时空对话。

每每午后，或黄昏，独自漫步，抑或邀上三两好友走在草堂红墙里铺出来的竹影下，看路边或溪水边盛开的满树樱花，有时也看见几只白色的大鸟站在曲折的水边，或葱绿的树梢上，它们喜欢在这人世间成群结队吗？而在水边看白色大鸟的人还真不少，除了头戴草帽聚精会神目视水面的掩面者，很多是艺术家，他们手持“长枪短炮”，为了拍摄大鸟们的一次飞翔或筑窝，不惜在此守候三天三夜。

当然，我也看见过在杜甫草堂门外守候林间小鸟的人——那是一对来自加拿大的年迈夫妇，他们各持一部长焦距相机，在阳光下学着鸟的叫声，痴望着红墙里泡桐树上跳跃的小鸟，欣喜若狂……我想：没错，这里真的就是红湿处，这里就是锦官城。

在认定锦官城的那一刻，我把自己想象成了异乡飞来此地栖居的鸿雁！

三

有一回，是成都本地人的同事陪着我逛浣花溪公园。路过杜甫草堂正门时，他甩甩头，说："莫进去，杜甫草堂白天没啥好看的，到了晚上才好看呢。"同事所说的"好看"充满了悬念的意味，我疑惑地望着他求解。几步之后，他回过头对我说："晚上，里面到处是监控器，保安也不敢乱逛。"

我说："这有啥吓人的呀，再吓人也不可能有抚琴东路上的王建墓吓人吧？"毕竟那儿只有一座巨大的坟茔，谁愿意在夜晚与坟堆堆相遇呢？不像杜甫草堂里，一年四季，花红柳绿，小桥流水，荷花绽放，鸟落民间，真是锦官城里的小天堂。

同事一本正经地摆摆手，说："王建墓倒不吓人，里面根本没有埋人，那只是一座衣冠坟。"他说完这一句，便没有了下文。然后开始抽烟，边走，边抽，在我们身后，一缕烟带空前绝后。他斜视着草堂林影，稀薄的阳光打在玻璃镜片上，让他的眼睛有些闪烁迷离。

我学着他的样子，望了望树荫掩映的杜甫草堂，想了又想，莫非里面的保安人员能在夜晚看到行如风坐如钟的杜甫？或者还能遇上一个叼着长长烟杆，抽着叶子烟，弯着背不时咳嗽几声来此探访杜甫而找不到门的老文青？这样的“好看”让我很是兴奋，能与诗圣杜甫相遇，那是何等的奇遇呀，可我不知道这究竟有啥吓人的。

同事挤了一下眼睛，转过身，神秘地指着河岸边的别墅群，补充道：“十多年前，这杜甫草堂离城区还很远，周围到处是田坝坝，一年四季，春播秋收的场景，真是美不胜收……”这样的景致的确很诗情画意，加之有杜甫、和尚、农夫，可我总感觉同事的话中弥漫着几重待解的谜题，他始终没有说出他所知道的“草堂真相”。不过，他告诉我，以前的草堂里不仅住有杜甫，还住有和尚，以及浣花夫人。成都的老人们管这里叫草堂寺，仅从此名而言，我曾猜想和尚住进草堂的历史是否比杜甫还早。当然这样的猜想很快被江南才子诸荣会否决了，他说既然叫草堂寺，就应该是先有草堂后有和尚了。至于浣花夫人，众所周知是杜甫离开草堂之后才住进那所茅屋的。

后来，经多方访问与考证，我得知南北朝时期，和尚便在此念经了。那时，这里一定是川西平原上最宁静最祥瑞的一块圣地。显然杜甫之于和尚，当是后来者。他们是邻居。

依杜甫的性格，恐怕与和尚的相处是不太容易的，毕竟他信奉的是诗，而不是闭着眼的和尚念不完的经卷。即便如此，在我看来，唐时的草堂寺，和尚是诗性的和尚，诗人是佛性的诗人，黄昏或初晨，这里当是木鱼声声、经文低语、鸟儿啁梦、香火旺盛，住在隔壁的杜甫难道不会因此而产生挥毫欲诗的冲动？同样，听见隔壁杜甫的吟诗，和尚也有可能停下手中的经卷，一番诗意涌上心头……

不久前的一天，在年轻的藏族画家单巴的画展上，我遇见一位杜诗的崇拜者，谈到这种可能的概率，他完全一副自信的姿态。他说杜甫的诗歌当中一定有表现个人与和尚之间的交往的，遗憾的是这个杜诗的粉丝当时喝了二两烧酒，抒了半小时的情，也未能准确背诵出是哪一首诗，他只好让我去《杜工部集》里查找。失望之余，我想象，草堂寺里的和尚，面对杜甫这样一位诗人邻居，究竟持有怎样的态度？是欣赏他的诗，还是像当下一些艺术家在一起彼此不屑一顾？

由此，忽然想起曾经的工作单位里的一名诗人。那天，诗人正埋头面对电脑专心致志地作诗。而另一名音乐工作者在旁边的电脑上打歌谱，而且是使劲地敲打键盘。诗人很无奈，面对电脑坐了那么久，还写不出一句满意的诗来，于是愤怒地站起身，对音乐工作者说：“你能不能小声一点，没看见我在写诗吗？”音乐工作者大概知道诗人的脾气，一声不吭地甩门而去。诗人紧追几步，一把拉住音乐工作者，扬手便是一个响亮的耳光，还朝他疯狂地怒吼道："你知不知道，你甩门的声音严重毁坏了一个伟大诗人积蓄半年的灵感！"五个手指印像五根白骨清晰地印在音乐工作者脸上（实际上，多年以后，诗人回想起那五个指印，完全有可能是打在自己脸上的）。很快，音乐工作者在抚摸手印的同时，重拳击在诗人脸上。诗人顿时眼睛流血，倒在血泊之中……

四

一个半阴半晴的中午，同事带着我从草堂北门进入其中，直接将我领到了一座杂草丛生的坟前。他叮嘱我要先拜一下坟的主人。我双手合十低头的一瞬间，发现一块小石碑上涂着一行红色的小楷：上光下荣智公老和尚之墓。时间是1982年清明。

我问曾经的寺庙在何处，同事摆摆头，耸耸肩，说他在此上学时寺庙就已不见。于是我们随处散步，同事对草堂里的景致简直是如数家珍。到了藏经楼、万佛楼面前，他站在原地抽烟，让我独自上楼去看风景。我爬上楼，看见他还在原地一支接一支地抽烟，仰起头，把一个个肥瘦不一的烟圈圈吐给天空，他脸上掩着一丝不易泄露的"天机"，而树林环抱的小河里肥得难以动摇的锦鲤在高空的视野中泛着金闪闪的光，四周是葱葱郁郁的银杏叶子和嫩绿中透着清光的竹子。

从木质结构的楼亭上下来，转身便来到同事曾经上学的地方。如今坐落在二环路边的成都市文化艺术学校的前身成都市戏剧学校的教室至今还在眼前的草堂里安静地坐着，只是它们成了存放杂物和草堂工作人员办公的地点。这里曾经是男生宿舍，那里是琴房、练功房、上文化课的教室，而围绕这些教室的那一面青色的墙，同事不知翻过多少遍……那些拱门里的竹节上刻着的字已经随着竹子的成长而难以辨认，他不停地指给我看。然而，这些尚存的躯壳与印迹已成为一个即将步入中年者最青春的记忆。

五

应该说，我已经在为适应锦城生活寻找自己的表达方式了，当然多年来成都高举的是“成都表达、表达成都”的文化形式逻辑，对于一个创作者来说这似乎多少有些“自闭”，即使这个地方每天都有建筑如同橡皮树一样疯狂地长起来，但它毕竟代表的是一种文明的生机、繁荣的彰显。它表面的时尚并不影响我内心渴望的安静，每当上班或下班，坐在高架线上，独自构想着诗人杜甫与唐朝的命运，而身边无数人并不知道我在想什么。

许多史书记载或评说，认为杜甫的一生穷困潦倒，受人接济。言下之意，带着怜惜或悲悯。这种具有普遍性的说法，是缺少设身处地的体会的。在我看来，杜甫能在那样的时代背景下写诗游吟，其生活条件并不至于差到穷困潦倒的地步。任何将对杜甫生活的片面性的断义加以放大的宣传都可能导致人们对杜甫认识的狭窄。一般的穷人在那时即使有才可能也得每天为对付生计而难以实施写作这件过于高尚的事情，杜甫既是诗人，又是官员，不仅有那么多友人支持欣赏他，还有权贵关照他，让他得以在茅屋里为秋风所破歌唱，保护他安心创作诗歌的灵感，这是何等的待遇呵。

成都在四川的版图上堪称诗人最多的地方，即使将成都诗人放到全国的诗歌版图里，其诗人的分量和数量也可排在当今诗坛相当靠前的位置，至于这里的诗人真正享受了多少像杜甫一样的待遇，只有诗人自知了。这事倒让我想起另一位同样伟大的人物来，他应该算不上诗人，但他在文学地位上所享受的待遇并不比杜甫的差。

在拉丁美洲，有一个叫阿拉卡塔卡的小镇，诞生了一位神秘人物。一直以来，很多人去那里找寻他的芳踪，可常常被当地的人们捉弄而走错路——这位神秘人物叫加夫列尔·加西亚·马尔克斯，他的写作才华不仅获得哥伦比亚和整个南美大陆读者的广泛认可，还得到古巴前领导人卡斯特罗的极力推崇与关照。在古巴革命刚胜利时，马尔克斯赶到哈瓦那采访卡斯特罗，此后他俩成了挚交。卡斯特罗昵称马尔克斯为加博（Gabo），他俩似乎真应了那个老词：一见如故。为了文学写作，卡斯特罗拨给马尔克斯一辆奔驰，在哈瓦那市中心给他一所带游泳池的别墅，里面配备有四个用人和一个花匠，还有一条只有极个别接待外宾的宾馆才装的国际电话线。古巴人都知道那是作家马尔克斯的房子。卡斯特罗常去他的别墅喝酒聊天，他们之间无话不谈，政治与文学，权力与创造力，仿佛成了两个男人的魔幻现实。特殊的生活条件，之于一个靠文字实现自身价值的人，用今天时髦的话说，够“高大上”了吧。

在这之前，我有过一段坐地铁去一个名叫“鸟巢”的地方上班的时光。我的鸟巢并没有任何神奇的鸟，不过有一个像鸟一样的人给我留下了很深的阴影，那是一个官二代，他善于约束与指使年长者做一些工作之外的事。但我偏不做。他欲对我动武，可我始终没予以理睬。我住的东郊离鸟巢较远，我现在坐高架线去杜甫草堂隔壁上班只需要二十分钟，高架线与地铁有一种相同的风景——无数的人，他们看上去与我素不相识，但他们都能心安理得地接纳我保留在内心的孤独与想象，就像成都这座城市接纳所有异乡人的孤独一样。我的想象与他们的生活无关，虽然我们每天都穿行在同一条路上，有时望着他们长时间把自己的注意力交给手机，我觉得他们关心手机里的事情远远超过关心这座城市里的自己。

那一刻，我感觉成都之于诗人是一座寂寞之城，之于芸芸众生，它用麻将与火锅伴随人这一辈子的回忆，够了，足够了。

在拉萨，我只要走出军队大院，就不能这样独立地想自己的事了。我一定会不停地遇着向我微笑或打招呼的藏族同胞，我只能打断我正想着的事，与他们说几句有意义或无意义的话。我在拉萨说得最多的一句话是“扎西德勒”。有时，是对阳光下走来的一条狗说话。在拉萨，更多的时候，没有人可遇见，但你却能够听见风声——它在给你传递另一个世界的事情。

成都对我来说，是一座流水缓慢的城市。因为在这里，你看不到扬帆远航的船只。更多时候，你是一只寂寞的旱鸭子，总在自己的影子里遥想海的颜色和声音。因为水可以承载回忆的重量。而当我与一些刚结识的友人说话，他们并不会问我来自哪里，相反我会问他们：“听口音，你好像来自北方？”然后，才是他们对我的打量：“听你的歌声和口音，感觉你是甘（孜）阿（坝）凉（山）的吧？”我不置可否地笑了。

我拒绝对他们说我从喜马拉雅来！

我不是成都人，但现在我在成都工作。过去的二十年间，我的步履一直在朝圣中迁徙，像沙漠里的骆驼，当看见雅鲁藏布江的一瞬间，那么多水都成了骆驼的眼泪。我在这座城市里习惯了深居简出，偶尔去郊外的龙泉山看农夫摘桃。若有人约我去宽窄巷子，我就漫不经心地打的去那儿，消磨一点茶水或咖啡的时光。这样的人往往不是本地人，他们多是来自遥远外省的人。我不是成都人，更没有传说中的成都故事提供给外来的友人分享，我想我的孩子会比我更尴尬，因为他可以是地道的成都人，但他知道的成都掌故将比我知道的更少。有时，我也在想，是不是该在孩子的成长中为他注入更多接地气的城市微量元素？

在约见我的外来者面前，我倒像一个异乡人，而他们等待我到来的那份安然则像本地人。如果有人约我去春熙路，我就从府青立交坐公交车下去，五个站就到了。总之，在成都我很少主动去一个被外省人想象得极为神奇又容易将人淹没的地方，多数时候，我闭门不出，宅在家与自己种植的草木说话——在家里，草木就是我独自空旷的理想国。我不要求成都怎样，成都也不要求我。这种若即若离的感觉是好的，作为一个作家，永远不把自己居住的城市弄得太懂，有时，小聪明往往误了大智慧。

抱愧樱花

春月里，在老一辈作家艾芜故乡清流镇的文创园，偶遇毛姆的一本小书，全书不足九十页，是出版过我首部散文集的花城出版社 1981 年 9 月出版的《书与你》，定价如旧年乡间集市的一车白菜——两毛九，这样的缘分让我顿时欣喜若狂。仔细查看该书版权页，这已经是 1983 年 10 月第二次印刷的记录：27451—53450 册。如此数据，括弧居然标注内部发行，这是否能够反映当时的毛姆在中国读者心目中的火热程度？

坐在旁边与蒋蓝茶叙的顾建平一眼击穿此书，并对此热情地如数家珍，那是他大学时代读过的重要之书。这不得不让我对一个读书人的深刻记忆充满感佩。我相信这样的深刻首先建立在对毛姆的阅读之上。众所周知，毛姆是世界优秀的小说家，他在此书中谈到可读性与理所当然，这些以英国文学、欧陆文学、美国文学为个人经验的世界文学入门篇，曾连载于美国《星期六晚邮报》。

细究人与书，不难发现许多在文学史上占据重要地位的著作，如今除了专门研究的学者读，其实并不需要每个人都去读。基于书与人的情缘，我长期只能正视幸运的存在与距离。从某种程度讲，如果你在生活中既无好奇心又无同情感，那么，世间再好的书，之于你都是无情的错过。今天的年轻人中大概很少有毛姆的读者了。但这并不影响他介绍我认识艾略特、萧伯纳，以及让我获得更多教养的梅瑞狄斯……同样，即使在艾芜的故乡，我们从成都出发抵达新都区清流镇的那个晚上，试着向小街上的居民打听这位原名汤道耕的作家的故居所在地，三五乡民在昏黄的路灯下，除了继续麻将桌上的支吾喧哗或摇头摆手，几乎无人响亮应答，可见文化的胎记在这片土地上并未想当然地深入每个人心里，它常常让我们很不清醒地高估文化名人的光芒，认为其能够照亮一方水土的精神镜像。

其实，有时真正的文化只生长在少数文化人的孤独情怀里。大多数时候，我们被邀请去访问那些正在被文化改变的城市，发现文化只是披在冰冷建筑身上的虚妄外衣，这时你会发现只要集中精神，专心致志地阅读一些经过时间沉淀的伟大作品比参观一些外观气派的陈列馆来得更靠谱。

我并不否认自己对艾芜《南行记》中独立行走和个体经验书写的喜爱，但这仅限于一个写作者对另一个写作者的情感表达。

此时，清流大地，一望无边的绿屏障，如风中波浪翻滚的缎子轻柔拂面，小河与溪流蜿蜒纵横，淌过野花青草，流经每一寸枯萎的河床，流进每一名远道而来的驻足者心中。不远处，芸薹成片，点线分明，面面似锦，方圆数里，那么多金黄的梦，任由蜂蝶狂舞，如此多维度的画面恰似大自然器官里生长的狂想曲。一架黑色的三角钢琴高高地坐在芸薹之上，脖子上扎着蝴蝶领结的男生手指灵动地弹起《水边的阿狄丽娜》，即刻引得穿行其间的人们心旷神怡，仿佛一条条浪漫的鱼游弋在诗情画意的童话世界。而就在我欲转身向着舞蹈中的黑白琴键奔跑过去的时候，一列老火车的影子如一条乌梢蛇从午后的风中，缓慢地游过天际，空气中弥散着麦苗青青拔节的清香。

我之所以不愿意把芸薹写成油菜花，的确是想与老一辈作家的一声咳嗽划清年代界限，同时更因为《花月令》里没有此花的芳名。在清流百姓的农作物谱系里，芸薹不是花，而是最忠实、最亲切的菜名。但这个季节，显然乐意来看此物的并不是种植芸薹的人，他们多半是分不清麦子与韭菜的城里人，看到规模成亩成顷的芸薹，他们干脆忘记了耸立于河道边的那一桩出土的千年乌木，据说此地河道下面埋有许多价值不菲的乌木，像是远古时光埋葬的一段段传奇，但此刻看风景的人眼里没有传奇，只有惊艳生动的芸薹。他们丝毫不知在独树一帜的乌木眼里，看芸薹的人才是蚂蚁般密密麻麻的风景。有人惊呼了一句：“这油菜花怎么会开得人心里像被猫抓一样发慌发痒？”个别“文人”随之发出的回应差点把我的眼泪惹出来，感觉是被烟呛了一口——“我愿意被这黄灿灿的温柔软埋。”

可能后面这一句来得更暴力，也更具备现代抒情潜伏的杀伤力，听者必须做好呆若木鸡的准备——“春天呀春天，求求你别拦我,老子想立即死在这没完没了的飞黄世界……”

谁也没有权力责备春天，这挡不住的芸薹，几乎创造了春日的神乎其神，它让不是诗人的常人见了也能吐出几缕春蚕的丝来。再聪明的人，遇见芸薹都无法告别单纯的欲念。野地，隐约可见飞鸟仙踪，林盘里的竹林，拢成了河边的步道风景，高空中架起的跷跷木板，只为渔人踩过去截取网里的收获。河岸两边，有白鹭起飞，随便停留脚步，都能看见花骨朵缀枝。路边的铁丝网里忽然钻出一枝酸橙花，随意点亮了赏花者的眼睛。起初，许多人都不识此物，看上去针一样锋利的枝头上，缀满了乳黄色的花骨朵，像壳子里取出的一枚枚珍珠，后来经远方的朋友辨识，才发现这是与枳壳同一品种的中药的原料。

周围的果园规划区域，层层叠叠着年岁不同的梨树，好像一个个披上雪纱的天使，在这片都江之水灌溉万物之灵的川西平原上，它们看上去还没有多少个体历史能够拿出来与观物者言说，比起彩云之南的呈贡万溪，那万亩饱经沧桑的梨之魂，它们以株株百年孤独的生命述说着“宝珠”之名近千年的历史。听说那里的梨花节已经连续举办了七届，眼下清流梨花已然成了清流之春的主角，并且这片土地也为游人开放了梨花节档期。这些年，似乎天南地北以花为媒的各类节日比比皆是，仿佛隔一座山或蹚一条河，都能遇到不同的花节，那人山人海游走的风景，看上去的确比繁花热闹。

能想到的所有“花招”，主办方都已绞尽脑汁，比如让一群现代女子撑着油纸伞，身穿汉服，回到遥远赛里斯国的花花世界。如此弄巧成拙的旧人场景，让今人禁不住想了又想，如此女子连花的笑容也没有，怎么能够体现遥远又瑰丽的冠服体系文化？更有甚者给花树穿上《诗经》的外套，以为那就是文化的深刻赋予。五花八门的花节，花却不是主角，如此花节究竟留下了什么？一朵诗？一支歌？一地花瓣？一屏照片？或是一堆撑着油纸伞舞着水袖走过花径的姑娘？最终现场不过是一地狼藉的花祭，很难让人发现花文化的半点影子。

花哭了，人笑了，旅游经济并没有带来花的文化精髓，任何欣赏者都需要懂得花的自然规律。花开的时候，无须庆典祝贺，花开本身就是大自然的神圣盛宴，只要你来看花就好，切忌高声喧哗惊扰了花的睡眠。有时，我想花之魅，重在它自然地开与自然地谢，去去来来或来来去去，如同岁月之美，醉在生命的流逝……

清流之梨在方格子的土地里排出井然阵形，在和煦风儿的吹送下，它们的成长总是比人类迎接春天的方式，多了几分纯洁与曼妙。它们是青春的象征，也是年轻相会的理由。穿过一条小河流，翻过一片小陡坡，最是田间那个戴草帽的妇人，引得一路采风者纷纷拍下她和她身后排山倒海的萝卜。那些出自妇人劳动生活的白萝卜被她全部拔地而起，像一列列没穿裤子的婴儿亮出白胖胖的腿，横七竖八摆在天地间，看上去有一种裸露的丰收之美。可如此景象，却惆怅了妇人的心。她在焦急等待城里的车赶来收购她的萝卜，她不断劝拍照的人买走她的萝卜，一元一根。拍照人各自感叹，比起城里菜市场的萝卜，这价钱叫人难以置信，就像我第一眼看到毛姆《书与你》的定价那样吃惊。遗憾的是，观景途中谁都不太愿意携带沉重的萝卜。

我记住了妇人和她的白萝卜，她说用她的白萝卜炖肉，可以香飘一层楼。可我并不想炖肉，如果用我的刀法与厨艺凉拌她的萝卜丝，一定能够吃出特别的清流味道。

阳光打在蔷薇花瓣的黄昏，我背靠一株樱花树，面对一座农家院子，把卷筒式的《书与你》展开，一边翻开书页中有关蒙田向普遍人性投下的一线探索之光，一边看见风吹落樱花如粉色雨滴，飘荡在侧身的水面上，有人称眼前的清流为青白江。如此深远、洁身、飘逸的名字，与头顶如火如荼的樱花，形成了完美的意境。在清流的土地上，樱花的出现似乎一点也谈不上壮观，偶尔遇上一两株落单的夺目，让人忽然收敛了对芸薹的笑容，对它看几眼，再笑，却笑不出来了。那一刻，我感觉我的笑，被樱花从表到里地转移到了日本。

这是一株三米多高的晚樱，花色绝对艳丽，花朵有大有小，花魄串成蓊枝，繁花似锦的一簇簇，一团团，细小的花朵攒聚在一起，构成了绣球似的花团，与大河之舞般的芸薹比起来，它也有扎眼的一瞬间，可惜因为它的孤单，芸薹抢走了这个春天所有疯狂的审美。走过清流的人，几乎未对任何一株樱花微笑，这真是赏花者的粗鄙。他们被当地导游手指的梨花、油菜花塞满了耳朵，樱花遇冷于清流并不是樱花的错。人群中，我内心也未能对樱花之美发出一句呼喊，但我第一眼看见樱花并生发了欢喜心，我试图以个人的孤独抵达这株樱花的孤单，但我失败了，原因是我和导游一样不懂樱花。我猜想，樱花树是不愿孤单的，它只是不想让看见它的人孤单，更不想让懂得欣赏它的人失望！

过去偶有提到樱花，实则多是想象里的，意识里樱花于我生活的土地，一直不太现实，我不知是我假装没看见樱花，还是樱花在身边只是我没发现。于是日本的富士山就直接当了樱花遥远的背景。当然，武汉大学也有樱花胜景，可惜我没有在恰当的季节深入。

赶紧搜索自己与清流这片土地过往的交际。其实，也不是我个人主观的搜索，而是龙泉女诗人龙水蓉看见我发的关于清流的朋友圈抛出了一条线索：八九年前的春天，你还是一个单身汉，跟随我们去清流吃油大，参加一个孩子降生的满月酒。假设没有龙诗人的回忆，我一定会否认我到过清流。恍然，由此想起一片乡间的竹林，一场坝坝宴，到场客人们人手一枚比红玫瑰更红的鸡蛋，还有一条清澈的河流，一排排青色的瓦房和桃红李白，以及满目绿油油的麦田。但就是没有忆及樱花，谁也没在当时提及艾芜的故乡。

或许，那时现有的许多物事都不存在……樱花定是后来入住这片万物生长之地的怨。所以，诗人与我竟会对此连片段的回忆也没有。

不久后，我去了北方，经过鄠邑秦渡小镇，看见街道两旁的樱花正在隆重地开放，可谁也没有刻意停下来多看它们一眼。我只看着窗外行道上的樱花对驾车接我的战友说一句："樱花真好！"战友目视前方，连看一眼樱花的举动也没有。他像是在自语："嗯，樱花。"

直到我骑着单车与客居咸阳的青海女诗人尚蓉飞奔于秦岭之外的渭河两岸，遇见清流土地上绽放的樱花，我对她惊叹道："渭河的春天真的比清流的来得晚一些。"也许清流的樱花早已经枯萎，可眼前渭河的樱花正竞相开放，因为数量偏多，加之一路漫长，就显现了壮观之气象，粉彩的樱花，树连着树，樱中带粉，花树倒影，颜色艳丽，远观近赏两相宜。

我不知日本与中国的樱花有什么区别，总觉得日本的樱花比中国的著名。可同行的尚蓉，居然连樱花也不认识，几十年的咸阳生活，与她产生交际的咸阳人不足三个，不识樱花也不识人，这是个人的生活方式。尚蓉忽然来了一句："我不知世间所有花朵的名字，也不知这座历史比长安更长的城，何时多出了这么多的樱花！"

如此看来，樱花的出现对我们来说太突然，也太梦幻了，难道它仅仅是为了浪漫好看？或者说，好看的生命物种，总是容易被大地广泛复制，只是它与城市和乡村的血脉关系，我至今没有找到。但不能否认，樱花这一印象里的稀世物种已爱上中国的春天。

这个春天尚未结束，我一直在行走，从北方到南方，从都市到边地，从小镇到乡村，处处都有樱花伴随，而且都是晚樱。最晚的莫过于云南寻甸的樱花，我想秦渡小镇、大唐长安、渭河两岸的樱花都已谢了，寻甸的樱花还在奋不顾身地开。面对樱花时我有一点纠结，因为我一路都没有生长出对樱花表白的能力，而后渐渐失去了想象力。究其原因，大概自认为多年以来很少在春天出走，无法为想象樱花而费脑筋，但其实很快我就发现这是一种自欺，抑或，我对自己已经漠不关心，当然更无法对身边出现的新事物萌生兴趣，这是敏锐力的下降。

在中国的土地上，原来一直都有樱花的存在。

有一天，我发现就在我每天进出的社区的门口长有一株樱花树，而且我曾经在它的花期为它拍过照片，只是我一直没有对它发声，那是因为我的无知。我很难判断当年的艾芜历经几番人生风雨，从远方漂泊回到故乡清流，有没有遇见樱花，也不知毛姆笔下能否找到樱花的影子。但在清流，我因为看见美丽的樱花却对其产生不了一句深情的表达而深感抱愧，哪怕一个能够替代樱花的字也没有生发，就像我无法深入清流的每一条掌纹那样寂寞无助。

作为采风团作家代表，在没有遇见樱花之前，在活动启动仪式上，主办方邀约我做了一个简短的发言，摘录如下：

> 这几天，我们将在人杰地灵的清流镇踏青采风、纵情山水、对话草木、亲吻花朵。这是一次文学与春天的相约，清晨鸟鸣歌唱，心情格外舒畅，令人精神爽朗，如此清流如此水，如此花朵如此情，《南行记》从清流出发，途经川滇绚丽的边地风景线，播下了一路行吟的文学种子，给我们许多人的创作，提供了新的思考。
>
> 作为新时代的作家，我们不能沉迷在自己的象牙塔中无病呻吟，而应该像老一辈作家艾芜一样，深入火热

的社会生活，感受跳动的时代脉搏，反映剧变的历史洪流，留下值得时间检阅的文学作品。这是作家的使命，是时代的需要，是群众的呼声，也是每一个有担当、有理想的作家的精神追求。

通过采风活动，补充创作营养，我渴望在作品中努力为读者找寻岁月流逝的清流、创造曲径通幽的清流、享受清寂孤独的文字清流，努力在文学创作的道路上实现自己的人生价值！

除了清流，这一次我还为读者找回一树樱花，只是我必须双手合十，对樱花说一句，抱愧！

蜡梅树的台词

蜡梅，其实也不是纯粹的梅，只是花间如同染了黄蜡的梅，视觉与肉感比起红梅略显厚重。这样的察觉是近年亲近植物的收获，不再喜欢“腊”与梅的合成，字面上已隐约看出年月的降临与死亡的预约；从梅的形态质感上，我更愿意向“蜡”的超然与收敛靠拢。尽管“腊”与“蜡”在我看来，皆属于重量型的字，前者有花开花落的节气指向，后者则有梅魂永生的归属。

圣诞前后，蜡梅花骨朵如罐子里沉睡一冬的豆豉，欣欣然挣脱眼皮，挤出一张张香喷喷的笑脸，空气中到处弥散着淡淡的味道，仿佛是一种鹅黄色的香水。这时，会有行色匆匆的路人忽然停下脚步，悄悄搜寻或翘首打望——那个穿着浆泥色高靴，肩上挂着红皮包，漫步在太古里的妇人，一手挽着累了倦了的披肩，一手轻松地滑进裤袋，她把几分寂寥与寒意盖在白泥色的贝雷帽里。

不远处，叼着一支残烟，背靠一面红墙的邋遢男人，转眼顿觉侧面的大慈寺暗香浮动，春意指日可待。

一个和尚从纸窗里探出半个脑袋，满地落叶在他沙沙沙的扫帚下，层层卷走。待他回头时，走廊里的光刹那隐去了那一抹幻影重重。一串长长的脚步声后，只听见嘎吱一响，他双手把在木门上，院子里的蜡梅在风中笑弯了他的眉毛。他抹了一把嘴，像是闻到了特别的香气，但那不完全是蜡梅香。嘎嘎又吱吱，如此反复，门终于关上了喧嚣，但怎么也关不住他眼中的红尘风景。

路过红尘的人不看他，唯有满树蜡梅相伴。

一直以来，爱蜡梅、说蜡梅的人够多。唐诗宋词里，古人不仅弹琴咏梅，甚至喜欢纸上剪梅。许多年前的文殊院，我在文字里借蜡梅香消酝酿故事。但我几乎忘了蜡梅树的存在，太多太多的人都因蜡梅花香而忽视了蜡梅树，这是势利生活导致的无知的表现。冬春的蜡梅树别无旁叶，因为它把减法做到最后，身上一丝不挂，只以坚执的树枝释放乳黄的花骨朵。但在盛夏与秋天，它准是叶茂繁绿，郁郁葱葱，和冬春萧条的形象判若两种。没有梅香，只有蜡梅树，谁也不愿多看一眼。常人习惯门庭若市的花开树，而淡忘了身边那一株不开花的树，这是世间的常态！

树易遇冷眼，花香让人亲近。可香气太盛，就成了热闹。我不晓得蜡梅树是否愿意接纳人间的热闹，反正这世界看热闹的人总是多于清寂的独守者。花开之梅，总引得无数双手折枝占有。手的速度有时比心的锋刃更快，因为手的造化往往是罪与罚的根源，但手的欲望斩不断心的牵牵绊绊。

我试图拿一颗心换取植物之心，这就必须排除人见了花就热烈的高涨情绪，人物两安，重在彼此日常的细水长流。去年夏日，开始钟情于在浓绿的蜡梅树下，踮起脚尖为枝头数不尽的蜡梅果实，一数再数。我数了一株蜡梅树身上有七十多个果实，第二遍与第三遍数出的结果，与第一遍不尽相同，最终只能扫兴而归。那不是我的院子，数得再准确又能怎样？我只是在帮别人数果实呀，这座城池没有我的院子，所以一树蜡梅也不属于我！

这时候，“青梅煮酒”或“望梅止渴”的想象以“怀想者”的身份跑出来，可一个也没有对上眼，此梅非彼梅，“煮”与“望”都成了枉然。只是当我第一次发现蜡梅果实，并由此生发了惭愧之心。

纷，纷，纷；寂，寂，寂。原以为蜡梅只有树高与花香，品尝话梅者谁曾见过梅子挂枝头的真实写照？那些小小的绿毛怪也不属于我，在迈向成熟之前，它们一天天由绿色转为灰褐色。最大的有六七厘米长，呈橄榄状，其模样非常奇特，果实的顶端长有类似乌贼触须的长须，当果皮上的绿色彻底褪尽就代表它们已进入成熟佳期。

以杜甫草堂为古意景观的浣花公园，三两株蜡梅偶尔躲闪眼前，可游人却鲜少有见蜡梅果实。我不知杜甫可曾采摘蜡梅果实，在他留下的草堂里，我曾采摘数枚蜡梅果实，每一枚都储存有鲜亮饱满如同松果的果仁。记不得一个果实里是四粒，还是六粒，总之，将它光滑坚硬的米籽般的果仁放入掌心，就特别容易让人产生误食的冲动。

我捧给一位女书法家，请她猜测，她笑了笑，摇摇头，表示不知此为何物。其实蜡梅树就躲在她写字的窗外，天天虚心地望着她纸上的横平竖直斜弯钩而寡言，看着她走笔时洒落千山万水的墨迹却一点也不愤怒。墨香与梅香的遇见，究竟是机缘，还是奇梦？只怕书法家检点自己笔画的时间都没有，哪有工夫检点这蜡梅慎独的思考呀？就像在大慈寺暗香中修行的和尚，敬业修德才是他唯一的专注。

耳边忽然响起弘一大师的话：我的字即是法，不必过为分别！

写字也好，念佛也罢，其精神高度必然是闹中取静才能走向结果。我想，蜡梅树的修为恰好对应了这一境界。

蜡梅果又被叫作“土巴豆”，虽存在一定毒性，却是一味以毒攻毒的腹泻药。如果你大惊小怪地表示，只见蜡梅开花，从没见过蜡梅结果，我丝毫不会怪罪你的孤陋寡闻，因为蜡梅结果原本实属罕见，尤其是它漫长的怀孕过程，不仅需要三天两头的坏天气相伴，阳光太密集不行，雨水来得不是时候更不行，总之恰遇晴雨相加，蜡梅才有结果的可能。花色淡的蜡梅树，通常不结果；而花瓣肥胖、顶部略尖，花色艳的蜡梅树结果概率相对较高。蜡梅结果比动物受孕难多了，它需要特别中性的黄泥巴，以及流通湿润的空气环境，不是所有蜡梅树都会开花结果，没有数年树龄的蜡梅树，只能开花，难以挂果。此外，花粉传授的媒介不可或缺，譬如：蜜蜂、蝴蝶、蚜蝇等。

很少见画蜡梅树的人，尽管画梅的成功者从古至今不计其数，但他们多数之于身后事物想当然，即使蜡梅树就在他或她的眼皮子底下，但多少年来，他们从眼皮子底下看见的只有自己，仿佛习惯了复制式的视而不见。究竟有几个画梅者懂得蜡梅？稍有一点发现，画梅者当然免不了沾沾自喜，还有画家以为宣纸上的梅花越多，就越能够代表自己的慷慨或身价，他们忽略了以少为美的艺术境界，太多的梅花，堆砌出来的不是高洁，而是泛滥的贬值的欲望。

国画中出现的梅，常常在一些饭店大堂或包间里看到，以大红色居多，整个画面的红开得满满当当，连一道缝隙也不留。饭桌上的佳肴美味已经多得摆不下，墙上的风景也在拥挤，一个赏心悦目的地方必定含有精神与物质的双重备料，给生活几分留白才能叫人学会知足与惜福，所谓得少佳趣，说的正是中国古典文化的自省、简约、节制之美。

不得不质疑有些画梅人，连梅树都不认识，只知道画梅花，哪怕让他们画一片被寒风载走的蜡梅叶，也难为情吧。作为植物本色之一，叶子是产生并借给梅香营养的重要组成。如果说宣纸适宜梅花绽放，那么布匹则适合蜡梅树的生长，随意几抹油彩，就能代表不同季节的蜡梅树风姿！倘若再有耐心勾勒细致一点，树枝上远远可见隔年的蜡梅果，经风吹日晒雨淋，果皮与果肉早已风化成茧子，其经脉却完好地保留于树枝上。当新的蜡梅果生长出来时，隔年的果实仍未脱落，上面布满了岁月厚厚的浮尘，新老果实同株并存，老灵魂碰见新灵魂，我以为这是油画家值得关注的蜡梅树现象。

七月的地铁人海，府青路上钻出一个来自龙泉山山脚的村姑。她头裹蓝花花，脚穿粗布鞋，每年都会给我送一篮晚熟的桃子。踩着脚踏车去接桃的路上，苦于没啥相送，想了又想，举手拭汗之际，禁不住灵机一动，索性从提包里取出一个牛皮纸袋，交给她。

“不要说，不要问，你从锦城将它带回，记得早些将它们埋进泥土，再迟就来不及了。记住，它们一定会还给你奇迹。”伴随这句台词出现的是成都市二环路刃具立交旁的“莫斯科红楼”，现在人们多叫它“红楼 1956”。20 世纪 50 年代，这座颇具俄罗斯风味的洋楼最初是蜡梅色的，矗立在东郊，被誉为这座城市最漂亮的建筑。

她呆呆地望着顶上那个俄式阁楼，又看一眼从纸袋里倒入掌心的米籽，足有三十多粒。她确认这里不是莫斯科的夏日，从此，睁大眼睛相守于阳台上冒出的几粒新芽，有惊喜，也有疑惑。但她克制了询问答案的好奇心。一个人的生存维度与缺少社会经历的现实磨炼，让她慢慢端详出一个字的真相——悟，只是智慧积蓄一定能量，才可能在平息中阵悟。

已经是寒冬腊月，村姑依然不知盆子里长出的是何种植物，她的反应与某样物种成长一样迟缓，当大亩大亩的田地，被城市建筑包围吞并，她连摘桃的地方也没有了，无所事事又不由自主地在纸上涂鸦，幻想田园将芜，未来的日子，管它长成什么样子……

我偶尔在电话里问起她，你盆子里的生命变化如何了？她有些紧张，但很快压低嗓子，装着若无其事地说，好像又长了一片叶子，肥咚咚的，不晓得会是啥子哟！

话还没完，只听见村姑手中的碗碟碎了一地。

于是我背对红楼1956的身体开始发笑，像是淹没了一个世纪的秘密。陪着我笑的，还有红楼1956周围枝条上珍珠一样扎眼的朵朵蜡梅。

离村姑家不远的地方，有一片园子，叫幸福梅岭。尽管偶尔出没于那片园子，但村姑总会迷路。我很不在乎那些带着功利心将满世界的梅集中在一起怒放的城市谋划者，因此对那里的梅也就少了几分热情。虽然梅香会是大多数人的偏爱，但密集的人结在一堆赏密密麻麻的梅，对梅的孤寂品行多少有些减损。公共区域的梅与私有空间的梅，在我看来是不一样的。

有诗言“宝剑锋从磨砺出，梅花香自苦寒来”，这里面道出的不是热闹的芬芳，更多的是具有孤独力量的雪葬精神。忽然，转念一想，我赠给村姑的不是蜡梅，而是精神的种子，可她至今想象不到蜡梅树的未来。

不过，话还可以往回说一点，有梅出现的地方总有好事，至少它给遇见梅的人留有几分香气和回忆。我没有统计过蜡梅树在这座城市的分布，但我记住了依寺相居的蜡梅树。

还是那个地铁站，不同的是，十一月的某一天，顶着袭人寒气，我由此通向城北的昭觉寺。那天的千僧斋现场，四千僧侣身披蜡梅色长袍，静坐成排，令人叹为观止。时近午时，阳光破云去雾，直视大地，那么多声音共同祈福诵愿，所有的见证，似乎都指向法会现场周边的主角——蜡梅树。

那一刻，专心致志诵经的僧侣全然不闻梅香，他们的善念里萦绕的只有馥郁上升的佛龛之香，他们闭目反复唱诵——南无消灾延寿药师佛。我随来来往往的布施者，在一个个僧侣面前放下零钞，双手合十祈福，出入安静。

时隔多日，想起那个场面，想起一直伴随昭觉寺土壤的那些蜡梅树，花开花落，云来云去，树影婆娑，人类最热闹的时刻，万物照样以自己特有的孤寂生生不息。如果蜡梅树也有春天，我想它的台词应该会是——

不要以为我是世上最高傲的那一剪梅，我从来不是，至少，在昭觉寺的墙里墙外，我活得如此谦卑。

徘徊中峰寺

眼前的寺院，缘何名曰中峰？这当然可以问道青城，眺望峨眉，仰视苍绿的两座山峰，寻思答案。

山中隐藏着通往寺庙的秘道，它们如同狭窄的血管，在泛黄的图纸上，比掌纹之路深隐，显然，这足以想见中峰由道转佛的曲折。但这毕竟是归于历史深处的细节，重提或复述，容易让人误入歧途，我们晚了那么多年，才来到中峰寺面前，不在场的历史多少令人抱憾。而且这也算不上中峰寺香火最旺的时候，相对，在漫山披绿的峨眉怀抱中，中峰寺给人的感觉总是那么冷清、空寂、阴凉，如同一隐居者刚刚从孤独的村庄站起身来。

一丛过滤的阳光打在寺院内外。

屋檐下箕盘里晾晒的花粉金黄。

跟随一位居士，在寺院里穿梭几步，很快便停在门前了。没有进入寺院内部拜佛的欲望，因为我没有闻到香火味，顿觉仿佛进入了一座空空荡荡的废园，但寺院的名气盖过了寺内的空荡、青黄。当真正面对如此冷遇，忽然有一种逃离的冲动。好在中峰寺内部多用实木构建，一根根粗壮的马桑木，完好地支撑着寺院的面貌，这的确有些神奇，山都可以受到重创，寺却没有动摇。

如今，陪伴中峰寺的，除了眼前的几位居士，就是万山绿遍，硕果飘香了。绿是写意，也是实实在在的景象。果，则是山上山下遍种的猕猴桃。尽管我们遇见的是猕猴桃的花期，但这并不矛盾，花开时分，通过人工授粉，就将变成果，它为我们的下次出发，做了恰到好处的铺垫。

从中峰寺不同方向看出去，全是挡不住的绿。每株树枝繁叶茂，我靠近过其中的一种绿，总忘不了内心当时的战栗。这树木的叶拢在一起，像一把伞，枝叶上的花，像白嫩的婴儿，裸抱在一起，甚至树枝之间结的果，看上去也多是奇形怪状，有的像蓝宝石，最让人着急的是我们一群人中，居然没有一个人能喊出此树的名字。

遇问居士，他们除了摇头，只有低头微笑。

趁大家都在不断往寺院内部深入打探，我从一块文字模糊的石碑旁经过，一个人来到了阶梯下的院门外。风和光从峰中刹那驶来，放眼看去，山下的小道，落叶纷飞，清浅的雾霭笼罩着山脉。

轻风拂面，绿叶沙响，不禁想起美国诗人默温的《又一个梦》来，该诗短得只有三行：

> 我踏上了山中落叶缤纷的小路
> 我渐渐看不清，然后我完全消失
> 群峰之上正是夏天

难道这真是梦吗？

对我来说，如此写照，完全合乎此时眼中的情景。真的，无须知道远方的默温是不是做了这样一个梦，关键是默温为我提供了与此种景致对应的文艺描摹。假若此刻我还坐在城中的书房，面对琳琅满目的书，我怎么也不会想起默温的这几句诗，它触景忆句又客观迷人的旷远呈现，让我坚信这不是梦，此间的徘徊也不是梦，就在中峰寺，它让我心旷神怡地和大自然里的夏天触电般地黏合，甚至峰回路转，让人涌起攀越峰峦的欲望，可步行至中峰寺，再向上，就没有路的影子了。

一回头，便发现了那些花儿。

亭亭玉立站在寺院的一侧。一排，有五六株吧，不是盆栽，是直接从寺院的土壤里长出来的。我走过去，蹲下身，看了又看。这花朵有着百合的气质，鳞茎卵形，叶纸质、网状脉，那些喇叭形的白色花，簇拥在高大粗壮的植株上，阳光落地的声音，为此花增添了几许圣洁。

如此生动、鲜活的灵性之物，替陈旧中长着疮疤的寺院增辉不少。开始有人对此花发言了，但那声音几乎是嘴边抹过的一只蚊子，很不确定，更不自信，因此首先百合的命名就意味着失败了。很多人就不敢再提百合了。只顾不断地拍照与赞叹，从寺院里出来的人，都走向了这几株花，如此花朵简直就是寺院门前的旗帜。

怎么办好呢？心花怒放的我，很是为无知花朵之名，感到羞愧，心里无比急切。

连遇两位居士仍然没有说出那花的名字，其中一个倒是提供了另一种可能的推理，那花是他们在山上采摘草药时，顺手带回来的。证明这不是家花，而是野花。在居士眼里，这根本算不上什么了不起的花，但在初见此花的我们看来，真是新鲜，连名字都无法说出。尤其之于我，走过那么多地方，自称热爱自然，却不曾留意到这种花。当时，我真想带走一株，送回川南丘陵中的老家。若是此花盛开在花隐谷门前，该是多么圣洁啊。

我把它带回了城中。有一次，北京友人来到我的城，聚会过程中，我无意翻看手机，找到此花照片，一位在场的甘肃女孩，突然眼前一亮，大声并自信地喊道——曼陀罗。

是吗？这名字对吗？

她点点头，说："没错，佛地处处，常能见到这种花。"我想，如果是曼陀罗，我还用得着纠结这么长时间吗？曼陀罗，我当然不会陌生，包括它的药效价值，以及色彩形状。她只好失望地看着天花板了！

又隔数日，忽然接到一个电话，是催促我交作品的事。我脑海里立即闪现的是摇曳在中峰寺一侧的花，它到底有着怎样的芳名？再三思量，索性找出手机里的照片，发了一条朋友圈：太多太多的花，不知此种芳名？双手合十，求解答。

答案就这么来了，首先是青海诗人说出的三个字——大百合。成都女诗人紧跟着说的也是三个字——野百合。还有人说洪雅的瓦屋深山里，很多这类野生百合。说法种种，攀枝花友人也对此做出了回应，完全能够确认它的属性与名字了，微信上“大百合”的答案最多，而且瓦屋山与峨眉山存在必然联系，就不难发现它的真实存在了。更令人感动的是，出离丘陵故乡，同在一座城的友人谢伟为此给我发来一个叫作“形色”的软件，我不知研究多年川园子的他，是否熟知此物，但他让我从此可以通过软件，鉴定不知道名字的花草树木。

这个夏天，深居峨眉的中峰寺给我的念想，远比都江堰来得激情与热烈，虽然之前的纠结与无知一度让我徘徊，山可以消失，人也可以消失，但天地间的寺院与花朵，从未消失，能接纳我们消失的夏天，是大自然最好的季节。

那么远，那么近

我现居住的成都平原，在地理杂志或电视解说词中，几乎谈不上辽阔。青城山与都江堰，是我窗前惯看的山水。再走出几步，就可遇见峨眉山。离此山不远的沙湾，是郭沫若门庭若市的旧居。两次攀登峨眉山下来，当地朋友相邀，都没提起兴趣，到沫若先生的住地打个照面。往回走，自然绕不过天下第一词人苏东坡的家门口——眉山。

平时相约眉山容易，却难得拜谒东坡先生。即便单位隔壁住着诗圣杜甫，也少有去敲响他的茅屋之门。老杜和老苏，一个在唐时，一个在宋时，一个吟诗，一个弄词，两人的才华，无可厚非，为少年的我，注入过纸本上的营养。当下媒体标榜大隐于市者，多是隐不住寂寞、藏不住孤独的伪文人。唐宋文人的品质生活，才是真正大隐于市的孤独与安静。

真要安静并孤独的生活，看来只能回到唐诗宋词的意趣里去了。

如今，每个人的城市都在疯长，每个人的故乡都在沉睡。楼群与村庄，拆迁与重建，地上地下，里里外外，以秒速增长，人类怎样面对消逝与诞生的速度？从前慢，今人快，气场与环境都在逼迫中神速转换，今人何须扰旧人？文坛上的两位邻居，在现实地理的距离上，杜甫远比苏东坡离我近。每每提及两人之名，汉字内在的静与美，就从精神的声音中走出来。

对于人本身，我的确离他俩皆太遥远，既看不清真面目，更察觉不到他们眼睛里的人间烟火。

杜甫常以青铜雕像出现，而且总是面黄肌瘦，悲苦惆怅。在杜甫草堂的大雅堂里，似乎与杜甫推杯换盏的人，都是一身青铜、面容憔悴、命运不堪的样子。不同的是，苏东坡像则以卧状汉白玉雕居多，欢颜尽展，势如乘舟大江东去，尽显隐士潇洒风流。总的说来，他俩可能都不太喜欢人间的现实，但他们吟诗填词的本领能够达到从人间跃升天界的境界。很多时候，我把他俩当作居住在天界的好朋友，切忌无礼相扰。

相比，离我生活与根源特别近的郭沫若，就难以给人留下安静的念想了。尽管《天上的街市》不乏诗性之美的取舍与立意，但他的一世声名如今早已落得满纸浮躁。许是时代文艺兴衰不同，越近的人，越容易被现实的光亮掏空。而太远的，总被历史遮蔽，暗淡了刀光剑影，够不着，且念且想，都成了人去楼空安静所在的美好去处。

被历史过滤的人物就是这样，越是在星空闪烁持久的人，越容易留得美名；相反，有些人与作品怎么也经不住历史长河的洗礼。同样，越是遥不可及的地方，越让人难以触摸，只好将它当诗和远方仰望。杜甫与苏东坡，留下的声名都太过传奇美妙。有时，美妙，也成为一种虚妄，除去夸张的“穿越”，让人怎么也抓不住灵魂的半片衣袂。看见他在远远的人群中，我无法辨识哪一张清瘦的面孔，才是真正的杜甫。尽管走进草堂，也曾抚摸老杜那撮比黄金耀眼的山羊胡，不期望导游所说的摸出好运，只想触摸唐时的温度，但我勉强摸到的唯有一个字——锦。

绵柔，但不惊艳；细腻，但不软活；飘逸，但不俗气。

蜀汉时代，这座处处刻有“锦”字的城，以丝绸织锦业为兴，时人以穿着蜀锦面料的服饰为风尚，因此不难想象杜甫一袭锦衣在江村的田坎上，与采桑老百姓摆龙门阵的身影，那种素洁与华美，定是一等时尚的风向标。后来，随着蚕丝的隐退，蜀国锦官城难见一株桑树，浣花溪畔只有稀落的芙蓉花，在九月的天空，燃耗诗人远去的寂然与落寞。现今，这座被时尚经济无限扩张的城，还能见到锦的影子，只是它不再与“锦”时的质感，发生直接关联。因锦派生而出的一些地名，如锦江、锦里、簇锦街道、锦江宾馆、锦城艺术宫等，多少保有一点唐风遗韵，这就不难寻迹成都何谓锦城的线索了。

锦城之于成都，或成都之于锦城，无论如何，时间距离都太过遥远。想起这一切，时空仍在几个世纪中交替穿越。

20 世纪 90 年代初期，在离成都直线距离一千二百多公里的青藏高原，有个当兵的年轻人开始了对锦城的念想。开始他也天真地给锦城写简单的诗——杜甫在芙蓉花开的那端等我。

那时，这个年轻人已从林芝辗转到拉萨。确切地说，已经因军中文事，与成都发生过身体上的接触。比起西藏每天强烈的光照与缺氧，锦城的温润、美食、绵雨就是天堂的写照。只是当我走遍锦城也没找到杜甫诗中的江村，更没找到巴金笔下美丽的锦江水时，我决定把“锦”忘得一干二净，就像忘记一个远方未曾谋面的朋友，反正我们之间从未相约，也从未失约。

锦城走出一个人的妄想后，成都烟雨落进半梦半醒的现实。

第一次从成都折返西藏时的心情，远比从川南丘陵中的故乡首次远征西藏复杂千倍。太多的兴奋与期待，写进了少年从故乡初涉西藏的日志，之后则是漫长的煎熬与逃离。当时可以说人在西藏，心在成都。进入西藏之前的青春期，我去得最远的地方不是自贡，而是荣县，也就是诗人陆游留下诗篇《别荣州》的地方。有一天，因意外收到笔友的一封来自成都的信，开始小心翼翼地想成都。现在看来，当时我在荣县距离成都那样近，不过二百多公里，却要借助猜想笔友长相，来对一座城市的面孔产生瞬间的遥远想象。对于没有用的想象，只好趁早折叠收场。据说我给那个笔友的复信，她保存至今。

后来，从西藏去成都的次数越来越多。

在铺满阳光的拉萨街道上，我曾将成都优越于西藏的生活经历，讲给一位脱掉军装的诗人听。他对唐宋诗词，尤其是杜甫的诗篇倒背如流，很是让人感佩，此人叫荒流。军中战友一般叫他真名：陈雪涛。“你是成都人吗？”我说：“不，我只是刚从成都回来。不过，成都离我的老家荣县并不远。”他抬起头“哦”了一声。“你是荣县的？我当兵时有个领导、好兄长是你的老乡。”说完，他继续埋头伏在啤酒箱上写诗。买酒的人来了，他头也不抬。只见他下笔很重，脆弱的纸张时常被他的笔尖戳穿，如同一朵脆弱的雪花洞穿冬天的脸。他要我看他写给青藏高原的诗。我一边看他的诗，一边观察他本人。一件脱皮的深棕色皮夹克，额上的发丝已所剩无几，牙齿有点偏小麦的黄。我问他：“你在西藏有几个年头了？”他说在拉萨宇拓路的小卖部已经七年了。

很少回家吗？

回成都比回老家多一些。

老家在哪里？

贵州毕节。

毕节？这个地方究竟在中国版图的哪个角落？我的脑袋顿时空荡荡。但我没有直接问他这个显得我如此孤陋寡闻的问题。接着，他从诗稿里抽出一页散文让我看——《故乡的煤油灯》。我还没从文字中晃过神来，他的话匣子便猛然打开——“小伙子，不要有事无事往成都跑，既来之则安之，好好待在西藏吧。”

“那你为什么要回成都呢？”我问他。

“我姨妈在成都华阳。要不是因为她，我才不与成都发生关系。她卧病在床，长年需要人照顾呀。你看我人在拉萨，心却一刻不停地想着成都的姨妈，兄弟，你我出门在外，生活不容易呀。”

从一开始，在对于一片地域的人性评判中，我便意识到这个诗人的偏激。这导致他后来命运的归宿，常人难以理解。当然，面对诗人个体生命的选择，可以不理解，但尊重是必须的。后来，交往多了，我自然原谅他突然的刻薄，毕竟诗人都有不为人知的苦难与乐观。知道荒流的朋友，都知道他有神交天下友的本事。余秋雨曾在《山居笔记》的开篇写到他，可见他的阅世广阔。只要是外地来的文朋诗友，不管认识与否，只要找到荒流，就能遇上一堆天南海北的好朋友。有一次，诗人北塔到了拉萨，荒流急切地给我打电话，让我晚上参加饭局。事后，我才知道那天荒流身无分文，在场的诗人许多与他都是初次谋面。我用口袋里还没攥热的一笔稿费付了饭钱。对此，有朋友反对荒流打肿脸充胖子的行为，包括我。

贵州诗人彭澎就是荒流那时引荐我认识的。印象中，荒流转交过《酒中舍曲》这部书给我。尽管荒流很少回毕节，但他对家乡的文事并不漠视，多次劝我给彭澎主编的《高原》投稿。

有事无事，荒流常往部队营区跑。他的朋友遍天下，战友在西藏到处有，一年下来在我这里蹭饭也有三五次。每次见面，他给我讲毕节的人事，比我给他讲荣县的事情多。

2017年夏天，初次参与赫章之夜，彭澎与我第一次会面，彼此都不拘束，像是见到久违的老朋友般激动。我们没有聊消失了那么远却那么近的夜郎国，但讲起荒流，我们不无遗憾。那时，我与冉正万还没成为鲁迅文学院的同学，但在拉萨，荒流与冉正万多次通话时，我在场。这不得不重申人与人的关系，早已建立在冥冥之中。可有时，慈悲总是提前隐瞒人和人之间的秘密，不分朝代，不管地域，更不受时间阻隔。至于人和人究竟该以怎样的方式相遇，那就是另一种看不见的造化了。

远和近，潜藏着秘密的秘密，还有密不可分的缘分。当缘分与缘分重合，波及的人事一个大雅堂也容不下。与杜甫相聚大雅堂的陆游，在《别荣州》里写道：

> 浮生岁岁俱如梦，一枕轻安亦可人。
> 偶落山城无事处，暂还老子自由身。
> 啸台载酒云生屦，仙穴寻梅雨垫巾。
> 便恐清游从此少，锦城车马涨红尘。

诗句里，出现了两个与我生活痕迹重复的地方——荣县与成都，只是我出走故乡二十多年后，才意识到陆游之于荣县和成都的态度，这不得不说是时光远近的巧合，人生的造化因客居他乡而不断产生的个人乡愁，再次加深心性上的相知与投缘。

该遇见的人事，只要时候到了，刀和枪也斩不断岁月的轮回。比如小时候，我在书本中与杜甫、苏东坡、陆游还有郭沫若相遇，几场风雨与几个地域的流转，并没抹去年少的记忆，只是陆游写给我家乡的诗，我未能在少年时记起。

2008年9月，大地震将我与冉正万震到鲁迅文学院同一个班上。这是西藏与贵州的相逢，也是四川与贵州的相遇，正万写小说，平时习惯于沉默，我们没有太多分化的口音，之于两个沉默者，有时一个微笑就诠释了在一起的亲切。偶尔，我也提到荒流。正万说，那个兄弟耿直，几次接到他的电话。大概是四年后的夏天吧，在赣州与正万相遇，我告诉他，荒流在拉萨自缢了，送他西去的道具，居然是一条长长的哈达。正万听了，满脸惊奇。说来有些奇异，过去荒流的诗中也常出现哈达，献哈达是藏族人民对天地万物表达圣洁之爱的最高礼仪，我想这也是诗人内心所推崇的最高境界吧，长达二十年的西藏时间，荒流已经把青藏当作自己的疆场，有诗做证：

大西北的苍凉　横断历史
春风的殷勤把杨柳淹没
青春的军装在悲壮的僵硬中
挥动阳光般炽热的十字镐
与满是顽冰的唐古拉最后决斗
剑　在这里锈蚀
枪　在这里锈蚀
和平年代战争在这里锈蚀

（节选自荒流代表作《青藏高原》）

荒流诗中有怀古的悲壮，也有现实的炽热；有冰雪凝结的战斗，也有夜晚隐秘的伤离和别恨。但故乡的亲人与山水草木，所有尘埃最终都在高耸云天的青藏高原落定。

从大地上跃升阿西里西大韭菜坪山顶，我像是顿时抵达了青藏高原。同样是山与山组合的高原版图，青藏高原比起黔西北高原，显然是一个在天，一个在地。天上的高原雪堆白，地上的高原花草香。同是“屋脊”，只是天上的高原壮阔，地上的高原灵秀。鹰，像一根拉直的线，仿佛停在空中。我停在鹰的影子里，抬头仰望很久，这怎么会是一只鹰呢？简直像个遥控器。用手遮阳的众人，马上予以否认。那只鹰像个空中警察，目不转睛地视察着大地上的敌情。在鹰眼里，我们这些远道而来的造访者，会被它当成隐患吗？那些紫色的野韭菜花，在起伏如东方女神胴体的山峦中，像天仙吹来的一群群繁衍生息的紫泡泡。不管风与阳光的来去，满山遍野的紫泡泡摇曳着岁月静好的生命礼赞。再想到杜甫、苏东坡、陆游一生的行吟与当下文人渴望的归隐于市，眨眼间，如同收获了生命中最珍贵的礼物。此情可待，不正是配合归隐者梦幻与现实的景致吗？

我坐下来，手握一朵紫韭菜花，世界所有的花朵这一刻都进入了冥想，荒流在青藏高原是否怀想过眼前的这片紫高原？有一天，我将这个问题抛给了他当兵时的兄长——诗人吕雄文。很快，吕雄文在整理行将出版的荒流遗作中，发来几首直抒故乡胸臆的诗稿，于此摘录两首，以示对把生命激情与现实矛盾夹于两座高原的诗人的纪念：

故乡伤寄故人

乌蒙崎岖接云端，江湖载酒吊泊船。

才凝万丈竟虚负，九泉故人伤寒蝉。

感怀寄黔州亲故

黯夜遮凄凉，游魂独惆怅。

埠头何忍别，不敢望故乡。

荒流是高原的战士，也是乌蒙山的游子。以他的性格，战死青藏比回乌蒙山更悲壮。原本他打算要从西藏回到成都生活，这很可能成为他最理想的生活。我也想过个人的成都生活，只是我从不表露出来。毕竟我牵念山居野放的生活比尘世生活多一些，而且这个愿望一直很强烈。再说，这不是随便乱想就能实现的。

比如赫章这个地方，第一次听时觉得非常遥远，也非常陌生。毕竟夜郎自大只是遥远传说。从成都出发的一架小飞机上，同学向荣告诉我，赫章曾以全国贫困县著称，令他至今不忘的是，曾经给学生上课时列举的让人看了直觉落泪的那些数字。其实赫章离我家乡不太远，因为它毗邻四川泸州，而过了泸州就是自贡。在短暂得不到一个小时的飞行中，我试图想象那一组数字，生命中有些地方，若不是因为一些有缘人，便无法拉开远和近的想象，甚至在个人一生的步履中，永远无法丈量远和近的关系。同样，这也将成为一个人生活永远无知的所在地。在阿西里西大草原穿行，怎么也想不到这块瘦弱的地皮上，早已长出一条条通天的哈达，多民族的音乐响彻云端，送别灵魂上路的舞蹈，沿着那宽阔与平坦的山路舞动，谁说灵魂不能抵达神赐的福地呢？在赫章，有些路，远远超越了难于上青天的蜀道。

比普罗旺斯更美的高原，赫章秘境隐藏在乌蒙山中。比青藏高原更辽阔的拥有紫色花朵的高原在赫章。面对风车转动的云朵和草地，虽有晚来了至少十年的遗憾，但它真是应验了我内心山居野放的地方，面对如此孤独的韭菜花朵，我已经听到自己血液流动的声音，毛发一根根随风延展的声音，眼皮撞击一朵朵紫泡泡的声音，以及灵魂轻轻飘走，又蹑手蹑脚回来寻访的声音……

被词语追逐

一

词语比手起刀落的风更快速隐秘。

一路上，我们都在被词语追杀。稍不留神，人就被一个词语“暗算”了。无人测算他一生要碰见多少个词语，在我运用汉语写作的过程中，发现我们所过的每个平凡日常就是连续发生的奇迹。也就是说，词语与人有着无限的可能。每个人的旅程，伴随接踵而至的词语，进入的却是不同的方向。所有通往生命的路，都是词语铺就的碎路——高低不平的阶梯，起伏不定的山坡，荆棘杂生的陷阱，水流不息的渠口……有的词语，掉进人的脖子，不过是一粒灰，风声也无知觉的灰。对于有些人，比灰更轻的词语，重于天上陨落的巨石，落地溅血。那场面绝非刀锋逼到眼前的寒光和绝望。作为个体生命邂逅的词语，种种感受不尽相同。词语的潜伏期不可确定，词语暗藏着差强人意的超链接功能。这让我理解了古代诗人笔下那些会飞的词语，每每回味，总令人叹为观止。

当居无定所的词语，忽然跑来敲门，你除了别无选择地成为词语的收购站，再没有兵来将挡的智慧力量，把一个词语绳之以法或将之拒之千里。

你只有干瞪眼，并且，侠客般将它一口咽下！

每个词语撞见不同的人，都是一次灵魂的投胎。有人发出自怜自爱自烦恼的运气好或运气不佳的感叹。在许多人的意念里，不招自来的词语，像一顶摸不着的帽子，戴在高高的金字塔上。它根本不理会人的反应，那鹰一般通灵的眼睛，从不轻易放过人的胆大妄为。词语彻底爆发脾气，猛兽般顽抗，人的时间挨不过词语的耐力。词语旺盛的生命力，远胜于人的寿命。有人带着抱憾的词语走了，可那个词语竟毫发未损地活着。在词语面前，人的无能常常展露无遗。人想要摆脱一个长期约束自身的词语是何其艰难，就像孙行者逃不过紧箍咒。知趣者并不会反抗，因为他懂得鸡蛋和石头谁更厉害。当你忽然采取行动，那个词语便会叛逆，甚至变本加厉、踽踽独行在你的挣扎之外。

“肥胖”原本是个很不结实的词语，却能勾起越来越多人对它实实在在的恐惧和警惕，生怕眼睁睁成为脂肪叠拼的别墅。这个词语所携带的多次元生命，拥有预想不到的武器装备——它们可能是啤酒，可能是海鲜，可能是豆腐，可能是血脂，也可能是嘌呤，它们的结合，正在防不胜防地制造另一个词语——痛风。我知道有太多油腻中年，正在被这个词语胁迫、裹挟或毁掉。

你若没有原则和一个词语和平相处，在一个词语的眼里，你就很容易成为伪装者的牺牲品。在琳琅满目的词库里，你将被一个披头散发的词语，领着去见一堆乱七八糟的词语。一发不可收的词语，闯进相同的世界，总有打不完的架，就像命不好的母亲，打同样命不好的女儿。词语之间连带的责任，皆除不掉泥潭的污迹。词语从没停止对人类的潜意识侵占，只是灰头土脸的人不识词语的本来面目。人能不能与一个词语相忘于江湖，人的一厢情愿说了不算。

这取决于词语本身的属性。

世上所有的词语，都不会无缘无故进入你的生命，来过你身体的词语，其目的性十分明确。之于有备而来的词语，你穷尽一生的努力，也敌不过它的得寸进尺。你只能停在人生的出口处，直视它的凶猛，无可幸免，退无可退，拿它没辙，因为它的脾性比你的更倔强，它的触须比你的胡须更扎人，它对你根深蒂固的陋习了如指掌。对个别乘虚而入的词语，你注定要张牙舞爪，喋喋不休，与它拼个你死我活，最终万念俱灰，同归于尽。

当然，人间多数好的词语都是漏网之鱼。它们并不想遭到世俗生活的漠视和摒弃，有的甚至从古代活至当下，也未避开烂俗文化的袭击和报复。陶渊明篮子里自东篱采回的菊花，曾经作为《中华民谣》四大名花之一的药引子被传唱，如此植物中的良药，不知疗愈了多少病恹恹的躯壳。谁曾料到，不愿与世俗同流合污的陶渊明，尽管在菊花中发现人淡如菊的影子，从而创作出让人吟诵不止的菊花诗，到头来却落得被现今的吟诵者蛮横无理地贬低，网络暴力不知蹂躏了多少词语的情感肉体。反之，那些被时间查封的词语，正躲在科技背后，仇视我们的肉体。它们一言不发地躺在冷宫里，如一个冻龄的睡美人，从此，不愿沾染人类情感命运的是非轻重。

二

四十以后，我尚未学会拒绝一些词语。另一些词语，如逃出牢笼的罪犯，朝我猛扑过来。它们饥饿百年的表情，仿佛对我宠爱有加。只是我的晚熟对它们的顾念和气味一无所知。每当独自散步或枕页沉思，它们就毫无征兆地移步到我面前。

有个词语叫烟酒，它有一个微妙的功能——孵化朋友。

烟，准确地说是一百元一包的中华。起初，我只是摊开手掌，在风中挥断衣袖，表示没有这个需要。可递烟的人，见我强烈摆手反而多了几分掂量。那是一个头发稀薄的男人，我用打量草原马群的眼神逼视他。怎知，他斜抬着头，问我哪年月生的，属什么。然后极其自然地拉过我的手，将一支烟，摁在我掌心，随即躬身把烟点燃。这猝不及防的动作，让我无路可退。我学着他的样子，将中华夹在两根指头之间，朝天空吐出一团白雾。他乐呵呵地笑，不带任何声响。我也望着他笑。是那种真诚对视包容的笑。他一定被我吸烟的假动作蒙骗。他一定以为我是一个需要冒烟的人。

此后，每次见面，他头一件事就是给我点烟，即便我强烈推辞，最终他还是要把烟放在我手指上。这称得上一种本事。论我的性格，刀架在脖子上也没有这本事。

这事让我多次剖析复杂的个人心理，过去从不抽烟，对点烟者一律拒绝，即便面对他人喜结良缘的双喜烟，也只是双手接过，挂在耳朵上，以示沾沾喜气。我怎么会突然对这个点烟者的烟逆来顺受？他不费吹灰之力，就攻破了我坚决如铁的防线。那一刻，我惊讶于自己的变化，质疑了自己的短气。

要知道，点烟关乎两人的关系，你并不是他的客户，他凭什么一味给你点烟，你可以不给他点烟，这像话吗？面对如此失衡的关系，他真不计较？我以为，只要不主动给他点烟，他就会对我省略点烟这件事。一个压根不抽烟的男人，怎可容忍包里一支烟的存在？可他还在给我点烟……他每天的耗烟量，在三包以上。他抽烟的速度十分快，我手指上的烟还没燃到一半，他已经把烟屁股踩到了地上。在他那里，不管是在家，还是在酒店，抑或茶楼等别的场合，烟灰缸只是多余的摆设。他抽完就将烟头随便往地上扔，然后缩紧脖子，咳得哆嗦。紧接着，他开始扔纸。一张接一张薄薄的纸，如同洁白的仙鹤，从抚摸他鼻子和嘴唇的手中，自由落地。

我撇开脸，装着没看见——那一堆缺心少肺的词语，被他无足轻重地扔了一地。

他一以贯之的动作，让我对一支烟彻底绝望。在艺术情感的视野冲击下，手指夹烟曾是我妄想的孤独境界。烟，可以为一个人的情绪大放异彩之美，不少经典电影的名字早已忘却，但忘不了与烟有关的黑白镜头，它们偶尔在脑海折叠闪回，触电般燃烧我的神经末梢。这种万只蚂蚁啃骨头的深沉表情，让我对手上持有香烟的主人公另眼相看。我相信，关键时刻，一支烟的出现，可以顶一万句台词。但他的粗鄙让我替烟感到极大的悲伤、耻辱，还有罪过。他让我对烟仅存的一点可能找到的叙述调子荡然无存，可我不能就此把他从朋友圈删除，相反，有一个强大的词语，正骑着飞驰的骏马，跑过平川，越过万水千山，赶来拯救他潦草的孤单。

没错，我第一眼便洞悉了他的满肚子话，找不到恰当人选安放的孤单。这怎么解释好呢？只能说，这是一个人的心结，撞上了另一个人敏感的情绪。词语和词语完美重叠，不是因为一个人的懂得，就不可能无条件接纳一支烟的贸然出现。

我开始远离他的香烟，同时，接纳他人生的醇酒。在我接受他的酒之前，我是个不怎么沾酒的人。我真正接纳酒，缘于岳父的一席话：烟也不抽，酒也不沾，你的写作拿什么去接地气？岳父说这话时，眉头之间的川字纹，皱出了山河破碎的响声，还有几道人世沧桑的险恶。从此，酒便成了我原谅人间的最柔软的工具。

在酒桌上，点烟的人，比日常更密集。

我反复告诫点烟者：我没有权力浪费烟的生命。此话一出，他的笑顿时拉开了包间的帘子，有阳光挣脱雾霾的一双大手，像个小姑娘般跑到餐桌中央的“沸腾鱼”中嬉戏。在我看来，酒是个独立的词，至少比烟好。尽管烟酒不分家，各自具备强烈的磁场属性，奇妙的是，酒能给很多人脸色，但从不给我脸色，反而让独爱“静默”这个词语的我，沾酒之后遁入更加无话可说的境地。我独爱静默，如同喜悦的月光独爱海面。享受静默的人，就是等在海边那艘载满雪的船。等待的船，不必费心热衷融入群体翻滚的海水，船只需保持内心独立的静默，就可平息一切汹涌的战争。这是自我修养的高度警惕，须“发而皆中节”，是适度的真诚。

酒，最能反映人和人的不同。

他总是提前几杯把自己“摔翻”。在场交头接耳的人，认定这是他真诚的优点。而我必须坚守酒的真诚。许多人弄反了，认为酒是一个虚伪的词语。儒家思想的关键词之一是真诚。酒好绝不贪杯，从麦田走出多年，常忆粮食不易。在生活的答卷里，我以为大地上最真诚的不是人，而是粮食出土的生命过程。有的人酒过三巡，想到什么就说什么，这不是真诚，是缺乏修养。太多伤害、为难他人之事，就此不可挽回地发生。我总是把敬酒的好事，让给他人，弄得挨坐的人劝我不要太矜持。实际上，我只想把人弄丢的尊严还一点给酒。我总在别人敬完酒之后，再用拇指和中指拿酒杯，另一只手掌托杯底，走到被敬者面前，微曲身子……我们大可不必喝净，细水长流的情感，才够回报酿酒师的滴水之恩。父辈传承的敬酒仪式，我们不得不相续，这是我对酒的敬畏，也是我对他人的尊重。那些三番五次重申的“你下得太慢”之类的酒话，我只当是对酒误会太深，对中国酒文化的理解太浅。若是酒杯淹没了废话，我会视他粗鲁、无礼，不是一个好的饮者，下次就不再和他浪费酒了。

或许，这样说酒不说烟，有失公允。烟和酒，对于无处消愁的中年是何等重要的词儿。后来，在你来我往的走动中，他过往的残山剩水，果然伴随烟的灰，一点点抖落在我耳边。一个人能将他十之八九的不堪，在他最高光的时候，掏给另一个人听，这绝不是随随便便的选择。分享成功，若没遇对人，很可能被认为是显摆；倾诉失败，没有好的聆听者，就容易被看作冷笑话。关于个人史，所有光鲜的生命都掩藏不了悲伤，不是谁都会对你启齿长满虫眼的悲伤。没有遇上有缘人，我宁肯不说。如果说出悲伤，无人能懂，不如不说，不如让它在腹中独自腐烂。

作为心照不宣的聆听者，我带着“二手烟”的身份，常望着他烟雾模糊的面孔，为故事的原点，陷入烟长路更长的遐想……

三

挪威表现主义画家爱德华·蒙克的代表作《呐喊》与灵魂拯救者鲁迅笔下的《呐喊》有什么区别？后者之于国民灵魂的呐喊，无疑是少时阅读自我解剖的启蒙。万万没想到，几十年后的今天竟与这样的画面相遇：厄克贝里火山下，血红色的天空，血一样的波浪，宛如抖动的音叉，双手蒙住耳朵，表情受到惊吓的人，究竟听到了什么？

血色画面还在撞击眼球，许多人已不再读鲁迅，但这一点不妨碍我对灵魂词语的折叠与想象。

不同的则是清晨，带着这个画面，经过距离住地三百米的环岛。此地交通复杂，前后左右，上下旋转，四面八方，高峰拥堵，初经环岛的车辆和行人，常产生到处是方向的错乱感觉，从而迷失方向。抬头仰望，路标指示牌上，醒目的词语指向——前方是火车北站。

桥下骑车送孩子上学的，步履匆匆上班的，停下车跑卫生间的，揭开地盖处理污水的，躲在黑暗角落卖肠衣的，还有路边遛狗的、修自行车的……最多的是，公共卫生间门前空地，停得水泄不通的电瓶车，上面坐满了千姿百态的人。他们有的仰躺在车上，面朝天空，呼呼大睡；也有垂头丧气者，双手交叉怀抱，表情疲惫地打着盹；还有用塑料叉子搅和桶装方便面的……那个戴橘黄色安全帽的人，每次遇见，我都忍不住多看一眼他焦黄的脸，还有他拉碴的胡子。他肯定没发现我的眼睛。他只顾全神贯注耳听八方，他总盼着路人呼喊他的名字。其实，我没有刻意关照并要突显他几笔的想法，只因他长得与我患尿毒症的哥哥太像。除了能够定义他是清一色的中年男子中的一员，谁也叫不出他和他们亲昵的乳名。供他们紧紧倚着身体的电瓶车，载满了各种装备——锄头、灰桶、背篓、锯子、处理墙面的刷子和刮刀、踢脚线、木梯、电筒、电钻、管道通……

是的，他们在等待，也在聆听。

聆听呐喊。

纵横交错的车辆与行人脚步的呐喊，如天边忽强忽弱的雨水，忽冷忽热地灌满他们的耳朵。上午十一点之前，他们若没有被需要者拍拍肩膀领走，所有等待将化为乌有，明天的希望得从另一个早晨的等待开始。几年了，我习以为常，觉得这是大城小城相互克隆的风景，我主观停下了这水深火热的场景观察。可最近有些不同，这幅镜子般的市井边缘呐喊图，照见了我自己，仿佛我与他们的处境完全脱不掉干系，仿佛妻子火旺旺的声音正穿过车水马龙朝我撵来：快点，快点，快点，来不及了。

这个声音是从庚子冬日早晨撕破窗帘的，这样的声音已重复多日，那分贝高得快要冲破天花板。因为降温，儿子总想在被窝里多蹭一点温暖。少有的暖的城市和屋子，儿子年幼的表现尚可原谅。妻子势必一声刺破天空的呐喊，并不是催儿子行动，而是让我赶紧把儿子从床上捞起来。如果再慢一点，他们就要迟到了。

我又倦又惫，撇过脸朝住地那边的高楼望去。卫生间空地的右边是苏联建筑红楼，左边是正在枯萎的河道与生长的楼群，其间有栾树、构树、银杏树的伴随。此时，妻子应该在送完孩子从学校返回家的途中。她不知她刺耳的尖叫还停在我的胸膛，响彻环岛上空。我缓慢转过身，尽可能拿出静默的力量，去消灭那个鸡飞狗跳的词语。上了二环高架线，我等来 K2A 路公交，向着一个名叫单位的词语走去。

儿子小学中段，磨蹭的习惯让人很不耐烦。妻子除了每天早送晚接，写作业也得陪着，经常弄到眼皮惺忪，她的疲悆与尖叫在所难免。毕竟儿子让她跟着当小学生；毕竟为了儿子，她放下了至爱长达十七年的工作。这里的“放下”，不是简单意义的放弃，它与信仰和无常两个词语紧密相连。2018年冬天，岳父弥留之际，妻子忽然闻到佛法的一缕香味，从此，我便开始重新适应她。一个独立世界还没完善的人，将再度去适应别人，这不仅要摸着石头过河，还要有费力不讨好的心理准备。多数时候，儿子上床后，妻子的功课才刚刚开始。仿佛这是妻子编好的程序。我静默地看着她去寺庙当义工、收善款，静默地听着她给亡灵诵《度母经》、给流落他乡的灵魂做回向，静默地盯着她帮众生解疑难、做功德……我不知到底是我的黑夜比她的白天多，还是她的黑夜比我的白天多。

我肯定没想到，人生走到这一步，会有一个叫“静默”的词语入住我的灵魂，实在是随喜的功德。它不是修行的结果，却有了修行的境界。它像一个万能的鼠标，能够自然点击然后平息世俗的怒火，回到一个词语的本来面目。

昨夜，妻子梦醒后，反复惦记要把梦中人赠予她的词语送给我。

妻子在意的梦太多，好比那些收藏自己脚印的人，可我除了热衷和自己玩，无心顾及她的梦。坐在有歪嘴裂缝的书桌面前，面对尚未拆封的来自国内外的书和报，陪着没有兴趣的词语面壁思过，想着还有大量邮件里的词语等着被解剖，想着有些人会一直住在词语里，忽然有一个焦虑的词语不打招呼便找上门来。周围窸窸窣窣的声音，让我无法静默地回到平静的书桌。这些声音来自隔壁会议室，一只额头有着黑白分割线的猫，从蜡梅树下一溜烟跑出来，它身后跟着一群等待喂食的猫，几株晃眼的金色银杏在窗前的阳光下思绪乱飞。

打开友人托付多时的书稿，准备阅读作评。一个电话突然击退一个词语的降临。其实，重复降临的词语，我们都会很快厌倦。重要的是你根本不知下一个来找人生麻烦的词语何时到来。

凌先生，晚上回来吃饭吗？

我还未做出反应，电话里，她又惊喜起来，理由是她发现一种仪器，可以甩掉她肚子上的肉团。她征求我的意见，买一个疗程，还是全部周期？同时，她告诉我，儿子的英语补习班，她找了一家新的，要交一万多元。

我不知此时的静默是对是错，想起妻子要把梦中那个神秘的词语、今生我无法找寻一个证据的词语，送给我，对接她前世的使命，于是静默在我来说总是一种不好不坏的选择。我一出口，她已是先知。除了静默，还能怎样？说多了，难免她的梦又要碎一地。也许生活还没真正进入柴米油盐的文本，你就已经厌倦一地鸡毛的琐碎与操纵。

四

日子如同墙面上大大小小的裂缝，看着看着就会看见有些词语，米粒般从缝隙之间的丝网中生长出来，然后变成蜘蛛落在人的发梢，不偏不倚成为岁月定制的标签，若隐若现贴在人的抬头纹里。过去的某一天，你可能还站在人生边上，有些词语早已远远地盯住你，只是它虚晃一枪便消失得无影无踪。等到那个词语忽又重现时，你使出九牛二虎之力也拉不开它的纠缠，如同瘟神附体，所有侥幸的惶然或惊叹都已徒劳，一切无措都是多余。

恰似一根丢人现眼的白发，有人想扯掉它，而我则选择顺其自然。连白发都不容许生长的人，注定与唯美主义思想过不去，也注定他黑白颠倒的人生到头来两手空空，像流离失所的孤魂野鬼，除了满头白发的无奈，一无所有。这样的人谈什么诗和远方，口袋里连一个值得念想的词语都没有。

2017 年的酷暑天，大姐夫被一个叫“肺癌”的词语带走。当时我和妻子正陪在手术后的岳父身边。岳父说，这个事，去不了的人，不能带礼。我想，每个地方都有其约定俗成的规矩，但不知这类风俗该从何处讲起。悲伤路上，道听途说的晚辈，在城市上班回不去的纷纷转来红包，托我带礼。

红蓝白塑料布扯起的天空下，亲人们有的在打麻将，有的在焖鸡（一种扑克游戏）。见到久违的亲人，比如，带了礼的晚辈家的主人，家离此地十多里路程的大表哥。一问方知，说是在打整地里的小葱，逢场天卖菜走不开。母亲见了远道回来的我，噙着泪花，不断哽咽，甩头道："硬是没有想到，天老爷会先把他带走。"正在接待客人的大姐，见我回来，表情痛苦地嘀咕了两句："平时让他不要烧那么多烟，硬是不听话！"母亲补了一句："肯定是在上海闷起脑壳喝酒整的，那个酒有啥子鸡儿好嘛。"面对她们猜想万端的理由，除了静默，我找不到一个可以替代表情的词语。身材本来就矮小的大姐夫，除了烟酒，从没听说他有个啥要好的朋友，如今孤独地躺在短小的棺材里，只剩下几块孤独的皮包骨，他听见这些说他不是的话，会不会更加委屈和不甘？一直不甘示弱的大姐夫，一辈子都在拿苦力与生活战斗，中年才在晚辈们的劝说下，放开土地，去上海找轻松的事儿做。东方巴黎的魔都世界，可不比此地的生活轻松呀，软语整不清楚的人，平时不整点烟酒，一天到晚还能整啥？

想不明白，人在不顺的时候怎么能这样怪罪烟酒？

心里正思忖着生命无常，那个点烟的男人的电话就来了。他请我喝酒。他要我张罗几个朋友一起去。烟和酒是他风风火火的生活中的伴侣。他说他的饭店扩大了一倍，他要我去品尝新厨师的手艺。他说峨眉山下的别墅装修完毕，他说他明天要进京办事……我说，行了，今天来不了，我在老家处理事呢。他听出我语气不对——啥事，究竟有啥事，还不能对我说吗？

我道出实情。

他有些懊恼道——这，这才多大年纪的人呀？

我啪一声挂断电话。人都已经躺在棺材里了，说得越多，越无道理，任何不值与惋惜都无济于事。这是我面对死亡的态度。为了别给“无常”这个词语安上炸弹的机会，我们必须学会用静默去接受天人永别的现实，假设知道此人已留不住，就应在他的有生之年，为他做点什么，才不至于在他的葬礼上愧对难安。

大姐夫离世前，我曾背着他瘦弱的身躯在我的城市寻医问药。那一刻，我背的仿佛不是人体，而是一个被病魔掏空了心的轻飘飘的词语。当时为大姐夫治疗的是一名八十多岁的赵姓老中医。这个老中医似乎有名不虚传的行医经历，据说是从某著名医院出来单干的专家，他的诊所在一个社区的拐角处，每天排队拿号看病的人不少。大姐夫颤抖着脸皮，回答老中医的话，没有力气，更没底气。老中医就拿着病历本大声喊大姐夫的名字——你，咋回事哟，人家上午来了一个大凉山的，还是女的，年纪和你差不多，一样的病，她吃三服中药后，第二次带来的化验片子，嘿，那个玩意消失了。那个女的说话可比你提劲多了。老中医说的“玩意”无非是“癌细胞”。老中医戴着老花眼镜，一边把脉，一边提劲——你先打起精神来。老中医开了一堆干枯的花草、树根、皮和果子，快速磨成粉，分装在十多个纸袋里。结账，一千多元。大姐一边仇视着放在诊所桌上的纸袋子，一边使劲摸身上的钱袋。我挥挥手让她不要摸了。大姐夫八十多斤的身子，趴在我背上的时候，我想，我能为他做的也只有这些了。

腊月十八，岳父被另一个词语带走了，与大姐夫的走相距不到一百五十天。不一样的是，带走岳父的是食管癌。听到妻子电话里刺破乌云的哭泣声，我正在为患尿毒症的哥哥取药。妻子哭天喊地："你，你，你不要回来了，你今生太遗憾了，你今生太遗憾了，爸爸昨晚还欢喜地给亲人们讲，你明天就要回来！可是，他没等到你，爸爸真的等过你，他是想等着你回来他再走……就在凌晨，他走过一次，又回来了，天亮不久的事，一直抢救到现在……他才走，他才走，你听鞭炮声还在响……"我赶回小城，堂屋木板上睡着的岳父，被几层青纱帐覆盖着。木板下面燃有一盏青灯。他嘴里衔着一团茶叶，微微眯缝着的眼睛，像是在凝视我到了没有。亲人们围过来，纷纷转告岳父走前念叨我的细节。他们说岳父把在香港买的一块名表留给了我。

姑姑让我快快上香，"快告诉爸爸，你回来了，回来了。"

妻子独自跪在大门边，双手合十，念念有词，像是变成了一个不认识的人。她念的什么，我一字不知。上香的客人走了一拨，又来一拨。妻子不时把门关上，生怕风挤进门缝，生怕风中的牛鬼蛇神带走她心心念念的父亲。

我上完香，控制不住情绪跑出门，绕过长长的台阶，来到岳父的青山上。山下就是他驻守了六十年的城。那些青红发亮的月桂树下，有人在烤羊，我止不住泪水奔涌……仿佛挂在树枝上的羊，就是躺在木板上的岳父。预料中岳父迟早要走，只是没想到他走得那么急。原来计划是专程回来陪他一周，我想伤心的话要到生命最后时刻再说，才握得住人间词话的距离。

关于爱和权力，关于烟和酒，关于名和利，关于荣辱和财富，关于江湖……可这一切再也无法进行。仿佛所有词语都在酒中，岳父去老酒厂为我酿造的那坛老酒，至今未开封。

岳父的朋友不少，有的我见过，有的他常提及，我却没见过。葬礼进行了整整六天，我们每夜轮流为他守灵。似乎所有的经文，都在为他估量黑夜的长度，所有的香和蜡烛，都在为他引领和指明西去的方向，所有的泪水，都在为他清洗累生累世的罪恶。

一个穿西装的人，忽然出现在眼前，头发梳得一边倒，年纪与岳父相仿。亲人领他过来，说他要和我说几句话。我静默地注视他，点头，握手——你岳父没少提过你呀，每次说起你，他满脸堆笑。你送他的那支刻着你名字的钢笔，他拿给我们看过，说你写的一篇小文章拿了八千多元的稿费。你回来之前，他还告知我消息的……岳父在我眼里就是这座小城的青山，年纪轻轻的青山，是他中年时期开辟的荒野山峰，眼前成片成林的树木，是他青春时候种下的幼苗。如今，他躺在法式别墅的木板上，曾有的威风与骄傲一败涂地。

五

我喜欢的作家史铁生，把人的死，视为人生最大的节日。在世时，史铁生和他的妹妹，一直等待着天堂那边亲人的消息。他离去时，是否接到等待已久的消息，我不得而知。

在我看来，等待天堂消息的人，多是被时间囚禁的鸟。他们柔软的眼，击不穿一个词语的全部答案。他们每天攀缘在坚硬的梯子上，一生都在追求灵魂的高度，但他们不嫉妒天上的星星。

这是人和词语的哲学。

岳父走后，妻子住进了一个词语里。这个词语，成了她活着的至爱，也是她形而上的法宝。起初我很矛盾，不光埋怨，也有争吵。亲人们因此争论不休，但大多劝说无效，摇头表示无奈。慢慢地，我想明白了，若坚持要对方为自己改变，不如自我拯救，改变自己。成长不过是坚持与妥协的两难选择，但绝不能少了至爱，否则面对突如其来的困境，两人再针锋相对，结果只能是掉进一潭深渊，任由你呼风唤雨，也不能被救赎。所谓至爱，通常出现在那些看似十分具有仪式感的无用之事中，然而，它带给人的拯救与慰藉真有物质不能给予的辽阔与神奇。

妻子每天念叨的词语像一座光芒四射的灯塔，照进她的白天黑夜。每次出门远行，她都会叮嘱我带着那个词语上路。

庚子八月，我把一个词语，转送给了一个人。他的身体出现了状况，他从故乡的菜园子来到我的城市。我带他去见一个年轻的院长朋友——这是我的亲血表，他叫我的父亲舅舅。院长听了此话，附和道，关系很亲嘛。但就在晚上端起饭碗时，我还是接到了院长告知真相的电话，撑死天，三个月，吃好点，大面积扩散了，别再舍不得了……大表哥在医院挣扎时，有人给我来电说，再来看一眼吧，应该是最后一眼了。我见到大表哥时，情况并没想的那么糟。

我握紧了他的手。

十月初六的夜晚，大表哥打来电话，不是找我聊天，而是宣告他已被一个词语准时带走。这个显示死者名字打来的电话吓我一跳。待我反应过来后，连忙告知晚辈，切忌用大表哥的号码通知死讯。

癌就一个字，它在死亡这个词语面前永远占据上风。院长朋友预告的顶多三个月，准确无误。

带走大表哥的准确词语是“前列腺癌”。天下凡是与癌沾亲带故的词语，都令人生厌。短短两年时间里，前列腺癌还夺走了另一个长辈的性命。

文学世界光彩照人的词语，如同彩色的积木，也是精神磁场的钻石。有的词语看上去如同星星，却离人很远，即使伸出猿臂也够不着；有的词语离人很近，甚至有些黯然，但只要眼睛不经意触碰，人很快就会被带走。

譬如“故乡”这个词语，谁遇到都逃不过它体无完肤的赤裸肢解。那个三天两头找我喝酒的点烟的男人，随时嚷着要开车陪我去看故乡。我留言于纸本上的故乡，他早已看透，他强调要去我的出生地看看，是因为他的北方同样有一个在回忆中不朽的故乡。他年少怀揣理想的行囊，装着高尔基的《童年》、海明威的《老人与海》、泰戈尔的《飞鸟与鱼》、莫泊桑的《羊脂球》、托尔斯泰的《战争与和平》、米兰·昆德拉的《不能承受的生命之轻》、司汤达的《红与黑》……兜兜转转挨到中年，在辗转千里万里的旅程中，二十余年到过不下二十座城市，他没有忘记文学世界里的偶像们制造的一个个词语，更没忘记他蹬三轮车，写诗歌，挖煤矿，离婚，打架，走投无路，下雨天睡屋檐，吃寺庙的供果，一路破罐子破摔来到天府之国，终于柳暗花明的足迹。他提到那些一路陪伴他的著作，眼睛还在发光。

他乡遇故知的词语最好省略不记，许多微妙之词，无法言表，更难言说，只叹天地万物果然有灵。

一路上，他永无休止的烟雾里，落下的不是完美的亮丽风景，而是一团团坦然相呈的乱麻与碎屑。他超乎寻常的能量让我瞠目结舌，年长几岁的他有五个孩子，他每天要担负几十口人的生活……当他看见虎榜山下我的故乡的影子时，豪车在泥泞的路上，被坚硬的乱石扎坏了发动机……我抱歉地自嘲道：这里除了空气好点，谁来了都会后悔！

他笑望着我，许久才冒出一句：你能从这地方走出去，也真够奇迹。

同样，为了见证奇迹，我受邀去过一次他的北方故乡。无力的阳光照在萧瑟的村庄，隔壁满院金黄的玉米，堆成厚厚的毯子。当他捏着手包，站在苍耳茂盛的老屋前，一个叫“衣锦还乡”的词语，淹没了他的身影和我的目光。

六

在我生命的年轮里，极早与一个词语发生关联，而且这种关联还在被无限复杂化。经年之后，我以为我摆脱了这个词语的捆绑，可每次遇到，依然会被这个词语伸出的千万双手带走。我根本不知它会将我带向何处，就像追风筝的人，恍惚中离开地面，抛弃尘世，飘飘然，抓住风筝的衣袂，闻着它迷人的气息，所有空气如同特提斯古海水，漫过我蜉蝣般的身体。空气与海水混为蓝色的一体，所有迷人之处皆秘境。我在雪山之巅与秃鹰擦肩而过，在时间的长河里与落日相拥而泣，在青稞与木碗的温暖旅程中进入诱惑世界。从那时起，我的身体就被这片精神与现实双重接轨的高地，注入“静默”的营养。

一个词语将我的全部带走，然后又让我独自归来。我回来之后，才知道这个词语已经永恒地住进我饱满而富足的灵魂。

2019年9月结束的前一天，有人从拉萨回来，刚下飞机就给我打电话：开门见山，关门见雪，你十多年怎么在那熬过来的？打死我也不会在那里待那么久。

是那个点烟的男人。

我笑了，我想，那也是我的故乡，带着怀念的体温和青春的伤疤的故乡。加上童年的虎榜山下的故乡，两个故乡都在不断地为我的成长，输送胎记和血的词语。一个作家在写作最充分时，放火烧身的事都绑不住他的思想，但能绊倒他的有时仅仅是一个词语。他脑海里超负重地活跃着比《现代汉语词典》多一万倍的词语，如蜜蜂般嗡嗡盘旋在他的窗帘背后。

想起了爱因斯坦的生活方式论。一种是把什么都不当作奇迹，一种是把什么都当作奇迹。前者一成不变、死气沉沉、浑浑噩噩，当然不是我理想的生活方式；后者生机勃勃、天真烂漫、富有创造力，符合我的个人追求。但事实上，大多数人选择了第一种方式。

说起来，妻子也很神奇，两年多前，饮食习惯突变，她成了素食主义者。她很幸运，也很自然，所有的接纳都是自然而然的安排，如同她喜悦地接纳梦中人的词语一样，尽管她并不认识那个人。是谁说过，梦乃最古老的审美启蒙。曾经，妻子的每一个梦都离不开岳父。可这次让她觉醒和感悟的梦，与天堂的岳父无关。

妻子醒来后的第一句话是问我——知不知道东林寺在哪里？妻子过去从未去过庐山脚下的东林寺，我也没涉足过这地方，怎么会有如此遥远的人送她这样一个词语？那个人与妻子聊了许多，可妻子什么也没记住。就在那人消失前，忽然转过身对妻子说道——我是你的创可贴，你随时可以到东林寺找我。

妻子越讲越兴奋，双手握拳，生怕创可贴不翼而飞。

我无法探究梦中人到底是谁，听了妻子的讲述，我有理由相信，我们每天的生活最不缺奇迹。许多时候，我们不能把奇迹不当作奇迹！可以试着推断，送词语给妻子的大概不是普通人。“我是你的创可贴”，听起来如此高深莫测，生活中人人离不开创可贴，但若非自己受伤则很难念及它。妻子恍然彻悟了什么，原来上天指引她的一切，都是为了愈合她身体的创伤，同时，希望她成为别人的创可贴。

让疼痛消失，让伤口复原，不留血迹疤痕……创可贴的功效与妻子诵经念佛的美好愿望，有着异曲同工之妙。今夜，坐在炉火旁的妻子正念经，有些词语像散落的念珠、飞过天边的彩虹。

我又踏上了寻找词语的征途。早晨是一只藏羚羊，蹄儿踏响铁轨的声音，踩到我额上，那一刻，世界多么恬静。夜晚是一窝星星，像刚从子宫里分娩出来的生命，呼吸着月牙的乳香，眨着瞳孔明亮的眼睛。午后，我的心是旷野的鸟，飞过世界最高处的白塔，在朝圣的老阿妈眼里找到了自己的天空。

我背靠玛尼堆晒太阳。摇着经筒的老阿妈，走在离我不远的经幡下，大风吹乱了她额前的一帘银丝。她每朝前跨出一步，就是地平线移动的一个词语。我向她招招手，阿妈，不要走了，您这样何时才能抵达远方呀？

老阿妈摆摆手，只顾朝前走。

我不坐你的车，前面就是拉萨，我再走两步就到了。

车窗外扬起的风，吹痛了念青唐古拉山的脖子。老阿妈的话，在我独自上路的归程中，鞭子般抽打着我红尘世俗的心。

想起这些年，一个接一个离我而去的亲人，如忍受剧痛从血脉里割舍的词语，尤其是喜欢与我对饮，却未能成为知己的岳父，我因无力在他的葬礼上成为为他描述一生的人而抱愧终生。

辑三　花树箴言

木芙蓉

丁酉秋冬之交，为某大学创作舞台剧，漫步校园忽见芙蓉，开得正惊艳，忍不住随手拍了几张图。晚上，躺在床上，翻出手机里的照片，赏了又赏。年年如斯，岁月静好，怎能忘却为如此花朵赋一笔?

金桂刚凋谢，芙蓉来迷醉，这是成都霜降时分的特别景象。在白居易的眼中，水中荷开尽，地上芙蓉来，因此便有“水莲花尽木莲开”的诗句。同水莲一样，芙蓉花有红有白，不同的是，芙蓉花有多层花瓣，如同我们小时候手折的纸花。芙蓉叶子有心形的，上有掌纹般的叶脉，与棉花叶相似。奇特的是一株树上开出两种颜色的花，粉红和浅白。随着时针嘀嗒和天气升温，其色彩最终统统渐变为紫红或深红，恰似人面芙蓉相映红。

比之桃花，芙蓉与人面，窃以为更有贴面的柔美。

但于王安石则成“正似美人初醉著，强抬青镜欲妆慵”，我不知王安石写下这诗时，是否醉了二两美酒。于是木芙蓉从此有了“酒醉芙蓉”的别称。

成都一年四季繁盛的花木真不少，但能与秋风对抗的当属芙蓉花与曼陀罗。白芙蓉与曼陀罗的白，几近一色。成都人从不叫它木芙蓉，只叫芙蓉花，北方或江南一带，都称木芙蓉，这是我在微博上发出芙蓉花照片后，意外获得的认识。之于芙蓉花，从古至今，为它书写诗篇者，岂止白居易、王安石。反对王安石的变法新政、曾任开封知府的韩维与三朝元老司马光，曾以芙蓉为题疯狂作诗。韩维一口气写了五首绝句，司马光找到相近的韵脚，随唱附和。正值人生失意的司马光觉得自己就像蜀地秋风中摇曳的木芙蓉，于是奋笔挥舞：“北方稀见诚奇物，笔界轻丝指捻红。楚蜀可怜人不赏，墙根屋角数无穷。”

论最为本质的书写之美，我觉得南宋诗人黄机的那首《鹊桥仙》简直不动声色，却十分贴近我眼中的初心花事：“黄花似钿，芙蓉如面，秋事凄然向晚。”芙蓉花原产湖南常德，窃以为长沙有一本文学期刊《芙蓉》与此不无关系。早年读到柯云路的《芙蓉国》，从此不忘“秋风万里芙蓉国”。此国不在异乡，而是指湖南。但此花在蜀地成都生长的故事更是源远流长。芙蓉与蜀地的渊源有这么一说：五代后蜀王孟昶，因深爱美人花蕊夫人，而在城墙上遍植她喜欢的芙蓉，使成都“四十里芙蓉锦为绣”，成为爱情佳话。故成都古有“芙蓉城”“锦城”“蓉城”之称。

多年前，我偶有闲笔触及成都，喜欢用“蓉城”这个称谓，感觉有被万木成林融合的旧时光影。虽然，现在城乡统筹的成都已难见四十里芙蓉的壮丽景象，但霜降时节，在成都的街头随便走一走，只要留心，还是可以遇见芙蓉花开的美丽，不过比起孟昶时，就稀薄多了。孟昶与花蕊夫人的情事，以芙蓉花为见证，一座城关于花朵的美妙传奇，延续至今，影响着当代诗人之于成都生活的热爱与审美。

恍惚已是二十年前，怀揣诗人梦想，一个人从西藏来到繁花似锦的成都。在一个名叫三洞桥的地方，拜访早已走出西藏的女诗人杨星火。在她书香弥漫的居室的墙上挂着一卷书法，仔细念来，内容正是当时传唱的她的诗歌：太阳和月亮，是一个妈妈的女儿……我们的妈妈叫中国。案几上有一对尼泊尔小花瓶，插有几枝花，其中有淡黄的菊花，也有粉红的芙蓉。我们谈西藏，也谈各自的军旅生活，谈来谈去才发现我老家荣县挨着她家威远，我们是邻居。她对我这个新兵的诗，总是睁大眼睛，继而摇头叹息。她的诗里出现最多的是青藏高原的格桑花。几年之后，在拉萨的我看到她的遗愿，是要将灵魂的一半，种在成都的芙蓉花下。

诗人走了，诗心与芙蓉一直都在。

无独有偶，有一回从成都返荣县，到威远走亲戚，发现姐夫院子里的花坛里有芙蓉花，孩子巴掌大的幼苗，惹得我眼前一亮，如获至宝地蹲下身——我好像在平原上捡到了星星。假设，如此粉彩开在花隐谷，无论我在成都，还是大地上的某个地方，想起芙蓉，如晤故乡。于是毫不客气地搬回两株，连夜种在荷塘边。比较遗憾的是，两月不到，再返花隐谷，只见一株脱光了叶子，正贴着地面认真发芽；寻寻觅觅，另一株在豌豆尖疯长的田埂上，连影子和根都不见了。

像树一样存善念

那两个字，比血更红。

在树木繁多的月亮山，第一次看到一块巨石上出现“岜沙”，心里忽然产生了一种无所归依的感觉。我从何处来？大巴车早晨出发经贵阳，已辗转跋涉六个多小时了。我究竟到了哪里？这样的质问和两个气息陌生的汉字撞到了一起。

随着质问闪出来的是一群身着盛装的男人和女人。男人带着枪，是四川人喊的那种鸟枪。四川的枪，多少年以前民间的都上缴了。但这里也不是四川，更不靠近四川。这里是贵州从江县的地盘，它与广西柳州接壤。其他区域的民间枪全都上缴后，唯独这个地方的枪保留了下来。在岜沙，枪是一种合法的存在，它成了野性和神秘的代名词。

长长的铁管与木柄合二为一，胸膛里装的是铁沙子与黑漆漆的火药。几个男人站成一排向空中鸣枪后，迅速侧过身用一个小竹勺给枪灌火药。这个富有表演性质的动作，看上去特别神速，细节则十分隐秘，但对我来说并不陌生。

父亲曾有一支这样的枪。在老屋背后的竹林里，我把玩过那支枪，但已经记不清枪声响过之后是否有收获，只记得父亲的枪法超级好。小时候，我躲在树下，双手用力地捂住耳朵，每每听见父亲的枪响，抬头便见满天的羽毛如飞花散落。于是撒腿奋起直追，可我追到羽毛尽头，却什么目标也没找着。父亲见我的眼睛里一片迷茫，只好无奈地摇摇头，摊开双手，嘟囔一句：让你不要跟在身边，容易打草惊蛇，看吧，煮熟的鸟儿又飞了。

眼前，带枪的男人身边不仅跟着小孩，还跟着女人。女人没有枪，她们有的是美妙的歌声和浓香的酒。她们的装扮，我偶尔在舞台上见过。亮晃晃的银饰从头到脚挂得满身都是，紫得发亮的衣裳，如同从油漆里捞出来般耀眼，看上去有些惊艳和质感。可如此美丽的服饰，却配了一双解放鞋，不免有些美中不足。

为了迎接远道而来的客人，她们一排排站在人前，像一株株风华正茂的树，唱起欢乐的祝福的歌儿。在阳光下，一个女人就是一株婀娜多姿的树。可当“岜沙”两个字通过一种异质的声音传递，经一个侗族姑娘的嘴飞入空气中时，我忽然发现，抵达这片土地，如同一种浩荡的闯入，有些熟悉的字眼自己怎么念都不自然了。在少数民族地区的世俗生活中，一个字正腔圆的汉字，往往会遇到“转基因”的危险。

我将目光投放到路边的树木上。树在从江的地理上漫游，透过树的影子，可以看见河流，以及特别的木塔。密集的树林与孤独的木塔，总是出现在转眼之间。那些挂牌的古树，以木荷居多。这树长得与香樟树有些相似，论树名，木荷与香樟，就像一对兄妹。

岜沙是从江的一个寨子。

这个以苗族为主的寨子，至今保持着带有古旧味道的劳动秩序。一进入这个寨子，便感受到人丁兴旺。猪出现了，鸡出现了，狗出现了，鸟出现了，织布机出现了，针线出现了，坐在风中的稻穗与布匹出现了，舞蹈和音乐出现了，抢亲的仪式出现了，酒与媒婆出现了，就连白月光一般明亮的镰刀剃头也在这里出现了。房前屋后，随处可见低着头专心致志做活的绣娘。

岜沙，鲜活的苗寨，成全了许多人别后的念想。

回来近一个月，独处的时候，思绪就会漫游到月亮山，这几乎成了我夜晚的一种精神秩序。闭上眼睛，想象坐在刻有岜沙二字的石头上，山风送来几只落单的萤火虫，以及幽凉的气息和野草花香，树缝里洒下的光斑，仿若让我听见月光落地的声音。抬头仰望天上皎洁的月亮，仿佛月亮一直跟着风在跑，被雾追着跑，被云层撵着跑，这是肉眼看得见的速度。后来，我换了一个角度，停在开满野菊花的山口，再仔细看那一枚月亮，才发现它没有跑，而是云层在加速移动。于是，走在夜路上，我唱起了一首歌：月光落地的声音，格桑花听得清，卓玛，我的卓玛，卓玛，卓玛，无论山高水远，我听得见你心跳的声音……渐渐地，感觉歌声与天边飘来的芦笙曲，产生了微妙的联系，这极地水洗的歌谣，居然与脚下的这方土地融合到了一起，成为月亮山的一部分。

村寨，灯火，狗吠，芦笙……我想当时的月光真是太应景了。

忽远忽近的芦笙曲，让我隐约听见了一个寨子的心事……

这不是幻境，这是一个真实的夜晚。连续几个晚上，我都听到了芦笙曲，这种曲乐在我听来总是悲伤多于欢乐，没有波澜壮阔的激荡，只有上下两个顿挫的音阶，甚至有一点沉郁，像是两个男人在较劲，没有任何多余的人来劝解。在月亮山上的别墅里，我反复踱步，不敢轻易触摸山坡下一个村寨的心事。

在这样的音乐里，一个出离者此刻落脚于大山深处，他的依恋却不是大山，更不是这芦笙吹响的村寨，而是大山之外的红尘。那是他来时的繁华都市。这种反差心理产生的内在因素究竟是什么呢？没出来时，天天想着逃离都市去山野看风景，真正看到了山野的风景却融不到山野中去，这多少有点对不住那一纸机票。想想君子苏东坡，这的确容易让一个认真的人深感惭愧。尽管东坡先生一生蹉跎，但他握着

“出门行天下，闲者为主人”的信条，无论走到哪里，都能安放自己的心，并且将心与景融合出佳句，使得吾心安处是故乡，这的确值得我们这些现代观光客反思。

飞的地方越多，越容易看见四处充盈的急功近利的文化泡沫，到处都飘浮着浪费机票的文化人。他们有时短短两三天，就要赶两三个场，多数时日是在漫长的转机过程中度过的。他们拒绝了风景却未能拒绝一纸机票，我不知他们如何才能停顿笔下的风景。作为行者，我的书写常常成为一个孤独散步者的遐想。那一夜，同贵州作家冉正万的深入交流，让我加深了对今后每一次旅程邀约的选择的谨慎感，只要出发了，就别愧对机票。除了与风景结缘，选对在风景中相遇的人并与之交流，往往可以胜过风景本身。

在岜沙，一个远离山林、远离故园的人，往往会因忽然的归隐而感到不真实，因为我们脱离故园和山林的怀抱太久太久。内心保持着的一点情趣，总免不了被现代生活加速运动抹杀，物质化和碎片化每天得寸进尺地占据着人类构建的自然生活，焦虑和浮躁就成了人们普遍的亚健康状态。平常，我们进入公园或博物馆，如同进连锁店一样，找不到多少与自然契合的细节。有时，我会感叹布满童年天空的麻雀一只也找不见了。

当一个人真正冷静下来，开始“独家记忆”的时候，我们已经很难再回到那片山野中去了。这时，总有些后悔当初没有好好珍惜在一起的时光。一群人的狂欢对抗着一个人内心的兵荒马乱，之于真正的出离者，最好可以一个人在岜沙和当地人同吃同住同劳动，一天不够，一年太长，半个月的时长最能保鲜。

抵达岜沙的当天下午，我便从侗族姑娘那里得知了苗族与树的关系。这个细节在相对匆忙的旅程中，一直保留在我的掌心。

我亲近树，也写过不少树。活过一定年龄的树，在我眼里不再是树，它的地位甚至超越了人的，我们敬畏着一株株古树。没想到，岜沙的苗族先祖早就与树建立了生死情谊，这也是他们长久以来与自然相处的哲学。他们的孩子刚出生，就会去山中拜见一株树；在人离开世界时，家人就会替逝者砍掉那株树，让人与树融为一体，然后再栽上一株小树，进行生命的延续。可以说，这是岜沙的苗族直面生老病死的开放性叙事，有诗意，不畏惧，且宏大，让生命归隐山林，造福山林。他们每时每刻都像树一样充满善念，获取自然的庇护与滋养，同时也给自然输送来自自己的滋养。

这简直称得上一种自然生活的美学范本。树首先让我想到的是一种向上的姿态，继而与纸有关，柔软却不失韧性，空白中藏有筋骨，透气性能良好，没有钢筋水泥的坚硬，对世间万物的包容全都来自存善念的本性。

常常出门看风景的人，能不能像树一样存善念？这是岜沙的人与树给我的思考。我想，如此善念，不是把自己主观地想象成一株树，而是真正进入一片风景后，生长出把根深入他乡泥土的勇气，有心思去弄清一株树与一个人的前世今生。要像树一样静得下来，让每一片叶子吸收光的法则；让心情进入生态的过滤循环；让身体的每个关节与细胞在空气、水的空间里跳动；让万物的规律统领人的自然生活。这或许可以成为从江环境养生的一个新理念，而不是由人的主观成为生活的主旋律。

人的精神与生态一直存在距离，单从寻找心灵安慰的层面，或许突然从尘世回归大自然确实能起到抚慰、疗治灵魂暗伤的作用，许多人也是这么做的，但一时新鲜之后就没了出路。若要长久地养精蓄锐，就得像树一样存善念，学会在自己的土地上重建个人生态，这才是修复精神家园的开始——

树在那里看着人，
人在那里看着树。
像树一样存善念，
就是把人心念善。

我不知百合是否悲伤

正是秋风管闲事的时候，那株百合就开始一天不如一天，似乎它正因气温的降低而渐入生命的危险期。最终，它全身变得如一株成熟的麦秸，包括它身上所负载的六朵花儿，通体的黄，黄得透明：像薄如蝉翼的宣纸上印制的花草镜像，黄得让人焦头烂额；像一个癌症晚期的少女，黄得让人眼睛绝望；像山坡上枯萎燃烧的草垛。后来，它在这个季节里一蹶不振。

秋风生拉活扯地带走百合，我扶也扶不起。

在它离去后，整个冬天，一切颜色都变得苍黄、灰暗，唯有它倒下的影子那么的鲜亮刺眼。我所在的四川盆地太过阴郁与潮湿，加之寒气过重，属于不宜种植百合的地方。但我偏偏不信邪。去年十月，独自去光合作用极强烈的昆明玩了几天。刚下飞机，小强便在一场突然袭来的暴雨中接到我，然后充当我的临时助手。小强是多年前我在拉萨服役时结识的四川老乡。那时他因热爱文艺，常骑着脚踏车，怀揣自己创作的歌词满腔热情地往我们单位跑。他说他要找最好的作曲人、最好的歌手来演绎他的歌词。可几个音乐人看了他的词都不吭声，直望着他的举动在心里发笑。我也不吭声，但我从不会在心里嘲笑别人。有梦想的人总比没有梦想的人好很多。尽管在我放下他递来的歌词望着他表示沉默时，他仍旧兴致勃勃地递给我一张纸。几眼之后，除了沉默，我还是沉默。我知道，只要我沉默，他就会递给我更多的纸。我不断地接住，他不断地递上来。而且他开始自告奋勇地推荐自认为写得很好的歌词，根本不理会我沉默的拒绝。我真不知说什么好。不是小强写得不好，也不是小强写得太好，只因他写得很不像自己。那些纸上写下的全是悲伤。谁能没有毛毛虫一般缓慢爬行的悲伤呢？谁也阻止不了人生就是马不停蹄的悲伤！因此大家认为他不适合搞这一行。这样说并不是小强没有才华，我个人认为是小强缺乏另辟蹊径的思想表达。说得严肃一点就是没有独特的艺术个性。小强来了几次，感觉我这儿是一个不好玩的单位后就再也不来了。虽然他不来我们单位，但他仍经常给搞音乐的同事们打电话，谈他又写了什么歌词，谁给他谱了曲，还将找北京的谁来演唱。

同事们说起小强，除了笑，再无多余的表情。

在我们渐渐忘记小强的时候，小强跟随他父亲去昆明扎根了。父亲是个包工头，在昆明修机场，小强目前是工程部的监理。很意外，多年后发现小强的文艺细胞依然在他的生活里动荡不安，歌词就像他吃错的药，一直在他的身体里冲突、扩散、蔓延，始终治不好他梦想的病。他仍然渴望遇到好歌手把他的歌唱红。自从在微博上得知我的行踪，他特意请假来找我玩儿。这次小强带来的依然是得意的歌词，我看后，并没有像往常那样选择沉默，而是发表了自己的意见。我说："比以前写得好多了，已见明显的生活印迹，如果能再好好打磨或沉淀，我可以试着为你谱曲。"小强兴高采烈地带我去了昆明世界园艺博览园。他如数家珍地介绍起这儿的种种植物，我被那些四川看不见的植物久久吸引。后来，我们自然来到了昆明最大的花卉市场斗南。

斗南不愧为最庞大的花市，无论走到哪里，琳琅满目的花儿总让人目不暇接。

首先看到街边一朵，然后是几百朵、几千朵、几万朵。从未真正见过繁花似锦的我在人群中大喊了一声："哇，百合！"

很多目光像激光一样朝我射了过来。一个讲四川话的妇人把一捆百合抱到我跟前，说："五十块，抱回去吧。"我望着那些竞相开放的百合一阵狂喜，小强用胳膊悄悄顶我，提醒我不要轻易下手。他悄声说："慢慢看，后面还有很多很好很便宜的。"我围着那些百合不忍离去。这里不仅有粉红的百合，还有绿百合，且一个枝头挂两三朵，它们肉嘟嘟的，每一朵都香气熏人，纤细窈窕，傲然盛开，它们曾给天下无数新娘美好的祝福。我闭上眼深深地吸了一口百合香，想起法国象征主义诗人马拉美的诗句：

> 孑然挺立，在一束古典的光线下，
> 百合！你们中的一朵就足以代表天真。

妇人望着我心花怒放的样子，又从蓝色的大水桶里提了两扎红穗子拴起来的别样花束和那百合搭在一起，说：“听口音还是老乡，再让你五块钱，够便宜了吧，小伙子快抱走嘛。”我兴奋地抱了抱，这么多花才几十块钱，若在四川至少得花几百块吧。我一次根本抱不完，沉甸甸的，忽然变得很不自在起来。心想大街上的人看见一个男人抱不完一捧花，眼光会发生怎样的变化？还好，我已不是花样男子的容颜。我既不是做鲜花生意的，这么多百合抱回去也没有红粉知己相送，岂不是太浪费了？更麻烦的是去机场，带这么多鲜花一定事儿不少，于是断然决定不买花，只欣赏花。

小强忍不住和我说：“来了一趟斗南，总该带点昆明的花回去才好吧。”我转过头来，脸上没有一丝遗憾。百合的确很美，其他花也漂亮，但被花匠割草一样割掉的它们注定归于腐朽，我承认我容易被花香迷醉，但我终是承受不了百合命运的悲伤。小强在一边站了很久，没有再说什么。他一直望着一个裹着花头巾的女人发呆。女人面前摆了两个白色的泡沫筐，里面装满了正在发酵的锯末子。她不停地从锯末子里取出一个又一个如同洋葱老壳的东西，然后，放进一个个透明的玻璃小花盆里。她一脸的平静以及平和的动作让我在异乡的午后虔诚地想念阳光下微笑的玛丽亚，耳畔似乎隐约听到了孩子们清脆的歌声。仔细看，那小花盆里的洋葱老壳已长出鲜活的芽儿。莫非这是水仙？女人望着我笑了。她指着旁边一株正在生长的植物，又用手指着那些正在发芽的洋葱老壳。那是一株即将挂苞的百合，她的意思是告诉我们这是百合的“种子”。小强懂了女人的意思，比我还惊喜，立马说这个容易携带，更适合我带回家。于是他没征求我的意见便弯下腰自作主张拾了三个放进塑料袋子。他再三叮嘱女人多捧一些锯末子保护百合块茎。

为了上飞机，我把包里很多东西分开打包，只为给进入奇怪睡眠的百合“种子”让一条生路。我生怕其他物品压伤百合的大腿、腰、脖子、胳膊、耳朵、手指和脚。我不是护花使者。不是。我只是在按自己的想法做事。然而，安检人员并不这么认为，他们强制性地从我包中的塑料袋子里把它们仨请出来，“审问”了半天。

我不知百合是否悲伤，但我知道我很悲伤。我愿意认为这种悲伤是世界上所有人都无可抚慰的悲伤，就像中国历朝历代的诗人对秋风有着不可复制的感知与见解。而我的悲伤，只因太多友人来到我的居室看到长势喜人的百合不但不赞赏，反而怀疑四川盆地根本种不活喜暖的玩意，劝我别枉费心机，可百合偏偏就在怀疑者的眼皮子底下一丝不苟地成活，且一天天向着盛开的节日舒展、迈进。虽然只有一株如我所愿，但最终它的光泽与芬芳成了我悲伤的主宰。

这一切我并没有告诉小强，他只需知道我从昆明带回四川的三株百合种活了一株就万事大吉。我不愿意不懂悲伤的人与我分享这种孤独的悲伤。因为在我看来，懂得百合悲伤的人，他的心一定可以聆听到神圣的乐曲。

风起的日子，我常常站在阳台改装的书房里看那株被风带走的百合，悲伤，我悲伤我没有独栋的别墅和一片属于阳光、土壤与绿叶的菜园子。否则我的百合不会轻易被秋风染黄，我的百合边上应该挨着龙蒿、酸模和鱼鳅蒜，还有一片胡萝卜、鱼腥草，两三株天天向上的向日葵，外加几垄漂亮的生菜，这是我对未来生活的期待。

懂　树

我自认为是一个特别爱树的人，但还不敢说太懂树。虽然我不太懂树，但并不排除，有些树懂我，甚至懂得更多的人。就一辈子而言，人不该奢求太多树懂你，但生命中若有一株懂你的树，那该有多幸福！

如果这世上有一株树懂你，你愿意去懂一株树吗？如果不懂，退一万步，你完全可以尝试去理解一株树。有时，理解的过程可能十分漫长、曲折，但我们最终需要抵达一个字——懂。

过去，我在宽窄不一的纸页上，描摹过不少树。它们有的生长于藏北无人区，每天孤零零地接受野风与雪粒的赏赐；有的伫立在中印边境的哨位上，随时雄赳赳地面对云烟与枪支的冷眼；还有的站在故乡的屋檐下，树的肚皮上刻着我的名字……

许多树是我在走出喜马拉雅后渐行渐远的游历中遇见

的，多数叫不上科名或不知属性，甚至就连树的中文学名也弄不清，当时只恨自己才识浅薄，不由羡慕那些植物专家，可以把花草树木当作自己熟悉的家庭成员。但一面之缘后，我从未忘记树的形象与特征，比起前面那些通过文字与读者见面的树之故事，这些一路相遇的树已在我心中会聚成绿色屏障，如影随形。

我坚信，每一株承袭年轮、阅尽风雨的树都长有千里眼，只要稍带一点人生阅历去看古树的人，都将触摸树赐予人的关于时光的哲学，因为那些树多被岁月定义为神树。但看树的人太多太多，树未必能把每个人都看进眼里，也就是说不是每个人都接得住万物的灵渡，若一个人真被一株树看进了眼里，无论那个人走得多远，他都走不出树的目光，树的世界会照见人的一生。

而那注定是一个忘不了树的人。

有时，人与树之间的缘分就是这么妙不可言。

多年以后，我在尘世中一个名叫朵藏的心灵栖息地停下来忆树，那些来不及拥抱就别离的树早就为我撑起一片成林的绿天，柔和的阳光射出千万支金箭穿过葳蕤的密林——那是一个人暮年的理想国，树与树紧紧抱成一面坚不可摧的墙，地上堆积多年的叶子比毯子更富有质地，两个人的手连在一起抱不住一株像一座结实的牧马山的树，布满天空的每一片叶子上都长满了佛眼，它们是我一个人静默时双手合十的独家记忆。顿觉，我离树的心很近很近，可在现实中树离我的地理位置很远很远——树在瓦屋山，树在滇之南，树在赣州北，树在终南山，树在风陵渡，树在鼓浪屿……尽管我无力让树们一株株从躺着的大地上立起来，但我常常横亘在树的立场上设想——假如树能走开，树一定愿意跟着一个人走天涯。

不是有很多人都渴望成为一株树吗？

树是不是也希望奔向成为一个人的归宿？

一株走到天涯尽头都没遗失身份的树，度去青春，耗尽精力，好比一个出家人从懵懂少年一步步远涉孤独。树的一生走了三百多年，直到走得浑身无力，骨立形销，一片叶子也不留；树走得连自己的心跳也听不见了，可树还想着要在人间多走一走。世界上活着的人都舍不得死，可一株树说死就死了。人死了，总会有人奔走相告，可树死了，枝上的鸟，地上的草，树旁的村庄，远处的山野，以及山丘之上的炊烟，公路上呼啸而过的车辆，似乎都不知道，当我看见这株树时，它已满身瘢痕、千疮百孔，裸露的心脏仿若漆黑的焦炭，弥漫死亡的气息。

这真是一株苦行的树，十万个夜晚前，树从哪里出发，有谁知道吗？而我见到这株树，已是三百年后的事了。那天阳光穿过龙泉山脉，穿过成都的地铁与人海，一汪汪幽蓝荡在树顶上空，云朵上布满细碎的布匹纹理，掠过不远处波纹起伏的树涛，这株静止的无冠树，名叫黄葛。在那些不辨彼此的树影轮廓之间，这株黄葛像被所有亲人遗弃的空巢老人，孤立无援，树基部分叉为两条主枝，在春天的雨水不停地淋湿树身后，潮湿不断贮藏在高八米如海绵一样的树干里，看起来像两只巨型的鹿影。想追忆黄葛年轻时候落户柏合镇的时光，但已找不见目击者了，许许多多的人都先黄葛而去，唯有想象当天也恰有似今日的透明光线，暖风吹送，田野上空一定有白鹤亮翅，不是一只，而是一群又一群，队队排成行，如玩老鹰捉小鸡游戏的一列列孩子，它们在这个曾叫菩提寺的小学里，用欢呼雀跃的方式迎接一株树，如同迎接一个新来报到的插班生！

孩子们不知这株庞然大物来自何处，只是喜欢将橡皮筋拴在这株树与另一株树之间，他们在两株树中间跳皮筋，下午围着树做好玩的游戏，夜晚仰望树叶晃动月光……而此刻，我一个孩子也找不见，长满了苔藓的石板台阶与褪色的红砖残灰，已被厚厚的落叶与青草覆盖，孩子哪里去了？只见废弃的院子里，野花一片，荒草成堆。

如此倦怠残像，看树的人，情绪怎能高涨？别人的树都是绿意葱茏，枝繁叶茂，造型奇特，树冠如绿云凝聚，甚至鸟落枝间，叶子簌簌摇动，鸟屎上长蘑菇，令认养者心潮激荡。而我的树无冠，更无枝，甚至一片掉落的叶子也寻不见，我不喜欢这样的树，这显然是一株死树。谁愿意走街串户，走十多里路，去见一株死树？面对这样的树，你还愿意成为一株树吗？在被林业部门邀请认养的四十一株古树名木中，唯有我抽到的这一株黄葛是死树，这是我的不幸，还是树的不幸？天气那么好，我的运气却不好，情绪顿时一落千尺，我想找林业人员为我换一株古树，不必要求树多漂亮，但至少要有叶子，一株光秃秃的死树怎么还要让人来认养？而且那个认养者偏偏是我，这是我与树的缘，还是树与我的劫？

根系本是树冠之母，可当初为何非得移动这株树的位置呢？

不难想象，树冠作为根系朝上天礼拜的投影，被人类砍掉之后，纠结扭曲深远的老根更难保全原状地离开大地，旁系树股被斫断斩离，新旧交替的伤口逼近死亡……叹息之余，昂起头，我看见树的胸膛与屁股上插着干瘪的输液管子，被雨水与阳光吸干水分的管子，长满了霉变的菌，它使我联想到前年冬天在医院里闯过难关的老父亲，那些管子曾让我背对一个年轻时候在喜马拉雅剿匪的男人泪流不止，可我的泪无法输进父亲从健壮到衰老的血管，更输不进这株苍老多病且已死亡的树的表皮组织。树不如我的父亲，我的父亲算是活过来了，而且比眼前的树活得体面，我不能背弃这株树，去认养另一株树，我遇见这株树，与这株树遇见我，都存在命定的“懂”。

人应该珍惜寡言持重之物暗自赐予的“懂”，这株老树一定是在暗示我什么，既然树的今生选择了我，就是树在前世已懂我。否则我就遇不上这株树，我想，这株树一定希望我能够多懂它一些。

后来，我多次致电询问林业人员当初移动这株树的原因，可无人接听我的电话。三百年树龄的黄葛树之死是林业人员照顾不周，还是树本如此，生命已到尽头？面对这株树，我蹲下身来思忖了半个下午，树的表皮灰暗而粗犷，散发出苦涩又腐臭的气息，上面一只蠕动的蚂蚁也没有，除了树皮成块成块地剥落，树干被虫蛀得像烂肉粉条，我欣喜地发现树根部有一株耀眼的春芽缠绕，如扎入地平线的一抹晚霞刚刚停下舞步，忽又隐没无踪，于是略微产生了一丝安慰——大千世界，万物有灵，有生必有死，这株名义上属于我的树，提前抛给我一个关于死亡的重大命题——一株树的死亡考验着我的写作能力，让我通过笔使它向死而生。无论怎样，我都必须懂得死亡这件事，尽管这看似是树给人的命题，但人应该提前学会收场。

树用一生在地底下徘徊、冒险、漂泊，但树从不迷茫，树很坚定，树很安分，大地之上的动静，树都懂，只是树习惯了缄默，不言人的太多事情。一百年前，人说树是不幸的，一斧头就归西；一百年后，树说人是不幸的，埋进土里发不出芽。其实，树懂人，人离不开树，人应尽可能地多懂树，原本树与人都面临同样的生老病死或灾难重重等诸多难题，不同的是人在地面上自由行走，之于泥土之下的事情，常常无知，常常害怕，却又常常妄自尊大地滔滔不绝，言不由衷，自由过后欲说还休。

曼陀罗

工作的地方在一座精致的小园子里。蓝铁皮盖的小板房里，分布着十多个火柴盒式的办公室。唯有一座带电梯的四层教学楼，能看出一点现代气息。每天这里人来人往，车辆密集。白猫黑猫熟练地穿梭于火柴盒之间，成天懒洋洋地打着瞌睡。

小桥下不见流水，偶尔有喷泉让死水复活，这时候便能窥见鱼儿与乌龟在石头或莲花上打坐。除了七八株耸入苍天的老银杏，还有几排高低错落的芭蕉，它们冬季被砍伐，春风吹又生。几株雪松算不上打眼，但已成气候。阵容强大的，当属进门两边的小叶榕，株株枝繁叶茂，根根胡子拉碴，它们的壮阔快要把教学楼遮盖了。剩下打底的便是香樟、海棠、桂花、胡杨、竹子、七里香、蜡梅、玫瑰、三角梅，以及零星的藤蔓和花草。细数下来，品种真不少。

花匠瘦骨嶙峋，是个矮小的暮年男子。他成天面对花开花落，脸上几乎很少出现笑容。每次遇见我，他会主动打招呼：上班来了。我总是点头微笑，问一声“你好”。可几年了，都不知道他姓什么，如同不知那小众的花草植物般理所当然。

岁月更替，季节轮回。似乎园子里所有的花都开过了，他仍没有停下手中忙碌的“草活”。是的，在我看来，他做的全都是草活。不紧不慢，不急不躁，不轻不重，不软不硬，但他的自由就这样被花草树木拴住。有时，看见他拿着剪子给草树剃头，可那些草树比他高出一个头来。当他牵着长长的水管子，穿行在花田里，我便想他可能还不懂花草的心，但猜不出花草是否懂得他的表情。我甚至想，有可能他能喊出的花草名字还没我能喊出的多。但这丝毫没有关系，就像他无须知道我们所有人的名字。

我们之间，知与不知，都无意义。

有一天，我站在那株遗世独立的曼陀罗面前。那白得像纸一样的花朵，每一朵都垂头朝下，如倒挂的留声机喇叭，像女孩子通体晶莹的裙摆。当然，芬芳的铃铛指的也是它。我正在数这一树，究竟有多少个铃铛，顿时被一声咳嗽惊得扭转回头，看见他站在不远的地方，学着我的样子仰望曼陀罗。他的脸显得无比惆怅，恍如一张被揉得发皱的旧报纸。

“越好看的，越不要走近。”他喃喃自语，声音比地下蠕动的蚯蚓更小。

这话是说给我听的吗？他把头埋得低低的，生怕我再次听清他的声音。我靠近一步，没太把他的话当回事，继续观赏这园子里唯一的曼陀罗，它浑身长满了短短的柔毛。我正欲伸手摘下一朵，他终于忍不住发声了："小心情花有毒！"

我僵在原地。"你叫它什么？情花，你刚才叫的是情花，对吗？"

"不仅花有毒，叶子也有，只可远看，不能碰。"他说得很有道理的样子。这一刻，我发现他是懂世界上所有的花草心的。但我还是控制不住问他——"你怎能叫它情花？"

"是，是，这就是情花。你看看，园子里的其他花草树木都有重复的，唯独这种花难见重复，因为它莨菪碱的毒素太强了。这花不敢多栽呀，但好看是它的优点。"

"莨菪碱？"我头一次听说这个。

"嗯，就是电视里那种整人的迷魂药。你看那些蒙面的坏人，趁人家姑娘不注意，轻轻往脸上一吹，就得手了！"

原来这玩意是用来做那个的，真有点玄乎。虽然每年都会多看几眼它开花，但在我心里它称得上奇花了。这时节都霜降了，它居然开得如此傲视大地，而一般的花，连抵抗秋风的能力都没有。"你这么懂情花，是不是也吹过女孩子的迷魂药呀？哈哈哈。"

"嘿嘿。"他像是呛了一口烟，脸上洋溢着一抹甜和涩的羞愧，他没有离开的意思，继而用力甩甩头，接着低头无语。

时间总是要回到轨道上的，我们没有多余的话，见面照样只是点头、打招呼，感觉什么事也没发生。我依然习惯在园子里独来独往。随着曼陀罗的凋谢，经过原地时，我不再刻意停留。

来这园子里办公的人，除了每天朝九晚五地上下班，几乎没有人在意一株曼陀罗的好坏。很多把园子当公园逛的人遇见花开，连名字都叫不出，顶多无所谓地瞄一下，就成过眼云烟了。

进入冬天，午后的万步计划渐少，取而代之的是抱着茶杯，围在一起侃大山。有一次，我问老任，我们的办公地以前是干什么用的，即将退休的老任，若有所思道："当时单位从热闹的春熙路搬来时，这里是个隐秘的酒店，主要供休闲度假的，周围几乎没有任何繁华的娱乐场所。刚来时，这里只有一些简单的花草，但慢慢形成园子，还是我们单位进驻之后的事。有几年，政府一直想把这块地收回去，但苦于没有找到合适的地皮给单位置换。这里搬迁是迟早的事，但我等不到那一天了。"

说来说去，就说到了曼陀罗。

老任说，园子里不只那一株曼陀罗，他断定是两株，我们为此争执不休。老任索性带我来到排练厅堆放杂物的一个角落，那里被藤蔓与假山遮挡，隐居于此的曼陀罗和其他花草，很难被人发现。即使曼陀罗花那么大，也被蔓延的荆条与繁花隐藏。因此，一直以来，我只发现前面那一株曼陀罗。老任扒开那些灿然的黄花藤条，曼陀罗的枝条便密集地出现在眼前，足有十多根。我正探头打量，突然发现另有一人在藤条中打量我。老任看见他，没有吱声。我想我该和他说点什么，但终究保持了沉默。我们只是惯常地打了一个招呼便离开。

“这花匠在这儿多少年了？”我问老任。

“谁知道，我们搬来的时候，他已经在这里。他可能是酒店里的员工吧。”

“他至今孤单一人？”

“这个就不太清楚了。怎么，你对他感兴趣？”

我用沉默代替了回答。

半年后，花匠退休。我们从园子搬迁到一号地铁线的尽头，除了老任交代的一点粗浅线索，我不知这个世界上还有谁知道花匠的来龙去脉。身处窗明几净的办公大楼，每每看着楼下乘坐地铁的人如蚁群蠕动，我便想起那些低矮潮湿的火柴盒，以及遥远的园子和穿梭于火柴盒之间的猫。

黄昏时分，我在三条地铁线上倒来倒去，我要折回那个园子，去分一株曼陀罗。我想在周末将它带回丘陵故乡栽种。还没走进园子，我看见几架高大的推土机，正轰隆隆地碾过花地。那些打瞌睡的猫不见了，那么多树也不见了，草皮早已破烂不堪，所幸最初见到的那株曼陀罗还在。

曼陀罗是在等我吗?

树下的石头上，坐着一个背对我的人。

他是花匠吗?

他说他的家在长江下游，离这里还远着呢。此花是他种的，他要把它带回去。花也有出处，从哪里来回哪里去。他问我来此的目的，我毫无隐瞒地说出了自己的想法。他说："年轻人，你应该离情花远一点，不要像我，年轻时被情花伤了一次，就毁了一辈子。"花匠执意不让我分走任何一枝曼陀罗。

回去的路上，我两手空空地笑了。原来花匠真是吹过人家迷魂药呢。被关了五年，定的是流氓罪。他的人生绊在了一朵好看的花上面，但他从未因此怠慢园子里其他的物种，更没向认识曼陀罗的我解释什么。这世界越是伤害他的，越是能够陪伴他一生一世。

我不在乎奇花之毒，只在意曼陀罗的圣洁气息。我想那样的花可以给故乡增加一点特殊的味道，若是曼陀罗能够住进故乡的花隐谷，无论如何都是一件美事吧。可现实生活里，家乡有点文化的人只是从鲁迅笔下见识曼陀罗，却没真正见过生长于斯的曼陀罗。

原本"曼陀罗"是梵语音译，藏语称"吉廓"，即坛城。

作为象征宇宙世界结构的本源，曼陀罗是僧界最受欢迎的供品之一，也是变化多样的本尊神及众神聚集居处模型的缩影，信徒用世间最珍贵的宝物盛满三千世界奉献给佛、法、僧三宝。

早些年，在西藏常常听见有人歌唱曼陀罗，那时我不曾见过真正的曼陀罗。只知道这是佛教音乐里常有的一种花，于是每次听到曼陀罗的歌声，我便会停留在了彻世事的觉者面前，我假装看见了高僧大德那颗孤独的心，但我的眼睛却停留在高悬空中漫天而下的一卷唐卡上，那中间有金粉涂抹的曼陀罗，花蕊中隐藏着流浪者的故乡，它悄悄给我传递着智慧与力量。

2017年秋，叙利亚诗人阿多尼斯亮相上海国际诗歌节，引发不少关于诗歌维度的热议，毕竟白发萦绕的诗人穿越大半个中国时，已是耄耋之年，大陆读者对于阿多尼斯本人肯定是陌生的，不陌生的是他在中国热销了多年的《我的孤独是一座花园》。每每翻开诗集，我总感觉是花匠与我在对视，他的诗是替我写给花匠的：如“孤独是一座花园，/但其中只有一棵树”，“世界让我遍体鳞伤，/但伤口长出的却是翅膀”。

虽然那个园子已经不复存在，花匠也去无踪影，之于曼陀罗的认知，我再也不会忽略花匠表情里沉陷的孤独。

凌霄花

生命中的植物花草，有些从《诗经》中获取芳名，因好感而深入人心，但碰了面，却未必能够喊出其名。有朝一日，忽闻有人唤那花儿的名字，仿佛遇见阔别多年的发小。万物与人深藏秘缘，人和人同样存在奇缘，而且这缘藏得比物更深，二十余载岁月蒙尘后更新，能够让心灵受到震撼的不再是诗，而是情怀。

欣喜若狂，几许温暖，忆如往昔，不知从何而来的慌张激情，如一瓶陈年老酒，瞬间被风打翻在地。世间所有摇曳的生命，即刻芳香弥漫，灵魂疯长，心跳乱了节奏……

同别人一样，最早知晓凌霄花，是因了诗人舒婷那句"我如果爱你/绝不像攀援的凌霄花/借你的高枝炫耀自己……"但实际上，初见凌霄花，人生已过沉迷诗人忧伤与憧憬意象的狂放年代。当一个人历经一种花的消失，情趣便把诗句中的指代关系，当作生活审美来体验。

这结局趋向花开花落的两种境地。

是个九月天，在西安回民街，偶尔抬头，总见三两枝孤芳自赏的朱红点亮眼睛。拥挤的人群，沸腾的美食，灰色的烟雾，曲径通幽的巷子，羊肉泡馍与胡辣汤，还有清真寺里隐约传来的阵阵鸽哨，形成了一幅烟火图。我猜想，古都的地标就在这儿了吧。近黄昏，人群中，那些用鲜亮纱巾蒙住脸面的姑娘，看上去有千年之约的异质美，但她们敌不过墙角躲藏的那抹红中带黄的胭脂气——它让人时而驻足凝望，闭目清欢却又满不在乎。的确，我想走进那些花儿的内心，却羞于向一个男人开口。在人多的地方，两个大老爷们谈论一种花，总觉得有些不合适，唯恐伤了花的寂寞。原本花住在人的内心里很安全，可能说得太多，花就不翼而飞了。

大自然所有的花，都饱经月亮残酷的温柔折叠，才修来人的五百次回眸。每一回见到不曾谋面的花，我都忍不住停下来多看几眼，将它视为大自然予人愿望的成全。有些花的不期而遇，让遇见者永葆奋进姿态和百倍信心，确信这天地间有一种植物精神，值得人类用一生去仰望。

陪在身边的关中战友肖，算起来与我失联有整整二十年了。90年代初期，懵懂的两个少年身着肥大军装，在高原林芝雪地冷香的冬季短暂相遇。与此同时，秦岭与峨眉同捧一页兵书，四川与陕西如隙中窥月的记忆，从未消失。如今故人重聚，彼此共同记忆里的高原兵事，都成了嘴边催马扬鞭的一场春秋。

从清早他在机场接到我的一刹那，我就在心里查找当时两人交会的印痕——肖站在雪山下，全副武装，目视远方，双枪在手的英武之躯，历历重现眼前。时光过滤了雪山河流见证的迷彩青春，肖额头的青丝已被时间煮过的雨水带走，而我两鬓不觉也多了几丝天光藏不住的雪丝。此间的肖，步履与肢体显示出一副内敛的领导范儿，话不多却句句彰显个人格局，曾经那个爱说爱笑，矫健似雪豹的少年不见了，这不得不让人惊叹光阴的造化，弹指到了不打不相识的境遇。但在满目青绿的世博园游走，彼此多看几眼，似乎对接上当时的语境暗号，我们皆恢复最初天真的样子，实在应该对缘分说一声谢天谢地。

见我如此钟情异乡的花，肖便心领神会般地关注我的仰望。但支吾几句，他终究没有直说花名，只是他的表情让我肯定他对这些花了如指掌。漫步中，我一边观察那些花儿，一边对肖说起成都私人会所朵藏中我种的花草树木。高原情事，像一场场雪崩击退我们的谈话，让人无力组织主题内容秩序。有时，说到某个印象深的人，花也拦不住两人轮番输送陈年旧事，可那个蒙面人却不在场。不管岁月漂洗过的琐碎记忆，对方是否记得，也不顾对方究竟能否想起，这个打电话的人姓啥名谁……有些人，有些事，只能在特定的环境里，忍不住想起时才足够有味。

这是导演无法安排的剧情，也是演员难以把控的冲动情绪。

此时此刻，我们仿佛是两个拼凑世界的人。欲念来袭的紧要关头，忽然想起故事的主角，拼尽全力却搬不出那人准确的名字，这可能会导致追忆似水年华的人，遭遇前功尽弃的内伤。一代人与一个集体的回忆，如同一根丧失了信号的旧天线，无论怎么摆弄都无法接收到精彩的画面，可我们却迟迟不愿放手。越是不甘寂寞的人，越是懂得让“死”活下去。除了使劲地遥控回忆与念想，任何事情都被神速地抛到九霄云外。当世界的世界，通过一个个念头组装成一个整体，意想不到的奇迹，自然能够诞生奇迹的奇迹，这注定是一个未知并值得期待的孤独时代。尤其之于当过兵的人，内心更是如此。

完全不知，人类的情感行为，在花看来究竟会是什么表现，当然，我也想象不出一只灵魂在人群中飘荡的羊，会以怎样的姿态仰视一朵花的芬芳。

头顶上，那朵朵朝向蓝天的红喇叭，一定窃取了我们与世界的对决机密。当我再次抬头，它们一路牵手展示高端的舞姿，让我看见了植物的柔美。热爱生命的人，都容易犯花痴，但我尽量不让肖察觉到丝毫的与众不同。确实，在四川或西藏，我都未能遇见如此花朵。于是，便对着月亮想，假设这花出现在我的朵藏，将充满怎样的气氛。

哪知肖早将我看花的眼色尽收眼底，暗藏心头。官场之人窥人的高妙之处在于不动声色。而文人有时就难免随时随地随便地抒发情感，泄露天机。从事文字工作二十年，总体上我沉默多于发声，文字成了发声的嘴唇。

我觉得艺术工作者，拥有一双慧眼，一颗特别之心，体察万物、洞明世情实属分内之事，可肖的举动让我改变了原有观念。尽管命运把肖放在官场多年，但他并没有泯灭一颗向着自然艺术聚拢的平常之心。相反，他待人接物的细致，远远超越了一个写作者对花事的关照。譬如，那天我在西北大学参加颁奖大会，肖就悄悄住进旁边的酒店等我。他要陪我多看看他的北方风光 ，他不允许短期的相逢，再发生漫长的失联。

我看花，看一种我从未见过的花。他在看我，看我和花的距离与表情，看他曾经熟悉的战友与他生活中天天相见的花。我不知他是否发现——那花自始至终都在看我和他的情义。

万物有灵，因物及人，由人到物，反复类推，第一等高明的当然不是人，而是花。歌者常唱，透过开满鲜花的月亮，传递出的幻象真是无止境，而我脑海里闪烁的，是被鲜花簇拥的月亮，仿若圣物，朦朦胧胧不失清清凉凉的轮廓。

人来看花时，花未眠，花也在看人的醉眼。只是人不见花时，花有没有入眠，就不得而知了。莫非这就是凌霄花在两个男人面前，折射出的一种寓意？

数日后，带着肖的深情厚谊，我打山西运城折返成都，心中满满都是肖陪伴左右的影子。眼看春节临近，遂邀肖来朵藏做客。如期赴约的肖，带着妻女，一天驾车千余里，只是他的心不在欢度春节，只为护送两盆凌霄花。在路上，他多次对妻女强调，那是我在回民街仰望的花。两个被锯掉瓶颈的金龙鱼塑料壳子，装满了终南山下的厚土，里面插着几条结实的凌霄花枝，它们被塑料薄膜紧紧地覆盖着，朵藏的书香将其紧紧呵护、包围。整个冬日，它们秘藏在朵藏一角，如同两个乔装改扮的侠客，守候着一个世界的谎言，生怕风霜剥落了生命的音讯。

肖的眼神里装满了焦急和等待。故事能否在冬日漫长的袖口里，如两个男人酝酿的那样发生，谁也不可预知。为了秘密的长盛不衰，我以目光长久祈祷……每次回到朵藏，第一件事就是跑到阳台，蹲下身来静观凌霄花的动静。

在得到新芽吐绿的消息前，肖郑重嘱咐我不要轻易浇水。然而，三月已过，凌霄花一直没有吐绿迹象。看了又看，终于禁不住打开薄膜，伸手摸一摸那霜冻的土，让阳光照进现实，那土很硬，但不失水分。

一个动作，常常让我把目光投放到遥远的终南山下，那是肖的故乡。此刻的肖，是否想着蜀地朵藏的凌霄花？

念肖的时候，肖就来电了。他每次都着急地问起凌霄花，如同一个医学专家远程了解一个人的病情，眼看五月在鲜花中转眼来袭，蝉开始凄凉地叫唤。肖自言，凌霄花是不是不适应空气，还是水土不服？他在电话里坐立不安，我听见他踱步的声音里夹杂着叹息。但他总耐心地对我说，再等等看吧。因为没有接收到凌霄花的生命喜讯，他与我的话简短而少之又少。但那句“再等等看吧”却为他日后的举动埋下了伏笔。

来年春天里，趁部下出差成都，肖特别委其以重任，捎来几株正在发芽的凌霄花。我在黑夜里急火火冲上楼顶花园，找来邻居丢弃的一个大瓦罐，将里面板结的肥土松开，把凌霄花粗壮的根插入其中。

一粒飘在秦岭之间的雪花总算入土为安。

一团红色火焰在两个男人的翘首中燃烧。

从此，风和阳光不断给肖捎去凌霄花的点点惊喜。羽状复叶，小叶卵形，边缘有锯齿，除了电话汇报，我更多用微信发送图片。看着那一层层绿荫跃升阳台，我仿佛听见整个朵藏的心跳。

肖说，你就等着它明年开花吧。

不过，趁凌霄花疯长之势，你最好给它搭建一个平台，任它一次攀缘个够。随着细细锯齿的绿叶一天一点地变化着模样，几条细小的藤蔓已经向更高的天花板上攀缘。短短时日，青色的藤蔓就爬到了窗台的格子书架上。被岁月晾晒得泛黄的书卷映衬着几缕凌霄花的青翠，那虬结在一起裂着细细缝隙的根，结实而稳妥地紧紧扎根在瓦罐里。过了九月，凌霄花的勇猛戛然而止，叶子反而一天一点地掉得人心里憔悴。那些当初跑得最快的藤尖尖，多数已经夭折枯萎，但我没有急着将此惨景告诉肖，或许明年才能迎来它的盛景。

凌霄花的成长，让我慢慢明白任何失去都将是一种拥有，任何残缺都开启着人类别样的心智。有些生命太过执着，失去得只会更快更多。

有一回去厦门旅行，见下榻的酒店周围，开满了红色的喇叭花，如同密集的闪电，在数条街道与围墙上起伏蔓延，与我在西安回民街看到的花朵颜色一样。龙岩人阿彬不屑地说，那是炮弹花，一会去鼓浪屿上可以看到更多。见阿彬的表情与语气，似乎此花并不珍贵。在福建的土地上，这花随处可见，浑身火爆，充满血性。当得知原来此花就是舒婷诗中的凌霄花时，方才明白诗人的选择与用意，与一个写作者生存的土壤不无关系。但似乎读者普遍曲解了诗人的主观认知，提到凌霄花，动不动就是攀附的不良作风，弄得格调就此低人一等。如此负面影响持续不减，不少文章观点对此全是一致看法，面对朵藏凌霄花的长势与脾性，我以为凌霄花并不是攀附的代名之物，这个误会之于凌霄花太不公平。虽然借气生根攀缘向上是凌霄花的生长特征，但攀附于凌霄花来说是一种境界，意味着千难万险。攀附原本是一种势力，也是一种勇气，更是一种自觉和自信，从这一点来讲，凌霄花值得所有植物和护花使者加倍尊崇和仰望。

巴蜀大地几乎难见凌霄花踪迹，这不得不说是蜀人目光中火一样色彩的缺失，也是蜀地的一大遗憾。我不知这是否是朵藏凌霄花难以进入盛大花期就开始走向命运的凋谢的原因。霜降之后，凌霄花在朵藏的世界，渐渐泛黄。

等待成了生命的一场轮回与期待——花鲜红色，花冠漏斗形，结硕果，顶生疏散的短圆锥花序，生命繁衍兴旺，这一切在生活中尚未兑现。花萼钟状，长三厘米，分裂至中部，裂片披针形——如此优美的藤科植物景观，不在朵藏见证，很是让强烈爱花的我，对朋友深感歉意。我想，这也是我对凌霄花的歉意。

凌霄花之名始见于唐代《新修本草》，该书在“紫葳”项下曰：“此即陵霄也，花及茎叶俱用。”凌霄花别称紫葳、五爪龙、红花倒水莲、倒挂金钟、上树龙、堕胎花、藤萝花。茎木质，表皮脱落，枯褐色。性喜光、宜温暖，幼苗耐寒力较差。若光照不足，虽可以生长，但枝条细长。一番科普之后，我对凌霄花仍不敢说知根知底，只是略微查找到了朵藏凌霄花存在的问题。在那株年长的马拉巴栗树身边，凌霄花在树枝间穿越，神秘地飞旋出一种柔弱的美，壮阔的危险之美。它的藤枝，因为阳光的力量不够普及，有的粗壮，有的细长得像一条弱不禁风的麻绳，让人随时担心一圈一圈拧巴上去的后果是死亡。你看它一直攀附，蛇一样，飒然抖开缠绕的身躯，横着盘绕，竟然飞渡到另一个难见阳光的木格层里去了，真是个不见深渊不喊冤的泪蛋蛋。

我姓凌，他姓肖，我们之间从不问谁大小，不知这是否就是天意的安排。似乎这两种姓摆放在一起就难以分开，原来他们不仅是战友，还是同一株植物。凌霄花的花语是“敬佩、声誉”，寓意着慈母之爱。两个异姓的青春失联太久，上天是不是托血性的凌霄花，让他们一旦重聚，从此就要一生手足心、一世兄弟情？

这是凌霄花的安排，还是宿命的馈赠？

仲秋时节，花的心事全被月笼罩。躲在绿影背后的月，是佛，也是佛眼。朵藏，所有的花都开在霜降之前。我为坐在电脑音响上的一尊小佛焚上一炷印度香，让它替代所有空气，弥散静气。佛闻书香，佛眼看花。而凌霄花就在岁月静好的氛围里等待着演绎精彩。

肖说了，明年凌霄花开的时候，他周末就坐动车来朵藏望月。我想，只要兄弟重聚，月下一地芬芳的绝不是凌霄花，而是月光照得见的藏地兵事。

它们比凌霄花更持久耀眼！

海棠与乡愁

海棠是继梅花、杏花、蜡梅之后，与迎春花同步争春绽放的花卉之一。

友人邀约棠湖公园赏海棠之前，我对海棠是敬而远之的。不是不爱，只是不爱也不分手。尽管曾经路过某些青砖汉瓦的小街巷，不经意回头撞见瓦垄上三两簇透红的海棠花团，也不会惊讶地驻足发出一句天外来客般的慨叹：哦，原来你是海棠！只是与友人兜兜转转，见识强大的海棠阵容之后，才发现大惊小怪的迎春花是怎样的孤家寡人。

从此，在所有借物生情的花朵中，我绝不会轻易将一个“柔”字，错误地赋予海棠。尽管年幼的海棠树皮，有着细致柔软光滑青灰的特点，但成年轮回开花的旧海棠，尤其是那些萦绕古刹亭台楼阁成长绽放的海棠，总是以铜墙铁壁的屏障之势，长期与大风大浪过招，即使满身伤痕结痂，皮伤眼肿，一支支利箭般蹿入天空的枝干，依然如钢似铁，仿若不屈不挠一路冲锋向前的勇士，“护园使者”的称号，非它莫属。

海棠花无香，花先绽放，叶渐吐绿，多为一本多干，笔直挺拔，利落净静，虽不像苹果树那样婆婆娑娑，但叶、花、果与之极为相似，只是个儿比苹果小了好几圈。站在半月桥上，看那湖水中倒映的海棠火焰，生命的极致，在自然中呈现的空冥别无所求，但谁也别想与它争红斗艳，因为它的别名简直可以用一个“红”字取代，似乎“夺目”的箴言注定用沸血书写，它才是花中之最。

棠湖边，唱歌跳舞拍照打卡的老者热情如火。大爷个个离不开自拍杆，大妈指尖舞动的红丝绸和飘飞的红纱巾，吸引的不仅仅是大爷的目光，还有满树正艳的海棠花的泰然正视。尽管海棠花已经退步三分到静观其变，可大妈们依然嫌自己的情绪不如海棠红，非要展示出红萝卜的胳膊和白萝卜的腿，一个个双手指月，花拳绣腿，舞得红霞漫天，跳得满堂富贵。其实她们心里最清楚，这一切高涨的情绪皆因海棠而来，海棠花的娇红，海棠一身的淡定，为她们增添几分大胆和勇气。有的歌声，听起来已经快要“左”到左旋柳梢头，不仅音调跑到了九霄云外，就连歌词“红帽徽”，她们也敢唱成“红帽子”，真是仰仗海棠花壮胆，唱得面不改色心不抖，那声震天的呼喊，恰似野火春风斗古城。

可见海棠花红得壮观，在关键场合给五音不全者提气壮胆不少，且不只骄傲的现代人，在海棠花开的一条条路径旁，一块块白色的小木板上，还有当代书法家关于海棠的墨迹，历代诗人名士吟咏海棠的诗作，在棠湖公园里也是一道文化风景。既赏海棠，亦重温诗篇，其中南宋诗人范成大的《醉落魄》，勾勒出古典唯美的画意，很是令人神往：

马蹄尘扑。春风得意笙歌逐。款门不问谁家竹。只拣红妆，高处烧银烛。

碧鸡坊里花如屋。燕王宫下花成谷。不须悔唱关山曲。只为海棠，也合来西蜀。

好一句“只为海棠”，在众多海棠诗篇中，忽然想起一首余光中的遗珠，尽管它未能入列园中的书法墨迹，但罗大佑的歌声，通过诗人佳作传递出的刻骨铭心，可谓意义非凡：

给我一张海棠红啊海棠红
那血一样的海棠红
那沸血的烧痛
是乡愁的烧痛
给我一张海棠红啊海棠红

我为“一张海棠红”的表述，曾经思量好久，那是一张古纸上的中国画吗？以我对海棠花的观察和理解，这花如此坚韧与艳丽，不宜宣纸泼墨透视，更适合在布面上迟滞重彩，恨不得狂舞几笔才解花意。原本，诗人余光中笔下的海棠只是《乡愁四韵》中意象的一种，后来才知诗人乡愁中的海棠指的是一张古老地图，诗人高级的隐喻，情意如绵针，懂了之后，才扎得人心痛。

住在狮子山上的友人，喜欢养花，尤爱插花，搞得整个春天都是他的一样。特别是海棠花的枝条，插在各式各样的花瓶中，为他的堂屋与书房增色不少。这的确让人羡慕，甚至禁不住效仿。可是懂花或花懂之人的闲情野趣，怎能任随他人效仿？

关于海棠，不得不提及一个校友。他比我年长几岁，我们是乡邻。渴望成为优秀歌手的他，寒冬腊月天，在田野间烧起火堆，不分白天黑夜练习美声唱法，那黄牛般没完没了的叫声，吵得整个乡间鸡犬不宁。所有的人，都说这人简直疯了。只有我默不作声，知道他的练习方法出了问题。后来，文艺汇演中他演唱的《秋海棠》，并没有获得满堂彩，我演唱的通俗歌曲《小草》，反而被老师和同学们认定为好歌，认为我有当歌手的潜力。

经年以后，与乡邻们谈及那位尚未出道已经熄火的歌手，禁不住惜之念之。原本还想找他谈谈音乐，可一场车祸让他的名字连同歌声，早早一起淡出人们记忆。梦幻与世事同样无常，可海棠依旧，倘若他还能继续歌唱，我愿意为他创作一首坚韧不拔的海棠之歌。

风信子的紫

说到爱情，尤其是那些为爱受伤的女孩子，毫无缘由地喜欢把自己与风信子媲美。淡紫色的花瓣向四周张着，静静地在阳光下独自绽放，暗香如薄荷，脆弱却不乏生机，它们紧紧地拥抱在一起，如同十三岁的少女，满眼都是清水煮白菜般的纯净，而实际上它更像是躺在明净玻璃柜里示范忧伤的紫水晶，惊艳、温暖、耀眼。

传说，谁能拥有紫色的风信子，就可以释怀他人的忧伤。的确，风信子代表爱情之说由来已久。壬辰年春天一个淫雨霏霏的午后，我在一个名叫三圣乡的花市里，讨价还价后用八元钱从一个肥胖妇人的门庭里买走一株含苞的风信子。它的苞呈一个小小的玉米状，差不多有半根手指长，串串胖乎乎的骨朵，像晶莹饱满的珠链。约一周后，它的茎便长成筷子长了，那么多漂亮的朵儿耸立其上，孩子般懵懂地望着蓝墨水染过的天空。只是，不知道为什么当时在那么多色彩中认定了紫色。或许，我算是个有点儿忧伤“情趣”的人吧，对紫色有着莫名的敏感与偏爱。这种忧伤气质直接影响了我的审美乃至人生。

忧伤的爱情总是以泪来做结局，既是威胁，又是许诺，不完整，却更缠绵。这恰是紫色风信子的脾性。

我很不喜欢搜集关于风信子这样或那样的花语。多年以前，当我决定放下笔不再写诗的时候，所有的花语在我看来都是谣言，甚至比诗人们更自欺欺人。而在诗人们眼里，花语可以等同他们编织的诗句，是一样的神圣。在成都平原花样年花郡的十五楼阳台上，是我把三月里酒樽般的黄铜小花盆在书架上移来移去。我忧伤的特权赋予我的，不过是在阳光的迷藏里，忧伤地看着一株风信子弥散出紫色的忧伤。是它，在这个不足放置一张双人床的阳台里，让紫罗兰一样迷人的香味，浸入一本本泛黄的书。它舒展的茎脉枕着一层层旧书，无所顾忌地对古今中外最美的爱情进行幻梦与臆想，那时的天空在它眼里是一团紫色的雾，一旦迷雾消散，任何行进中的现实磕碰，都可能伤到它生命的全部。它比溪水边的血皮菜更粗的茎包藏着的汁水如芦荟的黏液，上面支撑着串形的、紫暗中发亮的、古典美人发梢上插着的小铃铛银饰般的花。而它扁竹根般大小的叶片，总有承受不起的芬芳之重。当花期盛典降临，它的角尖便有弯曲坠落之危险。

阳光下，头发花白的母亲见状，只好伸出双手将它从书架上小心地抱下来，放至阳台靠窗的边沿，她的眼神和动作如同抱一个刚刚出世的婴孩。她轻轻弯下腰，用细长的观音草叶，捆绑住花势难挡的风信子，生怕它被伤着了。她说，让它多沾点地气更容易生长。

我之所以买风信子，而不是别的花草，是因为我与风信子曾共同种下一个故事。那是一个有关音乐的故事。

多年前我刚从广袤的雪域来到这座时尚的城市，初涉词坛，受电视台导演之邀，为一个名叫风信子的组合创作歌曲《你是我的世界》。2003 年的春节联欢晚会，几个绰约多姿的女孩，在四川电视台的舞台上唱出了爱的忠贞。她们有着风信子一般的美丽、忧伤，身着紫色的裙子，很飘逸的感觉，脆弱中不乏自信的歌声让人矢志不渝地向往爱与被爱。轻柔、浪漫的情怀，悲伤忧郁的声线正是她们当时活跃流行乐坛的必备条件。卖场里有关她们的音乐盒带一盘接一盘快速脱销。然而，风信子，活该就是季节的信物。过了这一季，不知下一季流行什么，思念便开始变成回忆。时隔不久，这个女子组合便像誓言散在风中，在批量催生音乐超男超女的年代，像风一样的紫难免惨遭凋零的命运。

我的这株紫色风信子也概莫能外。柔弱的花儿维持半月之后，草草枯萎。开也匆匆，败也匆匆，盛与衰就像两个人瞬间的牵手或分手，而紫色成了永远抹不去的伤痛。虽然总遗憾它的短暂，但总也不想轻易放弃它的美丽。看着它一天不如一天的样子，就像我，一个纯粹的唯美主义者，在追求美的过程中越来越不相信美的存在。而错过太多的美之后，才发现现实中的唯美只是一个人不断迷失的典雅瞬间。

曾经，我有个美好的心愿：拥有一个楼顶花房，躺在柔软的席梦思床上，手捧一册花蕊夫人的诗，看窗前花海中摇曳的风信子。它们在微风中娇羞地抬着头，看着我或是我身后娇羞的她，而斜阳就大大方方地坐在它们旁边。远处，钻出地面的地铁如同野马正奔向绿坡之上的春天，绿坡的另一侧，几头肉感的奶牛低着头，悠闲地啃着青草，不时抬头，看看高处的白云和高处的我。尽管我有点悲伤、迟疑，但和现代爱情无关。只是，在历经太多太多之后，一个人习惯了安静地凝视风信子终生不移的紫。

我知道，只有通过“穿越”才能完成这如此唯美的画面。毕竟我忧伤的表情极不符合当下生存环境的需要。

而现实中，陪伴一株紫色的风信子从花期到凋零的过程，正是我目睹一个朋友爱情凋零的过程。当她得知苦恋多年的他暗度陈仓和另一个她终成眷属，她忍不住满心悲伤跑来找我。她要我给她一个公道，因为我是见证他俩相好的唯一证人。我忐忑不安，这种事如何是好？尽管他是因我而认识的她。

她摔碎手机的一刹那，我分明看见了爱情的灵魂就此被掰成了两半，她说她真想冲到他们的婚礼现场去搞破坏，去烧掉那些他与她坐在枫桥边凝视花海里紫色风信子的婚纱照，她鄙视他终究守不住爱情的贫穷，而找了比她更富有的她。她流着泪，说，他绝不配在她面前再谈爱情了。这一辈子她再也不打算爱谁了。但她又深深地明白，他是真心爱过她的。这就是她无法不忧伤的理由。可变幻无常的事实是，不知他为何突然转身，和另一个她闪电般结合。

哎，若是爱，似乎没有必要论出对错，如果硬要我说，我就说，莫非，风信子的紫就是爱情的毒药？！我说出了风信子的忧伤，却说不出风信子的紫。

木笔丹青

立春时节，收到军旅诗人杨泽明的微信图片，一白，一粉，是常见的两帧玉兰花。闲庭信步，清水河畔的杨先生喜欢用镜头让风花草木，在阳台世界里约会自然，用情趣助长花草生命的审美成诗：紫玉兰，也叫木笔！瞧，它在黎明的微光中，书写出——春天，向早行的人们问好！

木笔？让人眼前忽然一亮，多么脱俗的芳名。

紫玉兰也叫木兰，我淡淡地喜欢了好多年，不敢深爱，虽感觉不陌生，但迟疑自己对其真相的了解存有太多空白。有时，淡淡是悄悄的别离，人与花的距离，一眼就是一生。像我这样没有彻底原谅世俗的人，面对紫玉兰的高洁，只容许潦草仰望，绝不敢过分专注。在未知木笔之前，唯晓那花叫紫玉兰。似乎与名字里种有玉兰的女子一样，琐碎的日子里总会想起她梳云掠月的模样。但春天遇上紫玉兰，白色、粉色、紫色，煞是兰庭飞絮，拂袖盈香。

看够了人间值得，看不够烟火花镜。

那素灰色的枝条上，挂满朵儿，不见叶露，这另类的表现相当壮丽。粉雪般的花瓣，或紧或松地聚簇成一朵大花苞，朵朵紫玉兰又合拢成一个蓬松的大雪堆，它们争相袒露着天使般的肌肤，不由让人体味到春泥散播着风含情、水含笑、光如蜜的空气，天底下所有凝视玉兰花的眼睛都润泽如晶。

因了木笔之名，开始小心翼翼走进玉兰的世界。原来如此花朵分门别类有好几种，白玉兰、紫玉兰、二乔玉兰、广玉兰，虽都有“玉兰”二字，但它们的属性却略有不同。白玉兰，别名望春花，木兰科木兰属。这花还是上海的市花，诞生于1989年的戏剧表演艺术奖用白玉兰命名，足见此花的含金量与魅力。几种不同名字的玉兰，皆先开花后长叶，花朵美丽且清香，早春花开犹如雪涛云海。玉兰叶片互生，前端圆宽，中部往下逐渐狭窄；花大，单生于枝顶呈钟形。中药配方里，玉兰是常客，因其性温味辛，具有祛风散寒、宣肺通鼻的功效。

于是，我大胆给患者处了一剂无痛疗方——头疼的人，鼻塞的人，急慢性鼻窦炎，或过敏性鼻炎患者，若是能在花树下双眼微闭，深呼吸轻冥想，玉兰必将以看不见的闪电之力，愈合你有裂口的春天。

忽然想起云南，那个喜欢吃花的部落小王子，他写给父亲的散文诗中所描述的一种花，正是质地厚实的白玉兰花。他先将不肥不瘦的花瓣洗净、焯水、晾干，然后加入面粉鸡蛋调和，用油煎炸，外焦里嫩，风味尤佳。

如今，早已长大的小王子，仍旧藏有一颗花的心。在通灵人的眼里，与花同眠的人，都是折不断翅膀的天使。这个天使常常在春草乱生的大地上低飞，捡拾玉兰花瓣，捧到风烛残年的母亲的掌心，跪在细雨中呼喊：妈，你看孩儿又捡了一地芬芳；妈，小王子想吃你做的玉兰饼！

在众多别名中，还有被用作人名频率偏高的“辛夷”。而写字的朋友，早就有人笔名辛夷，但没想到出自紫玉兰。杨先生分享春天的一念之举，让我由此另眼相看木笔的优雅与文艺质地。木笔，有形无形，不觉就想起陈丹青极力推崇的那个叫木心的诗人。有一阵子，追随木心的读者如云聚集。恰遇一位写字的书家，在窗前伸出一手，唤我去吃茶，原来他是要与我谈木心作品的。坐在横刀竖剑凤飞蛇舞的墨迹案板前，面对他爱不释手的木心《文学回忆录》，我当然选择了文化的不言。关于木心，我无法在他人热衷的潮流中刻意追捧。

己亥年五月，信步乌镇西栅，个人只是站在木心美术馆前望了一眼，没有走近的欲望。相比之下，我更亲近有过西藏生活和艺术创造力的陈丹青。因为他的《西藏组画》对观者视野的冲击力极强，以至经年日久，我仍忘不了康巴汉子的骨骼与肤色，那是岩石上生长的青稞、阳光和风雪。

艺术之爱，或爱之艺术，好比肉离不开骨头。

不单是文学，之于所有艺术成长，我始终觉得时间累积，才见盛夏的果实。与众不同的是，唯有木笔与叶同时开放，稍有香气，不浓不淡，表里如一，身心同步，恰到好处，仿佛是一支疏朗又坚硬的小狼毫，陌上花开，蜻蜓点水，却又不染红尘。

掌心里的现代温柔，握得住古典气息，自然就能随风弥漫，无法无天。这是艺术与文化获得灵修境界的多重表现。木笔丹青，有一点紫，有一点绰，宜赏且美，自然赋予生命自信，方可水流长天。

孤独的胡杨树

昆仑山下，有一片隐秘的沙漠，我坚信，藏匿在里面的几株胡杨树，是任何暴力的审美都摧毁不了的。这种信念，感动了昆仑山，以至那天我们的深入，昆仑山将它正在放飞的雪絮收了回去。这好比一个养蜂人，在一秒钟的暖风里，将他的蜜蜂统统唤回一座村庄。

胡杨树，注定孤独。

沙漠之上，秋日的艳阳，落在浅灰的沙粒上，闪着银光。

而不远处的昆仑山，一片迷蒙。昆仑山阻隔的天地间，仿若是在下沙，抑或下雪。沙与雪，混沌。但此处的沙漠，明净、爽丽、安然，像是昆仑之外的另一个世界。

几株胡杨树，以孤独的名义占据了沙漠空旷的怀抱。比起苍天般的额济纳，昆仑山下有胡杨林简直是个谎言。但我们正是朝着这个疑似谎言的地方奔去的。远远地，形单影只的胡杨树立在风中。那就是胡杨树了，你还想看什么？

那怎么称得上是胡杨林？那只是一片小小的沙漠。数了又数，活着的胡杨树不到十株，且都还年轻。但在秋光中，有三株胡杨树的皮显出了几分半老的纹路。褐黑皴裂的皮上，结了一些伤口。它们有的斜着身子，有的像手臂弯曲在沙漠里。它们的身上挂着不多的叶子，像少女的纱裙，有的已经从风中飘落在地。秋光让落地与没落地的叶子，都黄得抒情。

因为黄，落不尽的黄，无言的告别就难以彻底画上句号，它们在枝上恋恋不舍，最怕秋风起。

来新疆的新娘依偎着一个小伙，在那株弯曲的胡杨树前拍婚纱倩影。苍黄的光线里，新娘的红礼服与小伙的黑西装，线条起伏有致。而静止的胡杨树看上去愈加的沉潜、深远。

我想说，荒凉是一种等待。但不一定非要等到苍老。孤独的胡杨树还很年轻。

即使没有太多的胡杨树，来此走动的人们也并不遗憾，因为胡杨树的孤独代替了人的孤独。他们有的光着脚丫，让细软的沙粒，从趾缝中溜走，这种感觉好比柔软的光从树叶间穿过。我看见一个来自古城西安的大胖子，卷起裤管，敞开衣襟，在沙漠里微笑着大步流星，风吹乱了他额前的发，他平时在办公室严肃够了，面对在趾间疏散的沙，是否获得了另一种快慰与释放？他把认识或不认识的人统统呼到他身边合影，满脸的天真，笑得像个孩子。

背景里只有几株细细的胡杨树在风中摇曳。

我独自在沙漠里朝不同方向盲目地走了几个回合，发现有长长的车辙，一定是像风一样的男子，驾着摩托来看“疯树”的。

秋天，孤独的胡杨树，常常被一些艺术细胞浓烈的孤独者，喻为“疯树”。疯，显然是胡杨叶透明度达到极限的一种审美。沿着那条弯来曲去的车辙，我走了很远，最终原路返回。我知道，更远的地方是没有胡杨树的地方，那里的动物向往的一定是来这边看看胡杨树——我在地上发现了它们的踪迹。

在秋天，认为胡杨一定是疯了的树的，除了艺术细胞蓬勃的人，还有动物。

如果没有其他人在场，我一定留下来，等待揭开一只狐狸的踪迹。

最终，我拾起了两小截浮出沙漠的胡杨树枝。它们像千年出土的动物尸骨，一截如烟斗，另一截似狼毫，一个风姿潇洒，一个独立云天。于是，我决定将它们带走，唯恐它们再不走出沙漠，明天便要继续虚度。

它们困在沙漠里的岁月究竟有多久，难以考证了。不过它们细密的纹路已经褪尽铅华，灰白泥的枝条看上去很有光泽，细密的纹理干净得没有什么可隐藏的。若以人对照胡杨树的孤独，近一点的人我想到的有三毛、张贤亮，远一点的面孔就稍显模糊了，好比废名、孙犁洗了又洗依然穿在身上的长衫散发的气息。

辑四　纸上流云

被蚕遗忘的

成都到重庆坐高铁只需两个小时。除了穿过长短不一的黑暗隧道，窗外总能看见一些遗失在河边或田野上的旧居。它们的躯壳像挂在溃败的山体或坳口的稻草人，那些自知冷暖的树或错过收割佳季的农作物，以及在风中如残花败柳飘摇的化肥口袋，如同流浪的牲畜，停在路边张望着呼啸而过的火车。强大的雾气与低矮的云层，替代了曾一路缥缈如号子的长歌炊烟，它们因长时间看不到主人那张熟悉的脸，就这样统统没有了山地原有的生机与美貌。

火车来往，成渝之间，一片空落。

在 1997 年 6 月 18 日，重庆成为第四个直辖市之前，四川和重庆一直可谓是巴蜀一家亲，两地人民跳动的是同一颗心。然而，当这颗心被一分为二，同样的身体便有了不同的气味与属性。时光倒流三十多年，生在重庆偏南二百三十公里之外的盐都大地上的我，真正涉足重庆的光阴却十分有限。平生第一次鬼使神差毫无目的地伙同一个村姑诗人闯入重庆是三年前的事，这难道不可以证明三十多年来我的人生下过注脚的天地太过狭窄吗？

或许，情形并非天地狭窄。在长大后的二十年间，我的脚从盐都自贡沿着一条被岁月缝缝补补的“成渝线”一次又一次经过成都平原，伸向古老的西藏。来来去去，去去来来，有时甚至是黑夜，可从未因走错路或搭错车误入重庆森林。事实上，可以一点也不含糊地说，重庆就在故乡的身旁。这样说，倒是多了几分陌生的亲切。我知道重庆至今客居着一些我的故乡人，他们早年或因外出打工，或因读书考学参加工作，后来便直接抛弃故乡举家迁徙至重庆。虽多年不见其影，但在我心里，他们依然是故乡人，只是我们即使有重逢的可能性也难以再相认了。而更早以前，偶尔从父母的对谈里听到某个乡邻几经辗转终于去重庆的医院治愈了久治不愈的疑难杂症。现在想来，当年乡邻们提及的重庆医院多半是闻名国内外的第三军医大学附属西南医院（现陆军军医大学西南医院）吧。可见重庆对故乡的引力和助力在多年前已形成，而我却没有机会在人生的际遇里提前从故乡直奔重庆。

我没想到，在西藏的军旅岁月里居然结识了不少来自重庆的崽儿。他们或是领导，或是弟兄伙，甚至还有一些在训练场上挽起迷彩袖儿露出胳膊满脸灿烂的重庆妹儿，最终他们都以战友的身份收编或直接插入我曲折又漫长的集体生活。我们也曾以半个西藏人的身份对酒当歌，探讨艺术人生，其中不乏一些才子、佳人，他们在不同领域的艺术创作和成就，都给我今天的爱好起到了示范影响的作用。

是不是缘分的天空早已在我的生命进程里布下一张重庆地图？继而在多年以后的今天翻过雪山草地进入我的笔管，这隐秘流淌在巴山蜀水里云蒸霞蔚的深情厚谊？它要让我在与西藏解除一定的牵绊后，把脚伸到重庆信步朝天的码头，或将往事摆布于歌乐山下……

其实，就地理上的文化血脉而言，盐都自贡与山城重庆相通之处还真不少，雾是它们身披的同一件衣裳。无论是人们的饮食习惯，还是日常的说话方式，都存在太多的不期而遇，这些共性就像山离不开丘，而山丘之间顶着的是同一盆沸腾的火锅，里面翻江倒海的海椒被这两个地方的人共同喻为满江红。从一开始重庆与自贡就意味着融入意气的和谐、味美。因此，在过往历经的一些地方，我并不反对忽然听见陌生人说我讲话的口音有点靠重庆那边。

一个人与一个地方的相见肯定是被上天安排好的。因为天掌控着大地上所有的白天黑夜，天常常把乌云逼退，让雨洗过的天眼把大地上的人和路看得一清二白。人的一生，在何年何月，该往何处去，上天的旨意十分明确。只是天从来不说，因为天太含蓄。

因此，出门之前，我就习惯看看天的脸。有时，抬头看天的脸就像不经意回头看见父母站在大地上的脸，虽然他们有着惊人的相似，但我却不愿意把他们混为一谈，因为那是小时候村子里的哑巴用动作表达的情感。

把天地比作父母，哑巴这一招真是奇妙！

如果有人执意觉得他与一个地方相见恨晚，最好的办法莫过于坐在华灯初上的江边，让风儿把头发吹乱，然后，什么也不说，独自握一把沙，看那些彩色的楼宇倒映在水中碰撞出的迷离光线，随沙粒从指缝中溜走。那个从歌乐山烈士陵园走出的村姑诗人就是这么干的。之后，她把双脚放进游人如织的水边，像一个悲伤的青年，弓着身子，看自己在水里的影，而水或许已经读懂她的表情，她与水好长时间都没有抬头望一眼岸上的我。

那是一个五月天，我在重庆的朝天门码头上热得一言不发，只看见那么多色彩在河边飞奔或纳凉，他们像赶潮的人儿，携着几分期许。即使那个从南川赶来重庆看望村姑诗人的读者滔滔不绝，我依然毫无谈兴。我只顾盘腿坐在高高的码头，额角大颗大颗的汗珠子，抢先浸透了我尚未被风吹干的白色衣襟，比猛兽还凶猛的高温从火缸里逃出来再一次用舌头舔热了我的背和心。她们躲在江边一角，到底聊了些什么，我一无所知，只听见村姑诗人不时地放出一句：热得要命，以后再不来重庆了。

我忍不住笑了，但无人听见我的笑，因为那时只有风对我的笑感兴趣，可是风的威力毕竟敌不过火。五月的重庆，风可以成为救命的稻草，当江面上有了动静的时候，狂热的沙是从天空上下来的，它们像一把把锋芒毕露的刀子，劫走了女诗人带不回成都的重庆故事——江姐、小萝卜头、张露萍，这些曾在我们童年的教科书里教育过我们这代人的革命先烈的故事，它们像蚂蚁爬行在热锅上的歌乐山烈士陵园，也爬行在一个女人与女孩在江边比风更轻的声音里。

再次涉足重庆，便是2013年10月的事情了。因为文学，因为两颗心对文学共同的敬畏，我接受了杨先生为一本即将在重庆诞生的华语纯文学杂志建言献策的邀约。那天，细雨中呼喊的火车一路涉过蜀水，巴山重重，雾霭重重，阴雨乱飞。如此氛围却引得杨先生诗兴大发，他即兴作了几句有感而发的诗，逗起了大家的热情。用个人的声音传递大家作品的灵魂是杨先生的文学理想，听得出，杨先生蓄势待发的声音已为此间文学新的命题做好充分准备，这无疑是在经济腾飞的时代对文学的一种接力。去往铜梁的路上，他用不同的声音深入《简·爱》《尼罗河上的惨案》《百年孤独》等著作的精彩片段，不由让人怀想因《夜幕下的哈尔滨》一播便家喻户晓的王刚那特有的魅力之声，而西班牙的塞万提斯以及今年刚荣获诺贝尔文学奖的加拿大女作家门罗的作品，也在他极富感染力的激情演绎中，赢得几位同行者的赞叹。

铜梁的旅程，谁说不诗意呢？显然，杨先生是长期活在诗意中的人。对于当今太多人在呐喊生活不能承受太多重压的时候，杨先生的生活态度显得弥足珍贵。换言之，诗意的铜梁之旅，有雨，真好！它为我们即将抵达一个十分人性化的小镇平添了几分温暖与祥和。

下渝遂（重庆—遂宁）高速公路，拐个弯前面就是安居镇了，英雄邱少云的故乡便在此。睡意蒙眬中，依稀听见大家还在议论铜梁一个熟悉又遥远的人名。我想不出邱少云的样子，但隐约记得小时候与伙伴们在放学路上争抢过封面上印有邱少云火光中被困图像的小人书。一方水土造就一方人，邱少云与铜梁已成为重庆乃至中国红色文化的重要坐标，而他当年埋伏战地，为了不暴露目标，任烈火在身上烧了半个多钟头仍纹丝不动，直到牺牲前的最后一息，都没发出哪怕是极轻微的一声呻吟。此壮举，已成为一种精神力量。

英雄的情感最孤独，我常常为英雄的命运反思，可我注定无法成为英雄。许多时候，我为自己身在这个强大的时代而内心处处产生遗憾！

安居镇地处琼江与涪江交汇处的南岸。对于涪江，我并不陌生，我想起经常食用的脆生生的榨菜便产自涪陵。铜梁离涪陵远吗？在未抵达重庆之前，我对铜梁乃至安居镇都是相当陌生的，在西藏军营的那段时光，铜梁这个地名偶尔从战友的嘴边擦过却并未引起我的警惕，仅字面上的“铜”和“梁”，当时给我更多的是青铜一般沉甸甸的遐想，那是中国汉字本身具有的质感赋予敏感之人的遐想，它殊异于一般人对文字的认识。那时，我没想过有一天自己会因文学踏上战友嘴边擦过的这片土地，我来到战友的故乡，可我不是来看望战友的，我为杨先生保有的难得的文学情怀而来，为他为了散落在民间的思想而购置并营造的文学岛而来。从某种意义上讲，文学依然可以成为坚守者温暖的信仰。

我们乘机动船过江直奔琵琶岛。

有关琵琶岛这个名字的来历，我并未询问杨先生。难得多想，既然出门了，就彻底忘掉都市，在大自然的世界里多看多思多想吧，或许眼前的琵琶岛单单是因它的形状而得名。一把琵琶横卧在涪江的水面上，远看它更像一头卧在水边听风的老牛。它在这里安居多少年了？它究竟听到了什么样的风声？岛上密密麻麻的野藤生长在那些古老的桑树下，它们的野把几幢废弃的土砖结构的楼房也包围了。房子是三层的青砖楼，因岛上的潮湿气温，砖瓦早已被风雨洗黄、洗白，甚至很快就要接近泥土的本色了。这人去楼空的房子，隐掩在遍地桑树的荒岛上，那些人究竟去了哪里？

岛的斜对岸是白墙灰瓦错落有致的民居，它们的窗前高擎着大红灯笼，风雨中恍然一眼，感觉那是苏杭江南，它们是在呼唤岛上的人归来吗？这野草疯长的旷野之地，已成鸟和蛇的天堂，树与房之间到处被蜘蛛网占据，那些高大的烟囱曾经是用来做什么的？前方的芦苇已经把去路阻挡，而岛的周围，除了水，便是山。

在雨中，山水给人的感觉总是旋转的，只有岛在静止中像一只船停泊在水中央。

原路返回中，我心存疑问，但并没有向陪同我们的安居镇工作人员打听。就在转身离去的瞬间，我惊奇地发现岛上有秘密。

在我将手机对准墙角几个红色字体的时候，“严禁在蚕房周围逗留玩耍”告诉了我琵琶岛的过去。不用多说，这些房子曾经是蚕妇们的产房，而那些烟囱也与蚕有关。这岛原来是用于培植蚕种的基地。这样的红色标语烙下了深深的孤独色彩，至今令人无法用眼光去消解它隐蔽的太多暴力，它就像被火烧红的铁一样生疼地烙上人的灵魂，让人无法获取从心灵到行为的释怀。倘若把它换成“春蚕到死丝方尽，蜡炬成灰泪始干”不是更能体现蚕与蚕妇的关系吗？

归去的路上，我迅速用几张亲自拍下的照片发了一条微博：“一条江，一只船；一条蚕，一棵桑；一座房，一片芦苇荡；一把伞打雨中走过，却不敢回头，因为岛在那里！”

不料，正是这条微博，无意中引出了这篇文章的重要线索。起初是不断接收到天南地北朋友们的“赞”，继而有远在西藏珠峰脚下的戍边人何海斌的评论：此地我一定去过，那年冬天，为护送一名退伍兵乘船过江。

或许，冷静审视之后，这样的评论都不足为奇，但我还是久久地念想着两名军人当年过江的景致。可奇特得令人难以置信的事发生在后面，它比军人的画面更富有戏剧色彩，或许她的出现，就是一部文艺片，她让我不得不相信，这世间有一种神奇的缘分每天每时每刻都有可能联通你身体的某根敏感神经！

微博引来了同样热爱文学并在生活中实践文学的余氏女子。这余氏女子是重庆何许人呢？我并不清楚，但她的确算得上我多年的读者了。在网络海洋里，余氏女子有个不俗的名字叫“紫陌”，早年她一边荐稿，一边学习写作，近年，她彻底放弃荐稿，进入写作的环节。曾经我被《读者》《青年文摘》等杂志转载的不少文章，都是紫陌的荐稿。大概想来，也是因为她一次次的荐稿，我们才得以认识吧。可又想来，紫陌似乎已从网上消失有些年头了，她怎么会忽然出现呢？看了我的这条微博，她兴奋地在我的微博下面留了这样的文字：

怎么？凌老师，你去了安居镇蚕种场，我当年实习的地方？

啊，这回该轮到我惊讶了。

怎么那杂草丛生的地方居然是你实习的地方？这未免太奇妙了吧？你当年一定在那墙角逗留玩耍过对吗？我甚至斗胆地猜想，当时你的衣袋里揣了一只正在吐丝的肥蚕子。

哈哈，没有，你欲知我当年在那里的实习生活，可以去翻看我的微博！

几天后，我回到成都，找到紫陌曾经发布的相关微博，反复读了她当年留在琵琶岛上的青春记忆。几条简短的微博勾勒出那是一座女人的岛，也是一座迷人的岛，更是一座舞蹈的岛。

那是1987年初夏的事情，佘氏女子从位于重庆北碚的西南农业大学（现西南大学）蚕桑系前往铜梁安居镇上的琵琶岛蚕种场实习，随她而去的是该系蚕学专业的五十名朝气蓬勃的大学同窗。

制蚕种的佳期一般在每年的4至6月，这也是蚕农们最苦最累的时节。当那些排着队的男女生将一床又一床的蚕床举过头顶，从一个蚕房送到另一个蚕房，累得直喊腰酸背痛的时候，婀娜多姿的佘氏女子便像一只正在蜕变的蚕，她不认为这是多累的事情，与男生不同，她消解疲累的办法是舞蹈。只要她开始舞蹈，整个岛上的人都会为她沸腾。据说余氏女子是西南农业大学蚕桑系最会跳舞的人。

一个周末的傍晚，当星星在夜空出没的时候，余氏女子将双卡收录机提到楼顶，用双手向楼下做喇叭状一呼，一场舞会便在楼顶上开始了。那时，担任他们舞会首选伴奏的便是费翔在1987年春节联欢晚会上演唱的《冬天里的一把火》，实在是流行呀！

然而，当一场舞会狂欢之后，屋顶上便只剩下余氏女子一个人的孤独。其实，那仍称得上她一个人的狂欢。她仍在舞蹈，一个人的舞蹈，没有人欣赏，只有如水的月光相伴。她说她是跳给月光看的，其实她哪里知道，岂止是月光，一个岛上的蚕儿们都在蚕房里，静静地看着她在屋顶之上的舞蹈呀！它们用吃桑叶的声音替她的舞蹈伴奏。蚕懂了她的心事，可她并不懂蚕。当初上大学也是家人替她选的这个与蚕有关的专业，她自己并不喜欢，所以要懂蚕就更难了，最终，她的舞蹈并没融入蚕的元素。

这或多或少给她个人热爱的舞蹈艺术留下了无法补白的遗憾！

可以想象，岛上也有苦闷的夜晚。她想过如何从一只蚕变成一粒蛹，从一座只有蚕宝宝陪伴的孤岛上突围，但她的速度远不如一只蚕在一片桑叶之间的穿行。她围着蚕房盘旋了一圈，始终无法走出那一片桑树林，林中那千丝万缕的蚕丝编织成一张张巨大的网，笼罩了她望远的旅程。才出校门几天，她便开始念想北碚的校园了，可回到房间，隔壁传来蚕吃桑叶的沙沙沙的声音，那疑似雨声的蚕食声，无数次覆盖了她出走的梦境。后来，她只好戴上耳机，什么也不想了，聆听吧。

那些星月无语的岛上之夜，她心中小小的蚕，与她共同聆听着贝多芬的月光，正在做茧。那绝对称得上是一种可遇不可求的禅意！

岛上的时光，一个女人把所有的秘密藏进了茧里。那是一场文艺梦，我能想象余氏女子像顾长卫导演的电影《立春》里的王彩玲那样，永不放弃地追求着她的梦想。而她化茧的过程，便只剩下了白茧般空薄的回忆。她并没有在舞蹈上取得成功。那些蚕的种子如密密麻麻的油菜籽从一张薄如蝉翼的纸上延伸到一个又一个地方，它们每一次蜕变都将换一个地方，直到被放进米筛或簸箕里，待到身体肥圆之后，又将被蚕农捉到金黄色的麦秸垛上吐丝，直到消失……

余氏女子也像蚕一样，在蜕变中辗转了不少地方，她注定再也回不去的岛上，如今荒芜一片。后来，她沿着记忆又去了岛上，可只看见孤单的老牛被困在江边，牧童早已跟随船上的商人赶赴山城重庆的辉煌灯火去了，只留下一行白鹭在水边萦绕着手动渡船起起落落，它们就这样年复一年日复一日地在抒情的水影里安居着。

镇上的老人望着这个曾在岛上舞蹈的女子，皱了皱眉头，喃喃地说：“你怕也跳不动了吧。”岛上的蚕种场随着丝厂对环境的污染而倒闭了。

蚕没有了。养蚕的人也越来越少了。

那是她一个人的岛。可那真会是她一个人的岛吗？

余氏女子以为绝不会被一个外地人涉足的岛呵！

一个女人的岛，很快就将成为杨先生酝酿的文学岛。未来，这里有来自世界各地的艺术家们住在岛上的别墅里品着咖啡聊天、创作。当然也将有世界级重要的文学奖项从这座岛上诞生。此时，我坐在成都一个名叫朵藏的地方，落地窗外便能望见那一列往返于成渝之间的火车，每每望着它小小的身影从芙蓉花下静静掠过，我在成都的心便容易把重庆想象得过于遥远，我知道这是因为我心里驻了一座岛，蚕已消失的岛，难道它真的很遥远吗？

放下手边正在翻的卡夫卡的《变形记》，我走到窗前，遥想余氏女子的前世会不会是一只蚕。她究竟受谁的指派要把世界上太多未知的繁荣与衰败告知一个素昧平生的隐形人？是不是现实中，她找不到那个可以面对面讲述的人，便通过水路从巴山穿越蜀水，带着那么多蚕爬行在一座废弃的孤岛上，观望着1481年明朝在安居建县的情景？那时的安居或许不是春光但胜似春光，涪江的水一定可以照见天空的眼睛，而在清雍正1728年，安居并入铜梁后，余氏女子说那更是一派飞黄腾达的胜景，因其独特的人文资源，安居被列入中国历史文化名镇，“百强乡镇”，商贸中心镇。试想，安居有了大批艺术家的入住，这片圣地便可以让更多的人安魂了。

她一直在世界的隐蔽处躲藏着，她是在等蚕吗？

只可惜杨先生至今并不认识曾经在岛上陪蚕宝宝做梦的余氏女子，而余氏女子更不认识杨先生。这两个看似没什么关联的人会因文学这件事在他们共同拥有的岛上相遇吗？在场的杨先生无意之中安排了他并不在场的一切，我觉得他是个神人，因为他至今并不知道我叙述的这一切，那些被蚕遗忘的……或许，只有蚕知道。

一年后的2014年，大概是11月了吧，同样是因为文学的事情，这次不再是我一个人的重庆之行了。陕西、四川、重庆，如同西部文学的三重奏，三个篇章里承载有西部不同的文学属性，因为问路三峡，我们形成一支浩荡的文学队伍，在巴山蜀水间穿梭。

我们不仅仅属于西部，每个人都有自己建构的“巫”。

相信时间

把岁月活明白了的人，即使残缺的几张旧报纸，挂在被风随意吹过的墙上，都像是有温度的招牌。

我的中文老师黄先生撕挂历的身影，在我的印象中尤为深刻。那时，到了年关，他总会在年货市场泡上很长时间，像品鉴艺术品那样，精心地挑上几个满意的挂历。他拒绝过分厚实的铜版纸，一律选择轻薄素雅的宣纸挂历，当新年礼物送人后剩下的那一个挂在自己书房的角落。然后，对着从墙上取下来的那一个即将结束暮年的挂历，陷入爱不释手的回忆。他看了又看，卷了又卷，忽然又全部展开，放在地板上，平平整整地将它们捋一遍，挂历上的日子，在金丝眼镜镜片下如同菩提珠子，每一粒上都有一层深不见底的尘埃。

在他高高的书架上，有一堆垒得再无空间可躺的挂历轴，都是过去一年年的时光碎片，他舍不得扔。接着，他便小心翼翼地将挂历上的衬页撕去，保留拓页上的中国画，说："这个是齐白石的，那个是傅抱石的，你看还有徐悲鸿和吴冠中……都是名家，貌似原件，你有空拿去裱一下，可当艺术品欣赏呀！"

当时的我，对此不以为意，想着过期的画，最好将它彻底翻篇作废，留着只会徒增悔意。我傻傻地望着它，不知所措。那时的我常常身处逆境多于顺境，比如军营生活不太顺利；习惯天真地不食人间烟火，遭过来人打击；一心想要纯粹，却又不堪承受现实；越是被人叹息你不会来事怎么生存，我越是感到寂寞是个深渊。此时，黄先生会趁我发呆时，伸出冷冰冰的手拉一下我后颈窝的衣领，说："你别听那些胡说八道，坚持自己，相信时间。"

黄先生相信时间，就像诗人食指相信未来一样坚决如铁，可他连自己究竟是哪一年出生的确切的证明，都在战乱的香江遗失了，他更没有见过自己的父亲。有时，他会在挂历的某个数字上，暗自涂几个符号，像是圈定了一个天大的秘密。

当问起他上面勾勒的是什么秘密，他会立马将之一笔勾销，或涂成乱麻一团。有些话在心里痛着，比随即用嘴说出被风随便扔掉要好。若是再被逼急，他便当场将其撕得粉碎。然后，幸灾乐祸地哈哈大笑道："秘密？有谁知道时间的秘密？"

我几乎从没有正视过挂历上的日子。似乎年轻从来不在乎从指缝中溜走的似水年华，感觉总有一种力量在眼睛里闪着一丝光亮，以为自己可以随随便便打败时间。可当有一天毛不易的那句“怎么二十多年到头来，还在人海里浮沉”的歌词，从地铁人海中钻进耳朵的一瞬间，我抬头便从电视上发现那个正为读者诵读《锦瑟流年》的人，已经提前“苍老”到了可怕的中年。我不敢问身边任何一个匆匆的过客，那是我吗。尽管没有一个人认识我，可我依然悄悄低着头，一口气跑出了地铁站。

不经意回头，隐隐约约发现见识我真面目的时间，从没缺席对人的偷袭。它一直如影随形，像无孔不入的洪水猛兽从地底陡立的阶梯钻出来，朝人群中的每一个我不顾一切地撵去又扑来。那一刻，我背对挂历上密密麻麻的数字，感觉一支支锋利的箭已瞄准我的背心，可只要我不甩头主动瞅它们，迟钝的它们就提不起兴趣将我万箭穿心。有时，当我迟疑的眼神不经意扫过它们的面庞，它们就反应极快地变成一把把锐利的凿，它们许诺愿意陪我蹉跎时光，可手握权力的人谁也无法查封它们的欲望，除了得寸进尺地催人老，它们的核心价值是要雕塑每个人的一生。

于是，我不得不正视时间的存在，却又无力扯下它的面具……

光阴送走大雪和小雪，友人便送来台历和挂历，他们可谓多才多艺，为此，我曾写下《送我时间的人》。挂历上既可赏析他们精湛的艺术作品，由此也可见他们雪絮般的孤独与一尘不染。

就在小雪点亮华灯的窗前，一名刚从美国归来的旅者，风尘仆仆地给我送来一本庚子年的挂历，尽管上面的日期都是英文的，但一点不妨碍我领略美国黄石公园著名景点时的欣喜若狂：画家调色盘、老忠实喷泉、大棱镜喷泉，还有仙境般的猛犸象温泉等。那如梦如幻的色彩，比普通的照片更精细逼真，让人越看越炫目，恨不能跟随一朵雪花降临其境。

我想，这年头送挂历的人越来越多，于我究竟意味着什么？时间的强势不可阻挡地欺侮每一个生命，也创造出世界无限的生命奇迹。时间于人的馈赠看似平等，可如何分配好挂历上的时间，这的确是一个值得每天更新与总结的命题。随着挂历的返璞归真，与阅读挂历者额头突显的深纹路，日渐丰盈的我已到了无条件可讲地接纳所有日子的意味深长或平淡无奇的境地。当然，挂历也不是逢人便送，除了表明自己大隐于市的小众品位，可遇不可求的是伴随时间成长的共同趣味或灵魂，更多的是想让彼此懂得人生的难处与境遇。

因为懂你，所以珍贵。

车窗外的风景

在北方，一马平川的北方，人坐在车里，同样的车速，窗外日光下一排苍黄的速生杨，焦褐的大叶子，看上去有种被烧灼的味道，它们在许巍的歌声里如长驻的少年，仿佛要让初来乍到的我一次看个够。辽阔的玉米地，远远出现的白头巾的影子，开拖拉机的农民，载着堆积成山的玉米秆，摇摇摆摆从田间驶向村庄。

这样的画面从窗外慢镜头一样后移。

我以为我们已经走了很远，在一条坦直的高速公路上，并排行驶超车的概率极低，来往车辆比视野里不断闪现的房舍和商店更稀疏。那些后移的玉米地和路边的速生杨，并未移步太远。在北方，车窗外的风景，不适宜用“消失”这个词语代替速度，因为车里看风景的人，几次回头，那些原风景还在歌声里踯躅。

若是在南方，我来时的南方，窗外的丘陵、河流与花草树木，早已一晃而过。小卖部、路人、屋基、庄稼、猫和狗随处可见，防护栏之外的零散风景，和公路如胶水般粘贴紧密。它们在车窗外，就像诗人约瑟夫·布罗茨基的诗句——波浪在波浪似的窗帘后面跌落。南方风景的丰富构成，是单调北方没法抗衡的。

原以为这是南北行驶的速度之差，究其原因，是窗外的参照物发生了微妙变化。因为近处障眼的植物、建筑和人皆不多，苍凉和空旷无限拉远了视线。还有一种可能，透明的阳光也在发生作用，感觉上的缓慢便成了思绪的一种迟疑。

在南方，车窗外绿色的屏障从不稀缺，随时把人的视野填得满满当当，来往的车辆密集交会，惊心动魄的是蚯蚓般的地理路线，在云雾重重的视线干扰下，风景在车窗外闪得比下落不明的云朵更快，这不得不升华关于速度与激情的敏感认识。

“风景旧曾谙”，放到北方天空下是恰当的。当然，我不是指我去过的北方，风景有多么熟悉和美好，这仅是车窗外扫描的印象。而风景永远新鲜，更适合拿来见证南方流动的时间。在北方，10月的景物已开始萧瑟，一些绿已成枯。而在南方，一年四季绿遥遥和路迢迢融为一体的写照，常常让看风景的人，进入奇幻的想象之旅。

几年前，我曾跟着一群跳广场舞的人，去一个名叫米亚罗的地方，看山上的彩林。成片成海的林子，红色成了山林的主打色，与舞者们手里的道具纱巾的红，形成一种呼应。

层峦叠嶂的彩林，车窗外游走的五光十色，在川西的一座高原上，呈现出童话般的世界。

当我透过车窗，望着这片梦境般的林子越来越近的时候，脑海里突然浮现出李可染的名作《万山红遍层林尽染》，心灵的窗户顿时涌进多元的矿物岩彩，像是产生了人在画中游的体验。回过头，舞者们早已开始了她们的手舞足蹈，仿佛一件件被时光遗忘的往事，从她们手上飘动的红纱巾里失而复得。其中有一个是我的姑姑。她关闭已久的心窗由此打开，一张张风景明信片成为大自然馈赠的礼物，她不知她已经住进一个心旷神怡的词语里。

舞者们脸上绽放的灿烂和青春之光，完全可以同山中的彩林媲美，由此我鉴赏到她们自己内心从未鉴别过的风景。当我把悄悄抓拍的照片，递到姑姑眼前时，她满脸紧张地双手捂住了嘴巴。

“天啦，这是我吗？怎么会有这样的笑容？”

“是你，当然是你，少女一样的你……”

那一瞬间，多少心动的画面倒回她飘满落叶的小径，也许只有她眼中闪亮的泪光记得。舞者们过去起早贪黑的光阴，大多交给了工作和家庭，姑姑的心窗关闭了太久太久。

车窗与心窗，是两个关乎审美的重要载体。适时的打开，有助于让风和阳光，以及更多的风景跑进来。别忘了，摁下音乐的按钮，调整好思绪的目光，有了风景的一路伴随，寂寞也拿你没办法。

因文学之缘，我常受邀去一些地方采风。许多跨省的邀约，先要乘坐飞机，再坐火车或汽车。异乡最初的风景，透过车窗一步步抵达眼底，慢慢形成一种辨识。车辆行进的速度，决定着人体会的深浅。但有一帧车窗外的风景，只是因为不经意遇见，从此便再也无法忘记——

那是中印边境线上的西藏。

太阳的光斑打在茫茫雪线上，我们的车在雪山湖泊的倒影中，笨重如蜗牛缓慢独行。远远地，突然出现一个或多个站在路边朝我们行军礼的小男孩，顿时撞击眼球。寒风吹彻，他们天真的眼神，仿佛刻进了冷霜，他们举起右手的表情，绝不亚于一个饱经沧桑的军人受到的肃穆洗礼。

建昌一夜

到处都是泥巴夯筑的墙。

墙与墙，组合成一个个绛黄色的宅院，从上面仿佛传来藏地遥远的打夯歌。那些头裹花毡的女人，在歌声的律动中，把手中的杵，以舞的劲道，让柔软的泥土，一点点变得坚不可摧，变成铜墙铁壁。

可这分明是彝族人聚居的土壤。

那么多宅院聚拢在一起，并不是每条巷子都可以曲径通幽。但房脊上的瓦有一种青灰色的幽静，十分通天地之精气。站在古城墙上俯瞰，一眼即可回到千年以前。有时，走出一扇门，拐过一个小弯，眼前便别有洞天。流水的声音，石上桃花三两枝，水塘里的鱼儿正在睡莲的护佑下，做一个千年大梦。

建造师也在这里做梦。

他从浙江把一个梦托运到苍黄的古月下，他要让吟咏过苍月的古人，看见一座城池在现今的建昌复活，让生态的蛙声以交响乐的形式把李庄的历史叫醒，让博物与非遗交织的文化之光，照见尘埃落定之后的嘉绒净土，从而把时间的安详和尊严，还给一群普通的居民，以配得上丰富、自信、向前发展的祖国。

我乘一列从成都出发的绿皮火车赶来，撞见一名白衫飘飘的女子，恍惚以为是在江南，千年以前的盛世江南。不由想起梁思成等人的中国营造学社，岁月剥落的斑驳意境，现代建造者让它当初的模样在纸上重现。建造师拒绝电脑的拼接，而是采取千笔万画的手工，不厌其烦地日夜绘就，如同丝线花针在干枯的海子上跳舞，好比春蚕跋涉季节的沧海桑田，让散落边地的心，重新回到安宁的边城大地栖居。

回过头，所有钢筋水泥的门都成了城市复制的防盗门。每时每刻，都被一个叫作“警惕”的词，关得密不透风，马蹄声和汽车尾气进不来，陌生人别想进来，风和阳光进不来，花鸟虫鱼就更别想进来了。

建昌之门有六胆韵卉的审美意味，无论是朝向不同的城门，还是夕照黄昏的宅院之门，大门小门始终是敞开的木门。在风中，它让我想起一种旷远的安宁和通达。门的悠远、门的含蓄、门的文雅、门的清新、门的豪迈、门的胆识，构成了一座古城的辞章。遗憾的是，有些西昌人记忆里的古城门，一直被思想关闭，他们宁肯去安宁河畔拜访深居山野的索玛花，也不愿踏入建昌半步。

宅院里的老树和小花，以及宅院里的人，习惯昼夜将门敞开。这是他们像风一样的生活状态，也是他们开放迎客的姿态。阳光和风从他们的碗和筷子间进来，月光踏着细碎的步子从他们的舞蹈中来，星星和鱼在天边追着风筝来，一片落叶从雨滴中驱散尘埃而来……

总之，城的门，关住了建昌，关不住边地的月光。

城门下，披着“察尔瓦”的小黑哥和一身摆裙的阿咪子，喜出望外。他们成了众多摄影师长镜头里的主角。事后，才知他们乘坐波音飞机经过长达二十几个小时漂洋过海回到建昌，只为找寻爷爷的爷爷留在这里的旧时光。

别后，没有回头，就连影子也跟着回到尘世。我在安有密码锁的单元门中，常想起建昌的散发木质气息的时光。我很想用简单的词描述出建昌的味道，可时间只有短暂一夜，我能说出的，除了建昌夜雨、流光溢彩、月光雀斑，唯有木质里浸润的滇红气息，以及索玛花从山下爬上来的层层隐秘之香。

曾经穿过安宁河谷的风，沿着一个名叫普威的小镇，走过那些满面皱纹却远不及高原之糙的山脉，一心去摘那些散发着水晶光芒的梨子，我不曾打量这座被喧嚣邛海掩蔽的古城。它不仅仅被邛海掩蔽，在我看来，也被歌中传唱的索玛花的意象掩蔽。难怪当地作家吉布鹰升，知道我抵达了建昌，却从不问一句建昌，他不声不响地给我发来他置身山野的画面，那些正在绽放的索玛花，满地绚烂，如散落的羊群影影绰绰地包围着他。

我想从吉布鹰升的印象里，听到不同维度的建昌审美。作为初来乍到的旁观者，不语，更趋于合理。可他除了约我去昭觉看索玛花，只提了一句：曾经进过人山人海的古城。作为知情者，他话语中的度，我不能轻易地勘破。

建昌的重现与光彩，与时代中提速的新成昆线不无关系。如今，人们的审美与怀念，总是一意孤行地赞美从前的马车何其之慢，慢到爱一个人，用一生跋涉的旅程都不够。可现实中，曾经白天黑夜地乘坐火车赶赴安宁河，感同身受过火车太过缓慢的劳顿，毕竟八九个小时的周折呀。现在好了，旅程已被压缩一半。现在的年轻人，喜欢追逐财富与成功的单一故事，渴望成为故事里的主角，但很少能够讲出具有重要内涵的故事。眼前的建昌，不缺故事，建昌在前，西昌在后，这座卫星城的火力点，常被世人的目光聚焦。它的故事注定被从时间中赶来的人们，承接打捞。

读懂一座古城，远比读懂一个古镇困难得多。毕竟天下古镇早已失去古意，千篇一律的复制，让千人万人走马观花，无中生有的嫁接与强行衍生的空洞，泡沫式的概念包装，就连小商品与特产食物也大同小异。可古城的重建无法复制，建城人容易被困于城中央，因为真正的古城都有古人的面孔和脾气，以及命运轨迹和建筑艺术的特征。建昌值得耐心地读，并且需要安静与理智。建昌的细节，始于碎裂重建的过程，它的文化着力点是遗址之上的掘进。慢慢诵读，慢慢永恒，卸下红尘背负的重重的壳。

在建昌，不管是哪扇门，都可以通向一口井，那时的人们可以端着饭碗，依偎在井边，对着老井里的苍月讲故事，你吃我碗里的，我吃你碗里的，尾随身后的小猫小狗，甚至鸟儿也会跟着人走亲戚一样亲热、真诚、自由，毫无尘俗之累。

如今，苍月如明镜高悬，古井里的故事干枯太久，只有等远古之水回来，沉淀丰富之后才能汩汩溢出。走在凹凸不平的石板路上，把历史当作一块石头，甚至是碎石子，让擦肩而过的风，在石子上留下深浅不一的脚印。

每个旁观者，都是建昌的一粒石子。

可是豆大的雨点，打乱了夜色降临的秩序。雨落下来，淹没了火塘，东躲西藏的人们，像是战火纷飞的道具，灰烬意味着人烟散尽。

万古不语的苍月，心有不甘地在云彩里翻转、摩擦，甚至发出精灵般的怪叫，即使被乌云遮断，即使被雨水打湿，即使满脸被天空染蓝点黄，也要借助风，向上升，苍月的高度与信仰是不顾一切地照亮古城。

偶尔的嘎吱一声，那不是人的进出，而是风的来去。在建昌，所有的开门或关门，都来自太阳和月亮的监视，而风就是门的把手。

那一夜，我的目光在古城墙的蓝之上，在云朵之上，在雨水之上，在风声之上，在雷电之上。

我听见彝族人唱山是山，唱云是云，唱雪是雪。在索玛花开的声音里，我在静静地等待建昌醒来，那若即若离的歌声，穿过一扇扇风中的院门，比土豆泥更绵，比燕麦更香，比火焰更暖。

掩　藏

从香港探亲归来的中文老师，带我去拜访一名音乐家。不料，音乐家就住在我工作的歌舞团隔壁。老师介绍我是刚调来的文学创作员，音乐家含笑点头，轻盈的指尖在琴键上妙曼舞蹈。此处是不是该有歌声？我心领神会到老师眼色里打来的暗号，他要音乐家检阅我的演唱水平。

我清了清嗓子。

她举止优雅，试探地给出几个音调。

唱的什么歌，记不太清了，反正赢得掌声阵阵。其中一名鼓掌的是音乐家的先生，老师和这名先生是发小。当清脆悦耳的琴声在黑白琴键上戛然而止，她转过身轻柔地说："小伙子，音色不错，再来一首吧。"

我又开始了歌唱，唱的是草原上流行的"高原三星"的歌曲。我有火力全开的架势，特别是副歌高潮部分，我在原唱的长调基础上，带入了几串具有民族特色的装饰音。唱完了，她递给我一杯白开水，镇定自若地瞅了老师一眼："这小伙子具备当歌手的条件，他的演唱感觉和舞台形象，不会输给学声乐的同龄人。"

老师抿嘴一笑。

我不置可否，既不表示欣喜，也不表现轻狂。面对权威专家或各路能人，我始终不卑不亢。

她站起身，为我示范舞台表演的演唱表情、举止与手势幅度。在她的客厅里，除了一架古老的钢琴，墙上挂满了许多红极一时的歌手的靓照。这名满头银丝的音乐家，全国大大小小舞台上常有她的学生们活跃的身影，门外时常有找她拜师学艺的年轻人造访。术业有专攻，闻道有先后。她不无骄傲地讲起歌手们各自的成名史，但我既不惊叹也无羡慕。一名桃李满天下的音乐家，有几个明星学生应该不是奇事。

尽管有一些小地方的商演老板通过朋友找到我，并且开价不菲，指定我唱一些大街小巷正在传唱的歌曲，可我的心思一点不在舞台上，统统没有商量余地，选择拒绝。音乐家的话，在我这里很不奏效，我更在意如何构建一个人的文学世界。当然，这并不是我蔑视歌手的职业。相反，我开始为一些歌手创作歌词。

中文老师的多次建议，我也没当回事。只是打心底自觉保持热爱歌唱的能力。经年以后，他的话依然让我对人生掩藏的命题产生重大怀疑："年轻人，你应该往演唱方面去拓展自己，多一些路子和选择不是坏事，何况你并不是没有这方面的条件。”

机会来得这么“唐突”，有时，甚至让人猝不及防。

人们通常认为，机会是专门留给那些有准备的人的。殊不知，机会之所以成为机会，是机会喜欢选择那些毫无准备的人作为挑衅对象，看你有没有勇气与自己搏斗一回。有些机会，事成后反观就是一层窗纸，轻轻沾一指口水，就能将它的真相点破。我的第一部散文集正在市面上行销，北京的一名编辑突然找到我，他们想出版我最新的散文集。编辑还主动提出可以预支一笔费用。这等好事，我想谁遇到都可能受宠若惊。可编辑说明预支费用的安排，我才知道这并不是书稿的稿费，而是一首歌的制作费。对方请我为这部散文集创作一首歌，并且由我自己来演唱。几乎没有半点思量，也没有任何犹豫，我欣然接受了素不相识的编辑的“挑战”。

兴奋得有点用力过猛，笔尖控制不住捅破夜的束缚，蓝墨水在笔管里奔涌，落在蓝丝绒般静止的天空，那沙沙沙的喧嚣的孤独，如漫天飞舞的细沙，仿佛要洞穿天机。歌词在夜色隐隐的空白纸上，如一行行浮出水面的锦鲤，吐露着圆圆的气泡，肥胖的脊背闪着摇摇晃晃的光芒，几句副歌不由分说、自带旋律地跑到嘴边唱唱哼哼，一首歌词就这样被定夺。我迫不及待地找身边的作曲家谱曲，与长期合作的音乐人沟通编曲事宜，然后准备进棚录音。

谁知，就在录音棚，我遭遇了致命一击。

平时多是陪歌手到录音棚录音，以为自己写的作品，可以给歌手一些情感表达上的指引。透过明净的隔音板，我们在热闹的外头，歌手在孤独的里头。我们的热闹，至少身边有看得见、摸得着的录音机、调音台、音箱、数字效果器等设备作陪。歌手从空荡荡的里头传递出来的寂寞歌声，任随录音师在调节音源的音色、音量、平衡度、噪声之间删除或保留。录音师的叹息声，比我们听到的歌声更能令人产生记忆——这句再来一遍，那个咬字可以轻一点。有时，我也会对里头的歌手的演唱表示不满，明明创作者的歌词形容的画面应该是这样的，歌手唱出的感觉却相差十万八千里，与创作者脑海中的初始画面无法融合，难以产生共鸣。

我一次次语重心长地对歌手讲："你能不能放开，或者再放肆一点，就像一只雄鹰面对草原和山岗，它决心用一生去飞翔，这种感觉你懂吗？"

可此时，这首歌如一扇门把我牢牢关在录音棚里头，仿佛我是这首歌的道具或囚徒，周围的世界像个封闭的博物馆，空间偌大的录音棚，每一个环境设施都在测量我身体里放射出的音乐细胞，只有话筒支架和音频连接线，还有冷冰冰的电容话筒和一副耳机，它们成了一个个时间的容器，呆呆地望着我，那表情不仅要收容我的声音，还要让我聆听自己的心跳，甚至让我独自在这个被音乐掌控的空间里，将所有灵魂暴露无疑。

五线谱似一张空虚的网，我的声音则是漏网之鱼，漂泊的心，无处可归。我越是想尽善尽美地表达歌词的全部意义，越发现自己抓不住音乐有限的边界。人的表现欲望在特定的空间里，总是拉不住靠岸的绳索，心里有个有质感的声音说，沧浪有时只能局促收缩成千年等待的龟。

听着我的演唱，录音师举棋不定，左右为难。

显然，面对找不到参照范式的首唱作品，很多歌手进入录音棚后，都会产生无助的不自信状态。隔音板外头几双不安的眼睛，时而诧异地盯着录音棚里头的动和静。我唱出的意境画面，与录音师技术上的操控产生了分歧。在数字多轨录音机前，录音师一次次挥手叫停的无奈表情，严重干扰了我的情感发挥。在模拟调音台前，录音师上上下下推动音量、伸缩音频、调试混响，他对我声音转换成的数字化信息直摇头，始终没有对我比画出“V”的胜利手势。面对我的高音 C 调，录音师简直愤怒到了不要面子的抓狂的境地，使我耗尽所有激情，到头来停滞不前、前功尽弃。耳机里的伴奏被无情切断，录音师终于忍不住招手示意我出来。

我知道，隔音板那头迎接我的不只有暴风，肯定还有骤雨。

“你知不知道，这录音棚可是以分秒计费的，音乐之都的顶配呀！你这样录下去，恐怕费用要严重超出预算。”录音师看我不说话，又补充了一句：“不如回去多熟悉一下伴奏，找到感觉再来！”

难道我自己写的歌，我还不知道用什么方式去演绎吗？我仿佛淬火的钢铁，强烈反驳对方。

“那可不行。记住，现在只是录音，我们只需要为一首歌的模板塑形，还不到你演绎的时候。如果你的原唱真的到位了，别人听着好听，自然会在你的基础上，去增加演绎。当然这是后话了。相信你听过‘隔行如隔山’这句话。再牛的歌手，进了录音棚，也得听从专业人士的安排。”

录音师坚定地望着呆愣的我。

“虽然你有不错的音色，但你的演唱和伴奏节奏，在专业声卡里明显不在同一频道，你怎么不跟着节拍器的规律唱歌？”录音师的理论并未休止，“你晓不晓得，你节奏里的延时，会让一个歌手原本正常的气息在话筒放大器里失真？我可以对你十分负责地说，这样的作品是不能‘出炉’的，更达不到出版 CD 的标准。”

夜风阵阵，没有星星的夜晚，一个人徘徊在巴金故园的街道上，将躺在地上的一片银杏叶踢得飞了起来。我终于鼓起勇气，将录音棚里的遭遇，告知了那名鼓励我学习唱歌的音乐家。她乐呵呵地笑道：“你千万别把此事当真，更不能因此‘耍大牌’，录音棚里意想不到的事，等着歌手历经的多着呢，怎可能是你一个人的遭遇？那些去维也纳开演唱会的歌手，照样可能遇到类似的事。咱们平常听到一些耳熟能详的歌曲，很多并不是歌手一次就唱成功的，而是在录音棚里经过众人千修万改磨砺出的成果。”

在音乐家看来，一次录音的不成功，是再正常不过的事，或者根本不算事儿。她的判断多半是录音师不够耐心所致，这的确很容易破坏歌手的情绪。她不仅理解我的境遇，还答应担任我的监棚指导。我提前把伴奏带和歌谱交到她手上。几天后，才得知她为我重新物色了一家录音棚，录音师是她特别信赖的学生。

盆地夏日，酷暑难当。

她身着旗袍，手上除了方巾，还有蒲扇。在路边，我们招了一辆人力三轮车。彼时，城市里遍地都是“上海滩式”的人力脚踏三轮车，俗称“粑耳朵”。车夫肩上搭着一条擦汗的白毛巾，有的头上戴有一顶草帽子。车夫卖力地载着我们穿街走巷，摁着叮叮当当的铃铛，向着录音棚一路呐喊摇去。每每想起岁月无法磨灭的这个经典画面，我随时有将它写进青春扉页的冲动。

进入录音棚，她在外头，我在里头。

录音师通过传话器，让我领略了他的和蔼可亲。我一遍遍跟着伴奏试唱，他让我由着创作时的想法来唱，想怎么唱就怎么唱，完全回到一种放松情绪的玩耍状态。这一定是音乐家事先与录音师沟通的成果。我全神贯注地投入歌曲伴奏，生怕错过进入音乐过门的最佳气口。原本这个没有主旋律的伴奏，我听起来总觉心里没底，有时竟感觉节奏紊乱，于是朝隔音板的外头看去，音乐家站在录音师旁边，跟着我节奏的变化不时地舞动双手。终于，她打出手势“V”，给我吃了一颗定心丸。

走出录音棚，我身上早已湿透。她递给我几张纸巾，让我什么也不要说，先与歌声里的自己重逢。

我歌唱的气息远在白云之上，为何听着自己的录音，像是在白云之下踯躅？我很快从自己的歌声里照见一面镜子，原来我是这样的一个人吗？这声音性格是我塑造的吗？我所体味的孤独人生是如此效果？突然觉得，音乐创作有种未知的东西是作者本人无法准确掳获的，它被某种难以描述的情绪左右，将你裹挟其中，它的存在比明确的意图、计划的力量和作用都大，但它绝对是一种真实的携带，是你个人身上综合的品质。那一瞬间，我完全不敢认同这就是自己为一本书创造的歌曲。

手上捏着一份歌谱的音乐家和录音师，仿佛两个评头论足的评委，表情庄重地坐在录音设备前。录音师一遍遍回放着我的录音，音乐家在歌谱上逐句分析我的得失，偶尔跟着我的歌声哼唱几句，需要重新录音的，下画线上打“×”，唱得不错的，已被“√”认同。原以为这只是无效的试唱，不承想“评委”之间早已做出有效选择。

再次走进录音棚，我自信满满地重复着那些唱了无数遍的歌词。录音师张开五个指头，迅即收紧成拳头。他的意思是要我学会收放自如，尽量用气息歌唱。很多歌手卖力的气息全砸在嗓子上，真正的运气只在自己的肚皮里。音乐家在朝我用力点头，我看见她和录音师与我同在，录音棚里绝不是一个歌手在战斗。

她跟着节拍，一个劲地呼喊：“开头两句，表现得再松弛一点，再来一遍。”她的耐心与经验无非是想告诫我，歌手把握作品的首唱充满各种机缘与挑战，一个优秀的歌手不会随随便便就成功。许多歌手只能翻唱一些他人的作品，遇到首唱作品便完全找不着北，这样没有自己作品的歌手，谈何有舞台的生命力？只要进入录音棚，歌手就要有信心找到声音的灵魂，像隔音板外的录音师和监棚老师一样，不厌其烦地揣摩每句歌词的意境。

整个下午，我们都在孕育一首即将诞生的歌曲，琢磨声音的磁场与属性，字斟句酌，反反复复，像对待一个特殊的婴儿。

走出那栋清灰的商业大楼时，夜空已布满繁星。

总算把录音母带寄给北京的编辑，虽然自己仍有诸多不满意，但音乐家及时批评了我的不满意——“千万要警惕完美主义对你的伤害，更要注意不要主观地侵害你的艺术。”好在编辑听了歌曲，并没表示反感。只是不知缘何，那部书迟迟未能出版，也未得到编辑的任何解释，书稿自然被我从北京火速撤离，转至命运终点站广东。

很多时候，人与书有各自未知的命运，只有到了时间深处才能显现，在广东这本书从策划到出版发行，不到三个月便完成。出版社在北京西单图书大厦举行首发式，邀请了几位赫赫有名的作家，他们有的已经满头白发，可以毫不夸张地讲，我是读着他们的作品长大的，他们称得上几代作家的前辈。在首发式现场，除了聆听前辈们对我作品的批评与褒奖，我演唱了为本书创作的歌曲，获得到场媒体与读者们的关注。有人问我为何不做一个歌手，我说我就是喜欢文学！

第二天，我收到一封电子邮件。原来北京的编辑也在新书首发式现场。她的邮件里只有一句祝福：昨天在发布会现场，聆听了你的歌声，感受到你创作的心路历程，唯愿你新作大麦（卖）。

面对这位编辑的如此行为，我不知如何是好。有人说，要想了解一个人，就看一看对方想“掩藏”什么。我至今没有看清她容颜的机会，甚至连她的名字也忘得一干二净。一个把所有真相都掩藏起来的人，会是一个怎样的人呢？

离开北京，回到歌舞团，我把未能附赠 CD 的散文集给音乐家送去。我无法向她解释为何歌曲没有随书出版发行，因为我根本不知问题所在。从此，我们见面的次数越来越少。一年之中，电话也通不了几次。她偶尔在电话里问我最近有没有学唱歌，我只轻描淡写地讲，正在创作新的文学作品。几句简单寒暄，她话锋一转——“你必须正视与珍惜自己唱歌的条件。”然后，她分享她在美国生活时的见闻，用她的学员当例子，有些人毫无优势可言，却拼了命地往舞台上挤，这让看似没有意义的追求，有了具有更多意义的可能。

所有关乎音乐的事情，我都选择闭口不谈，害怕她再提起关于我唱歌这件事，仿佛我没成为歌手就像犯了多大的一个错。渐渐地，我们的通话也少了。只是每次她看到我发表新作，不管我在什么地方，也不管我在做什么事情，都会给我一声惊喜道贺：“你太了不起啊，你太不容易了呀！能在那么大的刊物上发表作品，这是多少人梦寐以求的事。”我听了有些慌乱，有些不知所措，也有点儿不习惯。国内那么多文学期刊，她怎么能一次次在上面发现我的名字？这不得不让我质疑。如此琐碎的事儿，原本只有母亲这样的角色才愿意知道并惦记，可我的母亲恰恰没有获悉这方面信息的能力，满足我内心可能需要的虚荣。

乡间的生活与母亲的平凡，屏蔽和掩藏了太多太多原本我需要的爱。成长的烦恼与执着，是一件多么悲戚的事情啊。一路上我都在远离母亲，越是不顾一切努力的人，离母亲的距离就越遥远。但母亲却是谁也代替不了的。音乐家对我的夸奖，不但没有让我感到真正的甘甜与满足，适得其反，让我的心变得尤为复杂、敏感，我感到可怜、自卑，甚至充满了惭愧的脆弱。我想，要是母亲的目光能够随时触及我这些被他人赏识的优点或细节，能够对我说出一个母亲不可复制的夸奖孩子时才能说出的唯一真言，我该有多么坚定和自豪？

我刚刚从他乡捧回家的奖杯和证书，很快便成了沙发上落单寂寞的多余物，几天后它们便会换个地方，躺进书橱，像其他世俗的功利与从天而降的荣誉一样，继续尘埃落满，无人问津。我不知这样的日常生活状态，是不是因为母亲长期不在我身边。母性之爱，对一个男人的成长究竟有着怎样的影响？我没有太多体会可言。在音乐家培养的那些大红大紫的歌手面前，一个默默坐冷板凳写字的人可能不太值得被重视，甚至毫无骄傲可言！我很难将我在外面历经的奇闻告知我的母亲，包括婚姻中的幸与不幸，领奖台上的风光得意，出版新书或是接受电视台采访，抑或刚刚签下一份满意的合作合同，受邀采风在河流之上的密林高空，溜索滑翔的精彩与刺激，这一切我的母亲都无法感受。可这些常从另一个像母亲的人那里说起，我不知这是我成长的幸福还是不幸。很多时候，我迫切想要将生活中不能言及的荣耀与耻辱分享给亲人，但我不得不避开母亲，绞尽脑汁另觅分享对象。虽然母亲是我最亲的人，但母亲的反应一定无法消解我生命中承受的那些不起眼的疼痛，母亲接纳不了我叙述的这一切，我唯有把世间的冷暖，一路从容地掩藏。

在母亲不可阻挡的意念里，再大的风雨，我都可以一个人消解。

可我不愿意面对的音乐家，与我同在一座城市一条街道，我们隔得那么近，但我真的没兴趣去见她。的确，是没兴趣，不是没勇气。一开始，我以为这是我们的职业使然，无论音乐，还是文学，两个人长期保持的不如不见，都可谓一种艺术上真正需要的掩藏。她对我的赞美远远胜过我母亲对我的赞美，这让我内心很不是滋味。她为我的所思所虑，我的母亲永远想不到，也做不到。

有一天，音乐家突然对我的中文老师说："你应该带阿凌去摄影棚拍一套属于他的《青鸟集》。"她说青鸟一旦插上时光的翅膀，任何高科技的追光灯都无法追寻他的踪迹，唯有将他生命此时的倩影留下来，将他一个个光彩照人的青涩瞬间拍下来。起初，我对此有些不以为然，甚至想用"拖延症"对付这事，思来想去，最终还是去了摄影棚。我并不排斥拍照这件事，是因我的童年被贫穷掩藏得连一张照片也找不见，故乡的脸和童年的脸，之于一张黑白照片，比粉刷匠搭天梯去给月亮化妆更奢侈。音乐家联系的摄影师是个名叫阿紫的女孩，阿紫的摄影棚就在离我们歌舞团五百米的拐角处。音乐家常带她的学员找阿紫拍《青鸟集》。面对岁月的无情与险恶，有时你不得不听听老人言，在时间流逝的长河里，音乐家真是个拥有先见之明的智者。想想现在要找到一张自己童年的照片，这于我个人而言是一件多么无助绝望的事情！所幸，有了她的提醒与督促，青春的影子不必到了人生苍老时再去找寻，回忆的招牌也不再担心被苍白掩藏，时间由此多了底气。

纪伯伦说，生命的意义就在于人与人之间的相互联结。

中文老师住院的日子，我们之间常常只能通过视频问候。原本计划去医院陪护，但种种因由终未成行。

这一年，我家刚学会说话的牡丹鹦鹉，非正常死亡于夏天。我用毛笔在日历上重重地涂了两个圈，把这年定义为生命中的恶年。

原以为一辈子的师生情谊，我可以在陪护的日夜里，打开中文老师幼年被时光掩藏的香港册页，可这一切都将化为乌有。中文老师曾托香港友人为他查询医院的出生证明，遗憾的是直至病危之际，友人都没有为他捎来这原始的佐证。那时的香港弥敦道有着怎样的风情？我无法让太多人不在场的时光倒流。但弥留之际的中文老师，还清楚记得他家中的典当铺、米行。他说那些熟悉的痕迹一直都在，只是街景街名早已不存。

最近一次见到音乐家，是在中文老师的葬礼上。她手持白菊一枝，俯在覆盖党旗的灵柩上，泣不成声地喊着逝者的名字。中文老师在住院的时光里，把人生平静的别离智慧，在视频中提前给我们做了预设。音乐家一点一滴与我分享着中文老师的告别。我们彼此说好不悲伤，但在处理中文老师的身后事时，我竟意外发现他档案里出现的陌生的掩藏。面对他的乐观与隐忍，还有他的博学与谈笑风生，我只清楚他是教我创作小说、剧本的中文老师。香江九十载风雨的沉默，他掩藏的岂止是回不去的香港街道？他的启蒙学堂在教会，八岁穿过枪林弹雨的大街小巷，为地下党传送情报……音乐家很是惊讶，这可是他发小也不曾对她讲起的秘密。

一个人的离去，意味着岁月彻底苍老。

晃晃悠悠几十年，相聚总是多于别离。某个黄昏落幕的科幻公园，与友人漫步在灯火渐渐熄灭的阶梯湖畔，树桩上闪亮的橘色灯带如倒影，幻象重重。不经意从路面捡起一块石头，上面掩藏有海市蜃楼，突然感觉中文老师是不是去了外星探秘。他做了一个微笑的鬼脸，脖子伸到我们面前，眨了一下眼睛，湖水即刻静止，人影消失不见。

如今，音乐家打电话给我，随随便便就能搜索罗列出一堆我年轻时候的羽毛和碎片，如同孩子玩耍丢掉的彩色积木，或手机屏幕上闪烁不定的俄罗斯方块游戏，比如她陪我坐三轮车去录音棚的事，她和中文老师带我去摄影棚拍《青鸟集》，她从云南旅行归来送我的衣服上打满了绳结，还印有几个东巴文字。想起这些，身边响起的手机彩铃到处传唱的都是：不如见一面，哪怕是一眼，这世间太多难免的亏欠，你是我穿过思念的箭……可是我们至今一面免见，但她在电话中袒露的被漫长生活掩藏的心灵密码，已胜过千次万次的见面。

她说："真正的写作者，上天给予再多的时间也是不够用的，因为太多值得写下的来不及写，这时对于彼此的不打扰是对艺术创作最好的尊重，我何尝不想像年轻的你一样笔耕不辍，可我每天需要处理的琐事一定比你的多，家中病人的境况，让我无法静心去写。你可能有所不知，或许你的中文老师也没对你讲起，我年轻的时候是文学刊物的编辑，教唱歌是后来的事。其实，我最大的愿望是成为一名优秀的散文家。所以每次看你发表作品，我都为自己拥有的紧迫时间着急。你一定没有看过，我至今保存着当年艾芜先生写给我的信，还有周克芹老师和我的合影。"

行笔至此，往事结痂。每个人都有被阴差阳错的命运掩藏起来的部分，有的部分遇机缘成熟，重见天日；有的部分落进尘埃，或许永无面世可能，就像一只青鸟飞过人生的拐角，对于那首被光阴掩藏至今没有公开发行的歌曲，好在我们彼此遇到了被往事掩藏的证人。在证人看来，适合你走的路，你并不愿意去走，只有你走着走着顺其自然走下去的路，才是你永远不回头的漫漫人生路。

既然我们都愿意承认对方是被往事掩藏的证人，那么还有什么好掩藏的呢？这时间断裂带上缓慢长出的疱疹，这岁月不断撕裂的伤口上挤出的脓血——这世间代替我母亲夸奖我的人，你是唯一。多年以来，我不愿见你，实际上是我不想依赖你的爱，毕竟你终究不是我的母亲！

我们只是被往事掩藏的证人。

拜谒周克芹

好比故乡的山水风物，你总有未能伸手触摸，或根本就没必要踏足的某个角落，因为它们一直在你熟悉的意识里，还因为你懒得看它们一眼，你仍觉得它们在你掌控的视野范围，殊不知在你熟悉的眼皮子底下，它们早已如同月亮隐蔽的脸，趁你不注意的时候悄然移动脚步，慢慢华丽转身，偷偷改变容颜。

这是人的目光短浅，或自以为是的惰性所致。

我一直以为，简阳于我是熟悉的陌生地。感觉它一直停在回家路上，可我似乎缘悭简阳，始终不曾抵达它的灵魂。早在二十多年前，我就开始穿行于老成渝路上，那是自贡到成都必经的简阳地盘，从没想过有一天会以作家的身份，闯入简阳的内部。再早一点，记得简阳有个地方叫贾家，那里有一名读者给我写过几封信。

真正进入简阳是 2019 年 7 月 8 日。一个习惯了独行的人居然以浩荡或狂欢的方式，和那么多人同坐一辆大巴扑向简阳热情的心脏，而且同行者都是闻名天南地北的作家，途中我总是处于失语状态。

老实说，我不相信印象里只有三岔湖和羊肉汤出名的简阳，会让我大开眼界，面对讲解员的激情澎湃，我无言以对，甚至显得孤陋寡闻。曾一次次往返老家自贡荣县而与简阳擦肩而过，怎么就没好好看它一眼呢？这次逗留的时间较长，要去的点位偏多，所到之处解说员都有热情洋溢的介绍，多走了几个地方，我再也无心听其解说的内容，只意识到未来简阳的潜力和格局将大大超乎我们的想象。至少它所具备的许多国际化基础设施已经同天府文化的主体脉络接轨，或者说它已经由龙泉山东侧的一个幼童蜕变成一个令人瞩目的美少年，肩扛起天府之国的草长莺飞与清风明月，成为锦城面向世界必不可少的重要窗口，比如正在兴建的位于芦葭镇的成都天府国际机场，就是强有力的地标物证。

实际上，西部领先的物流枢纽工程也好，两湖一山的旅游蓝图也罢，哪怕在沱江边吃着诞生于简阳而走红全国的火锅美食行业的“海底捞”，似乎这些都未能让我产生多大兴趣。

傍晚时分，火焰燃烧的天空下，与几个朋友走在灯火摇曳的江边，我一直在想这次来自全国的作家，其中有不少像我一样初来简阳腹地，他们将会产生怎样异质的认识？无论是室内规划建设参观，还是走在乡野荷池果地，面对解说员从扩音器里传出的滔滔不绝，每个人总是沉默多于言表，没有谁发出一句唏嘘的感慨。不像漫步其他风景名胜古迹，即使大家不可能像唐宋八大家那样边走边吟，发出“直须看尽洛城花，始共春风容易别”的诗兴，至少可以听到些许尘世返回童年的嬉笑声。可是没有，一路的行程安排都很“肃静”。我想，也有可能是作家们都不再年幼，更容易陷入思考或深沉，加之气候炎热，大家的表情看上去都很闷。显然，简阳不属于心灵放牧的优胜之地，成都周边随便找个地方，都可以美在简阳之上；但简阳却完全能够胜任美食圣地，这一点毫不逊色于蜀地其他地方。

后来，我发现笑声是从饭桌上开始的。

大家品着当地的美食，个个的脸上露出孩童般轻松自在的笑容。那样的笑，足以代表舌尖上的快感和幸福，还有本性里的天真。特别是在贾家镇东来桃源景区的午餐，全是农家特色，尤其是贾家毛鸭子，吃得来自北京与广州的两位作家兴致勃勃地猜起菜品价位来，好像他们不是来采风，而是到这里当美食顾问的。他们认真盘算着这样一桌佳肴，在当地需要多少钱；若将它们移到北京和广州，价格又将翻出多少倍。总之，是味道好极了的缘故，给他们带来如此趣谈。临走时，他们找到老板，求证自己评估的价位，听了报数，皆大欢喜，各自纷纷赞叹，下次路过简阳，一定要畅享地道的餐饮九绝。

可以说，作家都是艺术的挑剔者，除了艺术本身的专长，多有味蕾王的匠工之本。尤其是作家当中的美食家，十有八九具备当厨子的全能功夫，不仅是品味高手，更是厨房里的一流刀夫和铲手，若能让他们赞不绝口，这味道就一定名不虚传了。我想说作家其实更喜欢琢磨比自己写得好的作家和作品。如我这次到简阳，并非因为它拥有比双流国际机场更大型的天府国际机场，也不是它的美食诱惑，我只为一个写小说的人而来，正是他的小说让许多人知道了简阳这个地方，他的小说中充盈的乡土文学土壤，使简阳在全国文学界具有了相当高的文学辨识度。从某种角度审视，这就是文化魅力承载的可比性。论生活年代与命运境遇，我不可能与这位写小说的人产生交集，但从我年少接触文学起，就不断听军队的作家老师们谈起这个人和他的小说。

关于他的小说，轮不着我多说什么，大家早已有目共睹，而且中国文学史已经名载。我只想说去年与曾祥元将军会晤，十分意外地关联到这位写小说的人。将军是一位文学与书法艺术的践行者。在墨香飘飞的书画室，将军放下狼毫，取下眼镜，接过我签名的新作，坐下来和我谈起了当下文坛，其中特别谈到作家与生活的关系，于是小说家周克芹就从他的生活里闪了出来。

大约是1985年的事情，已获得首届茅盾文学奖的周克芹想找个安静的地方创作，时任省作协办公室主任的王德成通过朋友曾祥元介绍，将周克芹带出红星路，到了氛围相对安静的总医院招待所。每天晚饭后，王德成、曾祥元等人就陪周克芹聊天散步。曾祥元一直保有对文学的热情，面对作家尤为敬重，况且眼前的作家周克芹已是大名鼎鼎。他们聊文学，更多离不开小说创作。曾祥元很想知道周克芹是如何走上作家之路的，周克芹讲小时候受圣谕（茶馆说书人）影响特别多，小说要如何谋篇布局；要先有人物原型，再有框架故事；事件本身一定要立得起来；叙事要曲折、生动，人物要有血有肉……说书人讲的故事常萦绕在脑海。他们不仅谈如何写小说，也谈鲁迅，《红楼梦》《战争与和平》……

有一天，曾祥元把和周克芹在招待所写作的事情，告诉了时任宣传科科长的刘传民，于是刘传民特别邀请周克芹举办了一场小范围的文学讲座。周克芹特别点到了《李自成》的作者姚雪垠，谈及写作者先要感动自己，然后才能感动读者；人物的语言，一定要符合人物的身份；作者要对生活发出属于自己的感想意见；作家需要具备提炼美的能力；有了眼光和思想，才能留下经典的作品……

几年后，周克芹因病住进了省医院。风吹平原，雨落锦江。有一天，正午休的曾祥元突然接到周克芹的电话："……我对军区总医院很有感情，我就想死在总医院，拜托你把我转到总医院去。"

时任临床试验科主任的曾祥元听了周克芹的愿望，深感情况不妙，立即报告领导，当时恰遇单位几辆救护车全部外出救人，于是私下向五冶医院借了一辆救护车，向着省医院火速奔去。

巧的是，因《南行记》而名满文坛的作家艾芜也在省医院看病。见此情景，艾芜将周克芹扶上救护车，特别叮嘱："克芹，不要着急，慢慢养病，我相信你会好起来的，病就交给医生，你只管好好休养。"

在一个多月的住院时间里，省卫生厅为周克芹组织了二十多名专家，两次针对周克芹的病情进行大会诊。曾祥元每天早起的第一件事，就是去病房看周克芹。有时，曾祥元替周克芹把把脉，量量血压，发现病况愈下，便轻轻拉着周克芹的手，伏在耳边安慰："创作的事先放下，好好养病吧。"

1990年8月5日，曾祥元在美国做访问学者，周克芹在这一天告别五十三岁的人生。因无法参加周克芹逝世后的纪念活动，曾祥元特意将个人记录的周克芹病中生命影像，全部交给了省作协。

第二次与曾祥元将军聊周克芹，是在百花西路的上雅红叶酒店，当时我已经从简阳返回成都市浣花文化风景区。精神矍铄的曾祥元手握一杯绿茶，侃侃而谈，记忆力超凡。他在感悟文学可贵的同时，也对生命的瞬息万变发出了感叹：

“跨过时间古老的河流 / 我生长 / 不忙着开花。”曾祥元背诵着女诗人王尔碑的诗，让我看他手机里探访诗人的照片，九十四岁高龄的尔碑老师啊，仅仅相隔不到两个月时间，其面目之变已让人深感物是人非。

此时，我的思绪已越过曾祥元将军的感叹，折返简阳葫芦坝周克芹墓碑处。2019 年 7 月 9 日晚上，活动主办方负责人杨华突然找到我，需要我现场诵读有关周克芹的拜谒文，因为脑海里储存有曾祥元将军情真意切谈论的周克芹，我想这样的声音传递不至于情感生疏，这样的际遇本身也是另一种找寻。

风吹玉米，竹林摇曳，小路蜿蜒。雨后的阳光，打在树阴笼罩的山野，空气中弥散着令人焦灼的热度。拜谒仪式由北京归来的作家李鸣生主持，我面对克芹先生的墓碑鞠躬，然后庄重放声吟诵——

雄州七月，草木蔓发，告慰英灵。

今日，群贤毕至，高朋咸集，我们怀着无比敬意，来到克芹先生墓前，共同感念拜谒，追思文坛先驱，缅怀人文圣杰。

今日拜谒诸君，来自五湖四海，各领文坛风骚，文章独树一帜，皆能自成一家。譬如，“短篇小说之王”庆邦先生，“航天文学第一人”鸣生先生，“文画一家”

祥夫先生，不一而足，皆大名鼎鼎。不远千里，慕名而来，诸君诚意，可见一斑，克芹之灵，当感欣慰。

克芹先生，生于农家，长于乡野，成于泥土，乃至毕生心事，尽在此地，对这方山水，可谓情深义重。文学，是他朴素的理想；写作，是他真诚的流露。无论穷困潦倒，抑或声名远播，皆守初心。一部《许茂和他的女儿们》，反映农村截面，呈现时代悲欢，书写心中信念，收获万千读者，震动沉寂文坛，自此声名鹊起。首届茅盾文学奖，奠定文坛地位，载入文学史册，走上人生高峰，绽放雄州光芒。始终铭记初心使命，聚焦熟悉的生活环境，重点关注人物的命运，深刻反映农村变迁，此志至死不渝。

呜呼哀哉，天妒英才，溘然而逝，简阳憾事，蜀中憾事，文坛憾事！魂归上天，葬于此地，重返故里，芬芳长存。这或正合克芹先生本心，从哪里来，回哪里去，人生的起点与终点都交给这片熟悉的土地。青山环绕，绿水长流，文气灿烂，生生不息，以精神指引雄州方向，以情怀感召世道人心，以文心启迪当代文章。克芹先生，文章不朽，精神不朽，光芒永续。

我们深怀感念之情、崇敬之意，“再寻周克芹”，追寻克芹先生的为民情怀、千古文章和精神品质，目的是再现其人文价值和精神引领，培养彰显人文情怀的新时代艺术人才。聚焦三新简阳，名片克芹先生，指引艺术创作，力争再出名家；放之浩浩文坛，先驱克芹先生，守护为文初心，成为我辈楷模。贤能诸君，会集于此，诚心拜谒，皆为克芹先生文章折服，其精神之感召，影响深远。

文章千古事，克芹记心中。千言万语，难表深意，让我们为克芹先生深深鞠上一躬，以最高的敬意，缅怀这位文坛“老友”！

克芹先生，千古！

行走花开

天空依然阴霾，依然有鸽子花在飞翔。即使下次去凉山，我可能还会怀念荥经的绿和暮春。

人在旅途，荥经是拴在茶马古道上的魂，也是三千里川藏线册页上一颗美丽的布扣。只是，落马的旅者到此很晚，像一只短暂栖息的晚乌。

灵魂上，晚乌常常需要一个比灯火更遥远的支点，让生命经此红尘与彼在的置换，找个借口告别大街去山林深入跋涉，让一次奔袭与一个念头忽然围着一株表情陌生的树停下来，然后，依偎着万物的一瓣白，做一次静如止水的思量和仰望。

友人在二郎山下的天全呼喊：“快来看，鸽子花开了。”

同行者在车上各自笑谈奇观，分享旅痕见闻与生活体验，大西南深处的确藏匿着太多不为人知的民间事。同样，亘古不语的自然万物，在深山比人更耐得住寂寞，若是没有人去发现，它们只能独自接受命定的神奇。如此一来，人类有所不知的植物在大自然的话语体系里，就显得十分急促不安。罗伟章刚从昭觉那边扶贫归来，说的是大凉山的一个彝族人，在大地上走着走着，差点就走出了大地。一句话，让一车人笑了一路，为了汉语的充满诗意与不可确定性，这简直比德国哲学家海德格尔说的那句“人充满劳绩，但还诗意地栖居在这片大地上”来得更立体生动。笑声里，顾不上问详那个无所畏惧实践诗意存在的人名，反正彝族人早把那人刻在古老的历史纸纹里。

车窗外，成雅高速两边点高面阔的绿，从神的笑声里一路撵来，让人感觉车尾扬起的风也是绿的。那一路铺张的绿风，在城市与村镇的背影里退守，继而奋起直追，从蒲江追到岷江，一直追到雅安。但车上的人，谁也无法提供那个不屑于大地的彝族人的地址，让风抵达他的身体，闻到他的气息，辨识他的灵魂。有时，风比人更易于看清古人的面具，尤其是以一句话打败海德格尔的那个彝族人。

我很想让传递彝族人消息的罗伟章，把那个看不见的高手交给风。毕竟风有能力解构一个古人全部的秘密。在风中，古人的影子能否显露？今人能否猜详古人的表情与心思？也许，那个载入史典的彝族人其独幽和茫然的神色，根本不理会一场风的审讯。

除了挡不住的想象，我看不清藏在一个语境背后的那双眼睛。

2017年冬日，游历在凉山腹地的雷波县。记忆能够拴住的画面并不多。荥经与雷波，并不在同一地理等高线上，但皆属于川西偏西的两个县域，山峰与河流受到不少民族文化基因的浸染。如今，散落在荥经山脉里的彝族人，多是旧年从大凉山迁徙而来的。相比荥经的丰饶植被，雷波的地表显得有些裸露与干涩。因为季节的原因，穿行在湖泊与山坡，我们一朵索玛花也没看见。但在荒凉的清晨，我们见到了阳光和霜雪；在彝族人的晚宴上，我们见到了羊。

如此民俗，在凉山称为送尊客。羊膀子和羊腿子，在彝族人眼里都是羊身上最好的部分，彝族人将此送给远道而来的宾客，实在是热情。当时，现场受赠的我们十分难为情，后来与彝族朋友深入交流，才知被赠者还可以将羊返赠给对方。这礼尚往来的生活习俗，见证彼此已是很好的亲友关系。

其实，我在意的远远不是这些，而是那些被分割的羊。它们的前世在高高的悬岩，替无缘美丽花朵的人看索玛花开漫山。它们在饭桌上聆听一群来自大街上的人与彝族人欢歌对酒。而那些透过花朵的月光，被羊们深情张望的索玛花，却在另一个世间聆听凡世静音。羊是索玛花最亲密的朋友，当羊被彝族人当作馈赠远方宾客的礼物时，索玛花在我们看不见的地方是否黯然神伤？这一刻，我十分感念索玛花替我们完成的不面之缘。

荥经的彝族人不会知道这些，在场的雷波彝族人也不会知道。这只是一个城里的旅者途经荥经时脑中闪回的大凉山往事。

起初，我对索玛花保有高涨的兴趣。

可大自然里有些花，在不同的土壤与海拔，遇见不同的族群，自然有了不同的叫法。涉过半程人生才知，索玛花不过是西藏林芝与蜀地峨眉、瓦屋山境内常见的杜鹃花。同样一种花，当名字变得更加民族化，给人的想象与欲望就有了异质之分。如同写文章，平常的叙事内容，若是标题取得着实考究，则决定着读者不同的兴趣所至。

有几个夜晚，在看不见鸽子花的成都府青路闲步，几次想起同一个问题，那花儿是不是过去早就与我打过照面，只是传说中名字不同罢了？同时，我还想到曾在军旅共事的编导苏冬梅的作品《鸽子花开》，是否与荥经这片土地有关？如此想过之后，就觉得虽然人生旅程不曾涉足荥经，但精神情感脉络并不是虚无不可寻的。

早在二十年前，同样因为文事活动，受东坡故里友人邀约，已有登上瓦屋山的经历。那次，除了山中遍地杜鹃颇深的记忆，我忽略了瓦屋山的地理归属。这次到荥经，才知瓦屋山所在地不仅是洪雅，更属于荥经。这微妙的关系，好比蜀南竹海存在于江安和长宁两个县域。

止步荥经，随处可闻山泉的声音，然后进入视野的是河，忽然抬头才发现山。沿着这些山和泉水流经的方向，不断地朝前走，就可以走到二郎山，走进理塘，忽然就走到西藏。原以为打开车门第一眼窥见的必然是鸽子花，可眼前只有山，绿得脱不掉衣服的山。我是想说，荥经的山是一件穿着得体的衣裳，无须暴露任何部位，已能感受惠风和畅。夜晚，来此看花的熟人不少，但谁也没有提起鸽子花，仿佛此花只是一个超大的隐喻，但它却是大家会晤荥经的一个借口。我深知自己为一个充满诱惑的借口而来，作为一个天性里长满了自然万物的人，听到鸽子花将要盛开的消息，我对之便有了牵挂和义务。难道这世上真有一只鸽子变的花？越是没有见过的事物，就越让人神往。我要去，必须去见识它，生怕猎人的弓箭提前射落一个来不及审美的梦。

这真是理想审美者的担忧。

第二天，一行人像山鹰盘旋在山野与古道边。几滴羞涩的雅雨，如同鸟落民间。上午的阳光与清风，一路倾斜，吹过山影，照亮树和草掩映的溪水。走过岁月的石佛寺，穿过苍郁的茶马古道，望着《何君尊楗阁刻石》，在开善寺的古木面前，发呆。下午时人流还在不停地朝前涌动，但我们不是闲云野鹤。原本，这里是值得隐者在黄昏或清晨信步的好去处，最好穿一件灰色的长衫，独自触摸流年不息。但混在人群中，我终于忍不住回头时，只见人海不见鸽子花。

在一个门匾上写有“姜家藏茶”的院子里，并不见姜家人。那些镌刻着古诗古画的木雕窗花格子吸引着攒动的人流，但没有谁为一盏藏茶停留。在人去院空的遗址上，藏茶只是细雨落川的味道，而驮茶的马帮早已喝过雨水煮沸的茶，精神抖擞地向着藏地的雪峰迈进。

在心里，我问过坐在石头里的佛，有没有看见鸽子花开？佛无语。此时，一尊尊佛浮现在我面前。想象满树鸽子花开在佛眼里，鸽子花便有了美妙的意境。佛见人心，也见花心。此时，人与佛唯有相互的缄默和意会。伫立在古刹之外的河流边，看高山之上，万涓成水，汇流成河，我穿过密林围困与野草沙石的阻挠，才拨云见日，躺在这里冥想另一条河。

一条河与另一条河，要同时融进一条江，这是比一个人和另一个人相约远方更难圆满的事。那些将要收割的油菜籽，让我看见它们备受河流的尊敬，不由让人想起陪伴故乡的丘陵，飘过天边黄昏的香草味，此物与小时候的相思不无关系。

我想，茶马古道上的背夫，一定知道鸽子花的秘密，但背夫们早已消失不见。只有倒在森林里的黄连木，像一条龙盘踞在背夫们手杖拄过的石窟眼上。

离开荥经的下午，我在古城村拣了几件窑工烧废的砂器，盘算着它们以后能够成为花草心仪的陪伴。

是在龙苍沟湖边醒来的清晨。

忽然听见窗外有人喊，看见了鸽子花。于是，跑下楼，远远地，已经有几个人站在离酒店不远的地方打望山林。此时，山气如一片薄雾从山脚缭绕上升。恰遇卢一萍从山道折返，我们走近那几个看花人，沿着他们手指的方向，走着走着，花就开了。实际上，这花与我们住的酒店距离不足百步。三两株藏在群山怀抱里的鸽子花，万千悲欣，满树开放，朵朵安静得像坐满石头的佛，有一种不受惊扰的安宁，或低眉，或微笑，或广阔，或慈悲。旁边，还有一排齐整的小树，看得出它们正在接受人工的培育。心中忽有一个惊喜闪现：能否在山中找一株鸽子花树，带回城里栽种？此问立即遭到路边看守车辆的人反对，不说成都平原，就是荥经的海拔也难开出鸽子花。

站在树下，这些飘着纯白色纸风筝的树，无限寂静地伫立在我们面前，而人，此刻的表情困于惊讶之中。的确，这白色的苞片在绿叶间像一只拖着尾巴的白鸽子。自己过去究竟与此物有没有照面？怀疑从那一次瓦屋山中的行走生出，可当时无人呼喊它的芳名，也许看杜鹃的主题遮蔽了鸽子花的存在。就时间而言，荥经发现珍稀植物鸽子花，也是最近十几年的事，远晚于我第一次上瓦屋山的时间。

在地上的草丛里，我拾了一瓣苞片，如同一尾落在掌心的羽毛，它薄脆的纹理倒是与夹江大千纸坊里的手工长纤维特种纸有几分相似，于是写了一句话，发送朋友圈：离花蕊最近的那片叶子落了。除了一个福建友人叫出珙桐之名，其余朋友留言，全是第一次见此物的惊叹。

后面，进入山中的行旅，与其他山林里的旅行大同小异。不同的是，鸽子花伴随的山林之旅，成群结队的看花人再喧嚣，鸽子花都始终处于暗中寂寂。它总是藏在不经意的地方，在你抬头或转身的一刹那，没有成片的壮观，刚要为它满树开放的静默发出一声惊呼，忽然被身边挂着标牌的木荷、冷杉、云杉、铁杉、紫花冬青、柃木、海桐、水青冈、花楸、山樱桃、中华槭等物种抢走视线。其实，论物种之命，珙桐是一千万年前新生代第三纪留下的孑遗植物，为我国特有的单属植物，是濒临灭绝的国家一级保护植物。

奇迹的发生，居然来自微信。有人问：你是在哪里看的鸽子花？回复：在荥经的山林里。她，此时正在那片我们刚刚走过的山林。原来同在一座城池里仰望星空的我们，尽管约过无数回，却总是因不刻意而被刻意的生活占据见面的时光。西藏一别十多年没有再会的人，曾是一个办公室的战友。我快速回她信息：如果时间够用，我们就在酒店对面的鸽子花下合个影，就当不虚此行的纪念或惊喜。

来来往往的人在石阶通幽处上上下下交会，层层叠叠的植被里，太多生命就此一晃而过，还未步出山林，更没法获悉一些面容姣好的植物的名称，突然接到远方朋友的电话，他滔滔不绝地诉说自己近期的不理想。他要出书，他要请我写序，可他的书遇到了问题。我只有傻傻地听着，没有任何建议，因为山泉在流淌，花在隐秘处闪亮。从生命的角度去看，人生路径里任何一种选择都意味着摸着石头过河，就像最初同行文学路上的许多人，走着走着，就分道转场，去找寻别的理想国了。有的人，得到太多爱，依然困于没有拥有的那一种爱，而陷入痛苦。我没有办法评价朋友处事的对与错，但山林里独守宁静的鸽子花替我静静地回答了。

既然选择了在这条道上坚持活下去，就不应后悔。因为，在不为人知的世界里，每个人的坚持都有可能活出人类格局之外的自然境界，有道是走着走着花就开了。

草在马槽里笑

顺庆归来，草便长满了我的背影。且以匍匐之势，在漫坡与山顶之间，排山倒海，将我从艽野一路紧追，一直追到月光尽头的地铁人海。草一定有草的目的，草已得逞，在一个人心里驻扎下来。

草很沉，我很笨。因为我无法解读草的秘密。顺庆七坪寨的草，掩隐了太多秘密，它像武林高手运气换掌时飘飞的长发或胡须。从初夏开始，它们在我心间蛇一样乱窜，反复缠绕，指定我说出它遮盖的秘密。当地人将那些秘密归结在一个身着长袍的男人身上。他长得什么样？身高几多？脾性暴躁或温和？同行者谁也不知。毕竟是几个世纪前的斗争，战火遗迹的引路人总是捕风捉影地演说——张献忠统率的千军万马曾在这里安营扎寨。

说者无意，听者有心。往事的传递过程，因在场的缺失而失却了旧人与今人交接的温度，风从草地走过的空气里，充满了太多扑朔迷离。花不说，树不说，草不说，我也不说。那些替历史发声的人，如同吻过野花的蝶儿，在低空的草尖尖上驻足凝望，恰似落马的旅者，他的绝望是未能成为第一个抚摸寨主胡须的先知者。

对于战争的蒙面者，我总是会质疑。我们之间的距离，不是山，不是水，不是宽宽窄窄的蜀道，也不是成都平原到嘉陵西充的时间，在旌旗与寺院消失的七坪寨高地，它只是我面对一片草地的距离。草很务虚，也很务实，不在场的历史中人，远没有在场的一棵草重要。

草注定比人类坚硬。

在披绿的丘陵与山峰的接合部，那一枚耀眼的指环，远看仿佛是从巨石里长出来的一只眼睛，这就导致坡下的人会不断向着这个典型的具有东方审美的奇特景观攀缘。穿运动鞋的男子还好，风一样几个回合就到达了最高点，那些穿高跟鞋的女子就惨了，她们在风中摇摇晃晃，卷过乌云的阳光，在风中卷起她们的裙摆，仿若一只惊慌失措的狐狸，但这丝毫不影响她们迎风向上的冲动。她们以指环为背景合影时姿态各异，有的双手叉腰，十分霸气，那份热情分明像是找到了她们前世丢失在顺庆的信物，或者这就是那个张氏男子送给她们的定情之物。

我背对她们坐下来，看巨石里长出的草的表情。它们东一棵，西一棵，看上去毫无秩序，但草的结构总是一撮成形，给人以强大力量之感，就是这种长得稀稀拉拉的草，有着尼龙绳般的韧性，它们衬着石头上生长的孔洞，引起我的警惕。莫非它们是伫立古兵寨大风口的兵卒的化身？那些孔洞出现的位置，呈等边三角形状，它们或许可以顺理成章地替代我对猎猎旌旗与隆隆战炮的遥想，我想那些孔洞或许是用来插旗杆或安放炮基的。而表情粗粝的草，替代了我对张氏男人胡子的想象。

来自邻水那边的庄稼人，在指环下徘徊仰望，他回头笑呵呵地称我眼前的草是蓑草。紧接着，有几个操北方口音的年轻人称，他们那里也叫这草为蓑草。我随手抽出青褐色的草穗，衔在嘴里，嚼不出“蓑”的知觉。但一个蓑字在我心里扯出了太多无法言语的东西。我不知南北的草有什么分别，在南方人的意识里，庄稼地出现的草越多，就越能代表一个地方的衰败与萧索。

站起身，对面的山野间横亘着一截城墙，远看如同园林设计师镶嵌在大自然中的一根朽木，它吸引了不止我一人。我们火速几步从巨石上弹跳下来，跑过去，却突遇窘迫，那么多草拦住了我们通往城墙的去路。那个扛着“长枪短炮”冲在最前面的摄影男子，最终也只能站在草丛间与镜头里的城墙打了个照面。

转过身，便发现高空中那枚指环倒映在水中的颜。水边热烈的花朵绕着指环，尽显雅韵与富贵，此刻，雨点正悄悄地改变着水面的动静。这岂止是指环？简直就是瞻仰世界的天空之眼呀——水灵、透明、神韵。我迅速将随手拍下的水中指环，发到同行者群里。令人遗憾的是，个别未能涉足水边的人误以为这是修图得来的，多少有些令人唏嘘。

在我看来，这只能是唏嘘者之于七坪寨的无知了！

在路上，我们要时刻换个角度看风景。不同的发现，有时仅仅因为一瞬间的转身。

无人走的地方，草在蔓延。当路无知的时候，草在我眼前就成了一地辽阔的森林。我们穿行在草的世界，高出我们身体一半的草，在一个个渐行渐远的背影里，通过手机屏幕，看上去充满了苍茫、艰险、杀机。这是蓑草的奇妙，它让我在此次行程中掳获了一个久远的词——粮草先行。可在如此浩瀚的地理绿洲里，斗金观却连一个明确的指示牌也没有。制造历史的人在这里峰回路转，打造景观的人来不及梳理其间的真真假假，走马观花的人在这里像是拐进一个错综复杂的谜团。除了高出槐树头顶的山包包，到处是疯长的草，一棵棵披头散发的草，如同风中的麻绳，自由、奔放、隐忍、强硬。草的边缘是高高的崖壁，这反倒给乐于指点江山的人提供了信口开河的庞大空间。当然，行至斗金观上，我们还是看到了那个蒙面男人留下的蛛丝马迹。

这突然让我联想起多年以前，在遥远的拉萨行走，看见路边一块白色的指示牌，上面用墨水写着：那山上有格萨尔王的庙。这是多有吸引力的感召呀，尽管山上的寺庙早已空空如也，可看见那块牌子的人，都能产生强烈的上山欲望，因此，至今我仍认为那是世界上最具文化渗透力的指示牌。没有指示牌的斗金观，时光不知何时粉碎了历史的本来面目，只有草填满我们的视野。草是斗金观上遗迹的保护神，草蒙住了一个男人的荣与辱，成与败，生与死。如果没有草，所有的遗迹早就风化成灰，草的强大不得不让人敬畏。草是一切真相与虚无的装点，也是秘密的附属品。对于草而言，它可能会被大多数亲临者踩在脚下忽略不计，但草的发现确实很重要，战争只是草的一个伤口，草是治愈灾难的良药。

疾风吹苍茫，好马吃劲草。

也只有马死了，草才有机会站在死亡头上，迎风招展。在以草为主要载体的斗金观上，我看到了马槽。一个破裂不堪的马槽，像时间的碎片，在岁月里沿着光滑的饮马池横躺着，马槽根不见一疙瘩马粪，里面长满了嫩幽幽的茅草，像温室里齐刷刷的秧苗。有人在马槽边蹲下来，点燃一根烟，我拒绝将马槽里嫩幽幽的茅草与马槽外大面积的蓑草、野花联系在一起，它的出现顿时把我推入一种新鲜的幻想中。骏马的赞歌早已远去，英雄久不出场的时代，宝剑或弯刀锈蚀草地间。当然那些石头雕刻的佛像，早已残缺不全，在草缝里，它们头手脚分离，面目不知何处去。几块冒出地皮的青花残片，隐约能够说明时间的不朽。于是我们像一只只蚂蚁在草的根部，轮番打探时间在此留下的痕迹。可远远近近的时间总是躺在草的背后繁荣、沉默、呼吸。寻寻觅觅，我一块生锈的炮弹碎片也未能拾起。或许，那时这里没有草，因为兵卒手中的武器早已将草的生机赶得远远的，他们赶草就像赶寺院里的僧人那样决绝。于是草的心机在地底下潜伏了亿万年。在草的世界里，我发现不喜欢历史的现代人，到这里的爱好是燃烧历史。他们把腐朽的石块与木头、铁和泥搭建成着火点，把枯荣的草统统燃进历史的天空，在怀念一匹马的草地上，用火腿肠、金针菇、方便面、青菜、猪耳朵在野炊。

我不知这样的古兵寨，在蜀地南充还遗存有多少个，就其浮现于七坪寨的一些“残缺零部件”来看，尚不足以让人清晰地还原史书上记录的那些人和那些事。明末清初的张氏男人在这里究竟干了些什么？似乎这并不是一个写作者涉足这片土地的目的，在这之前，史学家对他的评论与定义有着太多的真假难辨。

下午，太阳在收场之际，我们一行人沿着日落的光，在山丘相连的四方寨背后的悬壁上穿梭，草几乎无处不在，常常淹没我们的身体，生怕空出一地，让我们摸清历史的来龙去脉。炮台上升起的月光暗淡了刀光剑影，火红的石榴花与油绿的槐树，掩盖了炮灰浸染的土壤。越往山边走，草越高，只看见满山遍野的草在突围，它们有的开出了棉柔的白花絮絮。草在蛙鸣的山坳里摇曳，我们走了很远，忽然停在暮色里，听见草在马槽里笑——

你们不是马背上的人哪，干吗非要知道马的真相！

纸舞墨凌乱

花笺冷

铺开泛黄的宣纸，抹一抹被虫蛀的皱纹，将墨汁滴入白瓷小荷碟，握狼毫的手，蘸墨，停在空中，六神无主地发呆，这有点像一只蝉爬到树梢回头时的木愣。忽然闻到墨香，想起了古人。失去的时间，失去的人，失去的风景，最后都将以点和线的痕迹连接成面的相遇。

于是，迟迟下不了手，不愿将自己的心经，随便念给苍白的纸听，怕生了病的风，透过雕花木格的消息，偷走太多表达的渴望。其实，内心的画卷，早已随风浸入雨夜，鸟落民间，满树枝头，辛夷狂放，粉紫凋零，往事成灰。

放下笔，脑海里图腾的景象，已打碎一地。像是突然想起了什么要紧事，光脚丫，站起身，在木地板上疾步至书架前，慌慌张张地翻箱倒柜，旧信封，牛皮纸，特种纸；瘦长的，宽窄的，方斗的；绿格子稿纸，册页和手账，一本又一本，打开又合上，终于找到那个学生春天相赠的浣花笺。

纸，柔和的白与蓝，如同一张质地温软的手帕。它的声望来自遥远的唐代，指向诞生于蜀地。

而蓝只是蜀笺纸上的花鸟一种。除了蓝，还有浅绿的草物，你可以在上面题笺留痕，也可在某个角落搁一枚名章或闲章，古今相遇的风景就此证明。

旧时文人雅士有自制笺纸，题诗互赠，拒绝流俗的性情。比如暮年常居浣花溪的女校书薛涛，年轻时曾以芙蓉为煮料，自制十色彩笺相赠“曾经沧海难为水，除却巫山不是云”的诗人元稹，收笺的元稹喜形于色，索性题诗后从巫山雾中遥寄至锦江边的薛涛手上，两地诗书，亦爱亦慕，想必薛涛的满足感一定胜过花笺之美。同样，李商隐在《送崔珏往西川》中，也有“浣花笺纸桃花色，好好题诗咏玉钩”，不难看出，浣花笺在当时诗人之间广为流传，所谓桃花色，指的当是锦江边的木芙蓉。

当今文人，别说互赠花笺，年轻一点的，何谓花笺也有所不知，致赠著作的礼节也慢慢省略了。似乎同行都不愿彼此读懂自己太多。而那名赠我花笺的学生，一定懂得薛涛的性情，因为她少女时代入少城，事业起于浣花溪，闲暇时偶遇薛涛、杜甫、花蕊夫人等人留下的遗迹都很正常，她当然受过不少诗书雅趣的熏陶。

这适时出现的花笺，是一个时代的风月，对一个望月叹风之人的呼唤：你好，我是来自望江楼的浣花笺。

我惊喜地回答：你好，浣花笺。

想了又想，还少了点什么？我又开始捣挪抽屉，因为去年五月，在上海观摩文创博览会，流连徘徊于甘肃博物馆的展厅，那一页甘肃省图书馆珍藏信纸，那一个仕女条屏信封，看上去少年巴掌大，无花，纯白色，只有红线框，信封和信纸采用的都是特种纸，尤其是信封的质感，承载着大漠沙粒与丝绸的属性，有些别致，最终被我带走。同时，我还找出了那次顺路去杭州，当过警卫标兵的战友晓长陪我去西湖边的西冷印社，遇见的《北平笺谱·花卉笺》，由鲁迅、郑振铎辑选。

我想在浣花笺后面加一句：你好，你看它们与你同在。

植物花草的灵魂投射纸上，美丽的踪影令人着迷。你若喜好，自会对其用心观察，像一个考古专家，爱不释手，你若不喜欢，就不会有了解的渠道。它们呈现的不是人们的喜好，而是岁月积攒如丝如缕的情怀。多彩的墨汁，花有红也有黑，叶有绿也有蓝，总之，它们在纸上的相遇从来都是一体的审美，是一种生命的极致之美。

再精美的花笺到我手上，都成了“冷藏品”，不忍在上面多一笔注解。有时，喜欢反反复复多看它几眼，仿佛就获得了灵感的加持。植物花朵之美，能够美到花笺上，我想它们的慈悲与智慧一定胜过了世间美人。不知古人遥寄花笺的对象，其德性能否与花笺上的花朵或草叶匹配？

手持笺谱临帖之人，最难揣度画者心，只可惜画出了衣袂，画不出当年情的魂魄，好在人间遗忘的事，他的笔力总试图渗入艺术的坚韧与生命的局促！

万物生，爱到深处，皆有两面，像人们对待一件被时光折旧的衣服，穿衣者体内储备的热能总是可以冷过世间万物。

旧斑点

乡下的少年，以为宣纸就是用于文化宣传的广告纸。真正用上宣纸才发现那是一个笑话，所幸没有自以为是地扩散、误导他人。如今在杜少陵的少城混迹久了，想起小时候对外界的闭塞的猜想，就让它作为一个折旧的念头，存在于遥远的过去吧。

轻灵与坚韧是历代文人在创作苦旅中磨砺出的性情，对宣纸的记载最早可以从《历代名画记》《新唐书》等中找到踪迹，有时文人的性情特点，可以从宣纸的性能中找到答案。关于“宣纸”二字的来历，常听专业的画者讲安徽宣纸有名，原来到宋代，徽州、池州、宣州等地发达的造纸业已逐渐转移集中于泾县。当时这些地区均属宣州府管辖，所以人们把当地生产的纸称为“宣纸”，也有人称其泾县纸。这板上钉钉的文字史迹，颠覆了四川夹江是宣纸故乡的传言。

韧而能润，光而不滑，久不变色，折而不伤，耐腐难蛀，同样可以用来指代文人的风骨，正因诸多优良的属性特点，宣纸亦被誉为“纸中之王、千年寿纸”。其实不然，我的书柜里存放了一刀陈年的宣纸，已经微微泛黄，上面可以找到不少虫蛀的斑点。但这并没有成为坏事，相反那些斑点在反复润色之间，显现出悲智的沧桑纹理，稍加以渗墨，就变成了似像非像的参照物，如锈迹斑驳的云朵或寺院里的落叶。该纸的表情可谓薄者能坚，对着灯光透视，那些斑点已经给了想象力大致的脉络支撑，只需你加以色彩点染，即可形成自然的风物图景。

这样的发现，着实让我哑口无言了几天。如此奇观，想必许多画者或许一生也不曾遇见。他们通常用纤尘不染的白宣纸，遇到被虫蛀的宣纸，顺手揉了就往废纸篓里丢去。

于是着了魔地把淡的、较淡的、浓的、较浓的多种墨痕与色彩不断地驻留在同一张宣纸上，想发现它受墨的时间点及不同的表现，每每看到心仪的效果呈现，就找回一点被现实搪塞的自信。一滴墨汁落入宣纸的过程，好比一个精子进入子宫的反应，只不过宣纸落墨比妊娠反应的速度提高了近乎光年的速度。这个比喻多少有些野蛮生长的意思，但确实充满了危险的探知。

我并不是突然心血来潮才在宣纸上舞蹈，因小时候想画画却弄不到宣纸，等有了宣纸时却再没研墨提笔的时间，可总想着有一天要将逝去的心境重新找回来。

突然从电脑转场到宣纸上，在皴、擦、揉、搓之间观潮观海观人生，每次驻笔与飞墨，都能够遇到敲击键盘所不能赋予的快感，如此静默兴致很快让我切换了写作之外的休闲方式。电脑是码字客的战场，宣纸则是水墨指点的江山，仿佛是背对那些排山倒海的石头伸一个懒腰，在文字之间做一次深呼吸。电脑是高科技时代的产物，宣纸则是传统造纸技术的发明，两者具有相似的包容性，它们都有弥补过错的强大功能。电脑可以随时反复修改文字，宣纸则能够在浓淡干湿之间自由收缩与调度扩散。

一个好的写作者，常常可以写到忘乎所以，使沏好的茶凉上半天也来不及啜一口，而手握大大小小的狼毫面对宣纸作画，最好备有茶点相伴，水墨丹青如云般游走纸上，妙境如同高山流水的倒流香。等待净皮纸上的事物成长，无须更多人在场，一个人自然会端起茶杯，品尝一小块茶点，静观万物之变。看似是画者在品茶点，其实也是观画者在供养画上的生命。当一幅备受期待的作品展露出丰饶的笔痕与层次，你定会感觉被万物拥入怀中的体贴温暖，简直无声胜有声。

就在上个月，我干过一件傻事，匆匆把一幅作品画好后，焦急地等待宣纸由湿变干，可是直到出门，睡在木地板上的画纸也没有干到令人满意的程度，于是决定转身去单位坐坐，可依然坐立不安，想着宣纸上的风云变幻，究竟会以怎样的收场待我？于是又赶紧原路返回，来来回回接近两小时。当瓦片上的白雪和天上飘落的黄叶胶着在一起，我终于放心地举起手机，为画上的世界拍了一帧漂亮的倩影。

画了一阵带旧斑点的宣纸，我开始去送仙桥选厚者能赋、色白如霜的宣纸，期待进行不同的尝试，找到不同的墨色效果。

不料，老板除了推荐四川夹江县马村乡石堰村大千作坊的宣纸，还推荐了安徽泾县宣纸。在这个装裱技术精湛的老板眼里，四川与安徽的宣纸是画家们的首选。前者为手工四平尺宣，后者为三平尺宣。价格差异甚大，出乎意料的是比前者便宜一半多的安徽泾县宣纸润墨性能好于前者。虽然前者密布云彩般的丝状物，看上去精细雅致，可这纸跑墨速度让我驾驭不好它的脾气而容易暴露自身的不足，这些丝状物不是旧斑点那种可以化过为功、锦上添花的点缀，而是檀皮纤维与燎草的筋丝。

折扇记

立秋之后，时光重现的事物，如蝉声密集于生活缝隙。每次与他相见，回忆就在走走停停的对谈中，闪开一条退路。

站在高处的蝉，窃听了那些遗失之物的秘密。

常常发现他的与众不同。不是他的言语，而是他随身的配件。赞赏他帽子的个性：浅灰乳色，棉麻质地，针脚细密，漏洞艺术，帽檐宽窄不匀，似卷非卷，透气性良好。谁知离别时，他忽一转身将帽子扣入我掌心，说是修筑红军长征纪念碑所得，家中还有一顶蓝色的。戴帽子尚早，不如装饰一片纪念。

再次相会，我们紧挨着坐。他袖口突然飘出一把折扇，在饭桌上秘密传递。有资深书画家见了，对扇面字画，十分陶醉地评头论足。他声称十年前，秋日正午，独自信步草堂，遇画扇者与书法家同摆摊位。画扇者在扇面，握笔横走一袭杜甫的苟且，书法家蘸墨在扇背竖书《茅屋为秋风所破歌》，恰好珠联璧合，可无人问津。画扇者口不开价，笑言随喜就好。他丢下八十元，欢喜领走折扇。除两方名章，在诗圣杜甫面前显眼，还见篆刻闲章一枚，“随缘”二字，在茅屋旁，落落大方。

十年呀十年，草堂葱郁，书法家及画扇者，早无觅处。

世界之大，并不代表一个人的世面有多大。天下文人，再熟悉不过诗圣杜甫那张清瘦落寞的脸了。画中人气定神闲，静坐山水间，陪云烟寂寞。虽是清水淡墨，仍有皎洁如霜雪的清冷扑面而来，长江浊水，腐蚀荒野之力，挡不住。折面之字，如枯禅稻草，一行行披在竹林隐掩的茅屋之上，一笔一画，有如刀锋削落木头的碎屑，都在深吟唐代的风骨与雅盛。

“在桌之人，唯有你可配扇。”他低语，左肘轻拐，右手已将折扇落在我手腕。

转念，相互一笑：“我辈配扇，岂不让人笑谈？”

古时折扇随处有，诗词歌赋，民间传说，字画扇面，代代相传，惊才艳羡。今日折扇人，名来风流。说书人，田连元；相声者，郭德纲；棋士，马晓春、古力；书画家，执扇并不执念，数不胜数。之于他们，折扇许是时代的轻重缓和，是楚河汉界的真我风采，是人生的起起落落，是某种听也听不见、看也看不清的时间象征。他们表面扇风，却被文化风流云散。

折扇啊折扇，如同一阵久违的秋风，闯入我的生活。

站在不见折扇的冷街上，热烈地摇动扇面，两片树叶，有如大地飘零的信使，风萧萧兮，墨在滴，纸在飞，舞台或街巷，不过是幻影重重。彼此碰了几杯酒，拒绝他独自回家。地铁上，随他一路轻摇缓摆，风的速度一去不返，怀旧一如既往，燥热的苍凉在返璞归真中，拾得一锦心安。

除却烫花、绘画，想起作坊里折来折去的折扇人，看似简单却必须耐烦做八步，比月令更复杂——折面，串面，糊面，沿条，嵌钉，打磨，摇钉，检验——可谓步步惊心，步步为营。

华灯初上，忽见几名着古装的伊人朝草堂扑去。观其长相，心里轻叹：不懂唐时月，怎能粉遮面？此去经年，她们注定回不到唐代社会，即使叩响茅屋之门，何用有之？

老杜随月走西岭，杯已空，茶也凉，竹林晚风笑斜阳……

再转身，我舞折扇，忆及公子楚留香，欲寻画扇人。

狭小天地间，来来回回，踱步。月，在天边徘徊；字，在墨色中零乱；人，在折扇间隐藏。低头看了又看，折扇本无力，原来年少看到的武林中人的神奇，仅仅来自折扇的氛围，仿佛老杜那一撮金色的胡须，如不老的岁月，云漫天地间。

索性将扇子折回本来面目，在笔架与念珠之间将之束之高阁，像存放边塞诗中一具不锈的兵器。原来，折扇不过是折扇，在一盏冷却的茶汤中，不如就当历史摆放来看看。

每一朵花都比蜂醒得早

你喜欢花，我也很喜欢。可你知道这世界不喜欢花的人有多少吗？令人始料不及的数据显示，喜欢与不喜欢，几乎打了一个平手。在不喜欢花的这部分人中，沉默的大多数是男性，他们对春天持有一种冷漠的情感。

如此看来，花注定是世界上最孤独的产物，尽管生活中太多人喜欢围着花转，但花只有一个字，如一个扎眼的动词，开在一个人敏感的神经里。

在我经年的意识里，花一生从没有睡觉的癖好，哪怕凋谢的花，也一直是醒着的。这种感觉，好比有一双圣灵的眼睛，窥视着寂寞的天地。尤其是在花花世界的五月，迫使我坚信花的醒，是一颗灵魂燃烧的过程。

花之醒，似一根针挑着季节的一盏明灯。这个意象引申过来恰好对应罗大佑的一句歌词：聪明的孩子，提着易碎的灯笼。

川端康成笔下的《花未眠》，写凌晨四点，忽然醒来，发现壁龛里的海棠花开，并没有像他一样睡去。人与物的关系，由此进行情感的延伸。刹那美的惊艳，顿时喊醒了他对自然美的崇拜与牵挂。

一个处于睡眠状态的人，不可能听见花开的声音；同样，一只容易在夜风中入睡的蜂，更不可能闻到花的香味。可见一个人保持若即若离的醒，方能接住自然投掷的万物的秘密。

不少人以为，花都是白天开的。其实不然，越是夜晚，花越有绽放的激情。如同许多写作者，喜欢在夜晚独守，等待灵感降临。有时灵感这件事，与花次第开放有异曲同工之妙。越是失眠者，越容易被醉人的花香吸引，把思想的翅膀扩张得比地平线更绵长。

我常常思考一些常人不感兴趣之事。比如，花和蜂，睡与不睡，或者谁先睡。这当然不可能从《诗经》《楚辞》《本草纲目》里找寻答案，这是自然与生物学科的范畴。即使我承认自己在二十三岁的春天之前，头上长了一根通灵万物的天线，可之后的江湖太混沌，灵感渐失的现实，让人很难用触角联通生物的所有命脉。每次醒来，看见窗前摇曳的君子兰，而不见那只硕蜂，心里自然便有了答案。

每一朵花都比蜂醒得早，花未眠，蜂却已入梦。甚至午后，窗外白的黄的七里香，开得漫天漫地，停在花蕊中的蜂，已被醉晕头脑，或被蜜满足得不肯挪动身子。蜂们不动声色，像不喜欢花的大多数沉默者，不想直视花的衣裳。

这仅仅是夜未央之前的景象。

到了晚上，蜂就彻底不一样了，像人一样，蜂还是要按时睡觉的，只是它不具备人的睡眠深度，蜂适应群居，如一支山地快速反应部队，有超强的组织观念，并且有自觉的纪律约束。一般来说，蜂都选择在没有风险的晚上睡觉。遇有不妙的情况，它们会轮流值守，但在睡的时候，它们会不约而同地低垂翅膀。如果是六月天，蜂就会离开花朵，到处巡查，甚至停在蜂巢外睡觉。在我看来，它们简直就是世上最有本事调节出舒适生活的小精灵。

春分的早晨，住在浣花溪边的轲叔，给我发来一幅他最新的摄影，恰好是一枝开得正浓的海棠。仔细品味，我惊奇地发现海棠花蕊里安睡着一只体形肥大的蜜蜂。在我眼里，轲叔不就是一只活跃在晨曦与夕光中的蜜蜂吗？退休后，他除了教孙子写诗，还专事摄影，看我朋友圈的人对他的摄影作品常发出惊叹。每次接到他私信发来的图片，我都会选择第一时间，找到好的灵感，迅速分享到朋友圈。这幅海棠图，我没有更多想说的，天线遥感忽然送来一个句子——

每一朵花都比蜂醒得早。

谁料，此言一出，点赞数量迅速增长。这不得不让我感喟，语言的极致终究还是孤独。但孤独的人一旦找到共鸣，好比挡不住花在白天和夜晚绽放，而蜂仅仅是一个发现美的旁观者，所幸它睡着了也怀抱良好的心境——遇见便是馈赠。